诗与思的絮语

河南评论家文丛

单占生 著

河南大学出版社
HENAN UNIVERSITY PRESS
·郑州·

图书在版编目(CIP)数据

诗与思的絮语/单占生著.--郑州:河南大学出版社,2018.12

ISBN 978-7-5649-3628-0

Ⅰ.①诗… Ⅱ.①单… Ⅲ.①诗歌评论-中国-当代-文集 Ⅳ.①I207.22-53

中国版本图书馆 CIP 数据核字(2018)第 301724 号

项目总策划 侯若愚
责任编辑 甘慧君
责任校对 郭永君
封面设计 翟淼淼
出版发行 河南大学出版社
地址:郑州市郑东新区商务外环中华大厦 2401 号 邮编:450046
电话:0371-86059701(营销部) 网址:hupress.henu.edu.cn
排　　版 河南大学出版社设计排版部
印　　刷 河南瑞之光印刷股份有限公司
版　　次 2020 年 1 月第 1 版 印　　次 2020 年 1 月第 1 次印刷
开　　本 890 mm×1240 mm 1/32 印　　张 9.5
字　　数 171 千字 定　　价 47.00 元

目　　录

对新诗形式建设问题的反思

本文准备从新月派诗人朱湘的一首名作——《采莲曲》谈起。为阅读本文的方便起见，我把这首诗全部引述于下：

采莲曲

小船呀轻飘，
杨柳呀风里颠摇；
荷叶呀翠盖，
荷花呀人样娇娆。
日落，
微波，
金丝闪动过小河。
左行，
右撑，
莲舟上扬起歌声。

菡萏呀半开，
蜂蝶呀不许轻来；
绿水呀相伴，
清净呀不染尘埃。
溪间，
采莲，
水珠滑走过荷钱。
拍紧，
拍轻，
桨声应答着歌声。
藕心呀丝长，
羞涩呀水底深藏；
不见呀蚕茧，
丝多呀蛹裹中央？
溪头，
采藕，
女郎要采又夷犹。
波沉，
波升，
波上抑扬着歌声。
莲蓬呀子多，

两岸呀榴树婆娑；

喜鹊呀喧噪，

榴花呀落上新罗。

溪中，

采蓬，

耳鬓边晕着微红。

风定，

风生，

风飏荡漾着歌声。

升了呀月钩，

明了呀织女牵牛；

薄雾呀拂水，

凉风呀飘去莲舟。

花芳，

衣香，

消溶入一片苍茫；

时静，

时闻，

虚空里袅着歌音。

1925 年 10 月 24 日

把此诗引在这里，有如下一点想法：我不想仅从一个抽象的理论概念出发进行一番艰涩的理论论述；我想从直观直感的诗自身出发，谈一点切实是诗自身应注意和应猜想或是应设想的一些问题。

这首诗给人留下的第一印象是形式美感。这里，我们着重来讨论的就是诗的形式问题。这是新诗草创时期首先面对的一个问题，也是新诗发展历史进程中始终引起人们关注，但始终没能从诗的本质上予以切实认真地深入讨论的一个问题。事实上，如果不能把这一问题上升到诗的本质上来认识，或者说如果不能从诗的本质的角度来认识这一问题，就无法把新诗创作中存在的问题搞清楚，同时，这也是讨论中国 21 世纪的华文诗歌应关注的一个基础问题。

我们首先来回顾一下新诗形式创造的历史。

给新诗形式做出奠基的，也是第一次给旧体诗以有力冲击的，是 1917 年 2 月《新青年》二卷六号刊出胡适的"白话诗八首"和 1918 年《新青年》四卷一号又集中刊发胡适、刘半农、沈尹默诸位的九首白话诗。从"白话诗八首"至胡适的新诗集《尝试集》的出版，到郭沫若的《女神》的问世，新诗形式的创建走出了具有丰碑标志的第一段里程。朱自清在《中国新文学大系・诗集・导言》中开宗明义地指出："胡适之氏是第一个'尝试'新诗的人。"在此期间，《新青年》杂志上已对文学革命问题开展讨论。1919 年的五四运动，使包括文学革命在内的新文化得以更加广泛深入地开展。由文学革命发动的白话诗运动，则是一次“诗体大解放”运动。正如胡适在《谈新诗》一文中所讲：“文学革命的运动，不论古今中外，大概都是从‘文的形式’一方面下手，大概都是先要求语言文字文体等方面的大解放。……形式上的束缚，使精神不能自由发展，使良好的内容不能充分表现。若想有一种新内容和新精神，不能不先打破那些束缚精神的枷锁镣铐。”中国新诗所要打破的“枷锁镣铐”，就是已成为中国诗传统的诗词格律，用白话诗代替旧体诗。

这种带有革命性的“诗体解放”一开始，便一发而不可收，很快便形成了一支诗人队伍，如胡适、刘半农、沈尹默、李大钊、陈独秀、唐俟（即鲁迅）、周作人、陈衡哲等。他们的诗在内容上，敢于直面现实，贴近生活，正视人生，同情劳工。在形式上，他们采用日常生活的白话语言，依内容定形式。胡适主张“作诗如作文”，要求言文一致。刘半农主张“破坏旧韵，重造新韵”，还主张采取自造、输入的方式增多诗体。他们的创作实践与这些理论主张基本是一致的。这就是被后人所称谓的初期白话诗派。他们的创作与理论，无论从内容上或艺术形式上，都显示出明显的现实主义倾向。仅就诗体形式建设而言，初期白话诗显示了自然纯朴的审美特色，同时也带来了语言松散、诗味平淡的缺陷；有些诗，又难脱尽旧体诗的影响。

其后郭沫若的带有浪漫主义色彩诗作的异军突起，则完全打破了旧诗格律的消极影响，使初期白话诗取得突破性的发展，完成“诗体大解放”的任务，使新诗成为名副其实的“自由诗”。

如果说，胡适在这一阶段的主要作用在于用自己的创作对旧体诗形式进行了一次有力的消解的话，那么，郭沫若的作用则主要是对新诗形式的构建；胡适等人使规整的格律诗转变为“白话诗”，而郭沫若则使“白话诗”转变为“自由诗”。这两种转变，从表层意义上看虽无太大的区别，但从深层意义看却隐藏着一个质的飞跃，即让新诗更属于“诗”。穆木天在《谭谈》一文中，称胡适是“中国的新诗的运动”的“最大的罪人”，这话未免过于偏激。但穆木天称胡适的“作诗如作文”是胡适的大错，却非常有道理。这是因为，取消了诗与文的区别，其实质是取消了诗。使诗与文相同，最大的一个问题是消解了诗的感性形式。而诗的感性形式是与诗的本质无法分离的。因此，消解了诗的感性形式，无疑消解了诗的本质生命。对此，郭沫若在《论节奏》(1926 年 3 月《创造月刊》1 卷 1 期)一文中，做了比较深入的论述。他说：“抒情诗是情绪的直写。情绪的进行自有它的一种波状的形式，或者先抑而后扬，或者先扬而后抑，或者抑扬相间，这发现出来便成了诗的节奏。所以节奏之于诗是她的外形，也是她的生命，我们可以说没有诗是没有节奏的，没有节奏的便不是诗。”说“节奏之于诗是她的外形，也是她的生命”，不仅强调了节奏之于诗的重要性，更重要的是郭沫若用他富有激情的论断提示了诗的外形——感性形式与诗的生命——本质诗性之间的关系。可惜的是，郭沫若并没有在这一问题上深入展开论述，而更多地论述了节奏形成的一些渊源问题。但无论如何，郭沫若的理论建树与他的创作实践对于新诗来说，都是富有创建性的，这不能不引起我们高度的重视。

新诗形式建设史上第二次有重大意义的事件，是李金发诗集《微雨》的出版。这本诗集的出版，标志着新诗形式建设第一期工程的结束，也揭开了二期工程建设的序幕。1919年留学法国，1923年前后写出《微雨》《为幸福而歌》《食客与凶年》三本诗集的象征派诗人李金发的加入，使自由诗的诗体形式得以更进一步的发展。尤其是诗的语言建构，从李金发的出现到其他诗人对李诗的学习模仿，显得更加灵活多变，也更加耐人咀嚼。前期自由诗的偏重明朗和象征诗的偏重含蓄的结合，使诗的语言更具审美内涵。从某种意义上说，这种审美内涵正暗合了中国古典诗歌注重诗的“意境”的审美趣味，只是与“意境”的审美内涵“同质异构”罢了。也许这正是许多人对李诗一方面看不懂，一方面又在模仿着的一个潜在内因。象征诗在诗的结构上打破正常时空顺序，“没有寻常章法”（朱自清语）的做法，对自由诗在诗体结构的创建上，做出了积极的贡献。但是，从另一方面说，这种“没有寻常章法”的过分自由，对于已习惯阅读具有严谨格律形式诗歌的广大读者来说，对于把诗的形式作为一种具有特殊审美意义的广大诗人来说，无疑是一个较大的遗憾。尽管新诗运动的主攻方向是“诗体大解放”，但无论解放到何种程度，形式也必须是诗的。而作为文学门类中的一种特殊品类的诗，其形式也决不能失去它的诗性特征。

1926 年 4 月 1 日，徐志摩、闻一多等人在北京《晨报》的副刊上创办《诗镌》，主办人除徐、闻二氏外，还有朱湘、饶孟侃、刘梦苇、于赓虞等人。他们主张给新诗“创格”，给新诗“新的格式与新的音节”（徐志摩：《诗刊弁言》）。闻一多的理论最为具体详明。《晨报》副刊《诗镌》第七号发表闻一多的《诗的格律》一文，可视为新格律诗的经典理论。在这篇文章中，他主张新格律诗要有“节的匀称”“句的均齐”，主张用“音尺”（即“顿”）来“调和”诗的音节，使整齐的诗句显示出一种生气。一首诗不但要有“音乐的美”“绘画的美”，而且还要有一种“建筑的美”。此文成为新格律派的创作纲领。朱自清在《中国新文学大系·诗集·导言》中称：“他们真研究，真试验；每周有诗会，或讨论，或诵读。梁实秋氏说，‘这是第一次一伙人聚集起来诚心诚意的试验作新诗’。虽然只出了十一号，留下的影响却很大——那时候大家都做格律诗；有些从前极不顾形式的，也上起规矩来了。”从新格律诗派以及其后其他诗人的创作实绩来看，新格律诗派对于新诗形式的审美追求无疑是富有积极意义的。首先，它纠正了自由诗和用自由诗写作的象征诗形式散漫的缺陷，尽管他们的有些诗作被讥为“豆腐干”和“方块诗”；其次，这种对于形式整齐的审美追求，适应了具有丰富审美文化积淀的广大读者和诗人的审美心理。1916 年，胡适及其他诗人对旧诗格律的否定，其实质是对旧诗僵死格律的规则和僵死思维形式的否定，而旧格律诗形式自身所具备的符合汉语音节习惯和汉语语音规律的审美精神，永远是一种具有永无止息的生命之力的活的精神。这种活的精神正是新诗形式创造者们所应继承，也必然会被继承的东西。闻一多所倡导的新格律诗的形式，在不少方面正是继承了这种精神；而他的进步之处是这新格律并不若旧体律诗的固定，可以由诗人自己的意匠来随时构造。再次，对于新诗形式的创造问题，早期白话诗的创造者之 刘半农也早就有过倡导。他主张新诗人要“破坏旧韵，重造新韵”“增多诗体”。陆志韦氏主张“有节奏的自由诗”。郭沫若在《论节奏》·文中称“节奏之于诗是她的外形，也是她的生命……没有诗是没有节奏的，没有节奏的便不是诗”，尽管郭沫若在此处所谈的节奏还有另一种意义的存在。可以这么说，创造一种新诗形式，在这新形式中继承和发扬古代诗歌形式中已有的艺术精华，是诸多诗人的共识。如前所述，因为有了新诗形式发展的必然要求，由于有了新诗人们的急于创建一种新的诗体形式的强烈愿望，闻一多等人创造新格律的意见才能够被诸多的诗人所接受。而新格律派诸人在新诗形式的创建上对新诗发展的积极意义，显然也是不言而喻的了。

以上所述，为1917年至1927年间的新诗。对此十年的新诗，朱自清把它概括为三派：自由诗派、格律诗派、象征诗派。这里，朱自清没有沿用被刘半农等人所称谓的“初期白话诗”或“白话诗”的名称，而直称自由的新诗为“自由诗”，这是比较科学的称谓。但是，朱自清给新诗分的这三派，是站在不同角度而言的，亦有不科学的地方。自由诗与格律诗，是站在“形式”的角度而言的；象征诗则是在形式与内容的结合上，更多地注重于内容。若仅从形式着眼，前述三派所采用的形式只有自由诗与格律诗两种，因为象征诗也是采用自由松散、不拘一格的形式。对此，艾青在给《中国新文学大系·诗集（1927—1937）》所作的“序”中，已有所指陈。从新诗形式的创建而言，在新诗运动的前十年中，还应提到的是“散文诗”“小诗”与拟外的“十四行”诗以及“拟民歌、谣曲”之类的新形式。

“散文诗”的创作几乎在白话诗尝试之初就有作品面世。从较宽泛的意义上说，沈尹默发表在《新青年》五卷二号上的《三弦》一诗，是较早的散文诗作品。胡适称此诗是“用旧体诗词的音节方法来做的"(《谈新诗》)抒情诗。但从诗行的排列上,应属散文诗的形式。周作人的《小河》一诗,被胡适称作散文诗,其实此诗应是一首长篇抒情诗(亦有人认为此诗为小叙事诗)。从严格意义上看,较早用散文诗的形式写诗的诗人是刘半农,他的《其实……》一诗,写于1917年12月;他又写了不少其他散文诗。而真正开散文诗之先河并把散文诗的创作水平推出崭新一步,使散文诗在诗坛的地位得以巩固、得以发展的,是鲁迅。他的散文诗集《野草》出版于1927年7月,收入写于1924年9月至1926年4月间创作的散文诗23篇。这是新诗史上的第一本散文诗集。可以这么说,承此之后的泱泱散文诗大家,恐大多受鲁迅散文诗的影响。

"小诗"的创作亦是很早,且影响也很大。其中的名家,当数冰心、宗白华诸人。徐玉诺、何植二、谢采江及"湖畔"的几位青年诗人亦有佳作。仲密(即周作人)在《论小诗》一文里对小诗的渊源做了精密的论述。他认为,小诗在中国古代诗歌中早已有之。《诗经》、"乐府"中的一些短章以及格律诗中的绝句之类,都应视为中国古代的小诗。现代小诗与古代小诗之间虽有一定的关系,但对中国现代小诗创作起主要影响的,却是外国的诗歌,即日本的俳句、印度泰戈尔的《飞鸟集》等。今天,我们把冰心的创作与泰戈尔的诗作加以比较,就可以很明显地看出其中的影响关系。

"十四行"的创作,显然是拟西欧诸国"十四行",应属新诗格律诗之类。"十四行"本名"商籁(Sonnet)",是西欧诗里格律最严的一种形式。"1926年《晨报·诗镌》出版,闻一多提倡诗的音步和韵脚,于是诗人们渐渐接受了西洋诗的格律。"(王力:《汉语诗律学》)在中国新诗人的创作中,郑伯奇、闻一多、李金发、孙大雨、梁宗岱、戴望舒等最早采用这种形式。20世纪30年代末40年代初,卞之琳、冯至都曾写了不少十四行诗。考虑到"十四行"有其独特的格律形式,我们这里还是把它单独作为一类,以示它与中国新创现代格律诗的区别。而拟民歌、谣曲之类的诗体,原本亦属自由诗之体。

把新诗运动前十年的创作放在新诗创作的整个历史背景下来观照,我们就会发现,除去诗的内容不论,仅就诗体的形式而言,这十年在诗体形式的创建上,是成绩卓著的。自由诗、格律诗、散文诗、小诗、十四行诗、民歌民谣体等,都已成为成熟的诗体。在此之后,不少诗人又在以往新诗形式的基础上,进行了大胆的探索与创新。一些诗歌流派的形成或一个富有个性的诗人的成熟,都会使新诗体在形式技巧上或风格品类上得以进一步的丰富和发展。在20世纪30年代初至40年代末的二十年间,新诗体虽然没有大幅度增加,但是,独具特色的形式也在不断出现。30年代初,戴望舒由新格律诗创作转向象征诗,进而以《现代》月刊为基地,进行具有"现代"特色的“现代派”诗歌创作。他所采用的诗歌形式，既注意格律诗的整饬的美，同时也有象征诗、自由诗的自由的美，对中国新诗体朝着半格律的方向发展起了积极的作用。20世纪30年代后期，艾青继戴望舒之后崛起于诗坛。他所采用的诗歌形式，与戴望舒等相比，更趋自由一些。他所倡导的诗的“散文美”，使诗的语言更趋灵活多变。而伴着抗日战争的炮声而崛起的田间，受苏联诗人马雅可夫斯基诗歌形式的影响，创造了独具特色的短行抒情诗的艺术形式。这种形式节奏短促，铿锵有力。著名诗人闻一多称田间为“时代的鼓手”，称他的诗“是一声声鼓点，单调，但是响亮而沉重，打入你耳中，打在你心上”。由此可见田间所创造的诗歌形式在当时诗坛的影响。20世纪40年代引人注目的是以胡风为首的“七月”诗派和以《诗创造》杂志为阵地发表诗作的九位青年诗人，即后来因出《九叶集》而得名的“九叶诗派”，这两个诗派采用自由诗的形式。另外几种引人注意的诗歌现象是袁水拍所写的《马凡陀的山歌》和李季所写的《王贵与李香香》。前者采用拟民歌民谣的形式，后者则脱胎于陕北的民歌“信天游”的形式。但这些形式，大都应列入自由诗。也有人称这时期大多数诗应属半自由体或半格律诗体。20世纪50年代至90年代的今天，流行于诗坛的诗歌形式，主要是自由诗。

纵观五四之后的新诗，在诗歌形式的建设上，成就是卓著的。新诗前十年，起主导作用的诗歌形式是自由诗与新格律诗。象征诗一出现，打破了这一格局。其后不短的时间内，写新格律诗的因有了更多的其他诗体的启发而有了较大的自由，写自由诗的亦因有了较宽的参照也有了较多的规矩。这大概就是后人称之为“半格律诗”和“半自由诗”的成因。今日诗坛，起主导作用的诗体，是自由诗。而今天的自由诗，从严格意义上看，已基本趋于两种形态：一种比较松散自由，一种比较整齐匀称。但不管哪种形式，都已不再是早期白话诗式的自由，也不是新格律诗式的整齐，同时，也不再有哪两个“半”的感觉。除某些有意在形式上探索的诗作外，诗人在创作时都已不再对形式问题做更多的考虑，基本进入一种天然化的自由境界。这种自由境界对古今中外的各种诗体形式，带有一种“来食不拒”的无畏精神。也许，这才是一种真正的自由。但问题，也正出在这个地方。

到此为止，我们不能不讨论一下中国新诗在诗体形式建设中存在的一些问题了。

我认为，几十年来，在中国新诗诗体形式建设中，始终存在着被种种误解和粗心障蔽了的大失误。

第一个大的失误就是没有充分注意到诗的本性与文的体性在对形式审美要求上的巨大区别，使新诗一度丧失了其形式体性的审美特征。一个一直没有被人们所重视或者说一直没有被人们的理性之光所烛照的问题是，在诗的形式体性与文的形式体性都作为一种物质存在呈现于人们的视觉审美范围内时，诗的文体形式作为一种物质存在的审美意义远比一般的文体形式作为一种物质存在的审美意义要明显得多、重要得多。诗的形式有一种显化的视觉美感，而文的形式则基本没有这方面的要求。对此，著名诗人、学者闻一多早就有过倡导。闻一多在他的《诗的格律》一文中，就倡导过“属于视觉方面的”美，他把这种美称作“建筑的美”。可惜的是，闻一多所倡导的“建筑的美”是以建设现代格律诗为其前提的，并没有能把这种形式体性作为诗的本质属性之一提出来。当闻一多把“建筑的美”仅仅作为新诗区别于旧体诗的特点之一提出时，不仅无法真正阐明新诗与旧诗的体式区别，同时，也掩盖了这一命题作为诗体美学的课题价值的重大意义。诗，不仅要从其内容上给人们提供一个思想空间和情感空间，同时，还应从形式上给人们提供一个视觉审美空间。我认为，这正是诗的形式与文的形式在形式体性上的本质区别。对此，新月社诸君做了许多有益的探索。可惜的是，人们研究新月诗人的这些诗作时，只把它作为创造一种新的格律的尝试，而没能充分认识到这些探索的美学价值和这些探索对于中国新诗形式建设的潜在意义。

第二个大的失误是，我们在探讨诗的形式建设时，没有对诗的形式与诗的本质之间的关系予以认真思考。应该说，诗的内容与诗的形式之间的关系与其他文体相比较，诗的内容是被形式化了的内容；反过来讲，诗的形式又是被意味化了的形式。其他文体所表现的内容，则基本不存在这一过程；其形式，也不具备这一特质。在这里，有一个使诗的情感和意义从社会文化约定俗成的语意、表情作用渡化到诗性情感和意义的祭司，这个祭司就是诗体形式。诗体形式使诗情产生一种仪式感。在这个仪式化的过程中，诗人创作和读者阅读过程中所产生的形式冲动被语意化，诗体形式成为与造型艺术相通的艺术形态而成为有意味的形式。把这种有意味的形式用诗的观点去观照，我们即可得出这样的认识：诗的形式就其本质而言，其实正是一种被抽象化的情感符号。这种传载着诗性情感的符号性形式，带着它长期积淀下来的诗性功能、诗性意味溶化为一种诗性经验，即溶化为一种对诗性意味的心理期待和对诗性意味的直觉。在这种诗性经验的生成过程中，用不着复杂的关系推断，而仅凭人们对诗性形式的仪式化感受即可获得。并且，诗体形式又以它特有的形式暗示、推动并控制着诗人与读者对诗性形式的这种仪式化感受。从某种意义上讲，诗体形式给诗人和读者所提供的这种诗性暗示与启发，比诗人所采用的修辞手段更为重要、更为强大有力，也更显诗性本质。因此，我们只有把诗的形式与诗的本质建立起一种密不可分的联系来研究，才可能创建出更具诗性本质的诗体形式。这样，我们就不能仅仅把诗的形式看成是传载诗人情感与思想的工具，而应把形式本身也看作诗。从这里出发，我们再反观新诗诞生以来诗人对新诗形式的焦虑、敬畏与恐惧心理，就不难找出产生这种心理的根源，即对真正具有诗性本质的新诗形式的期待。这种期待要求我们的新诗人所创建的新诗形式，不应是削弱了诗的本质和诗的意味的形式，而应是使诗的本质更稳固并依此得以加强，使诗的意味更浓郁并基此得以涵化的新诗形式。由此，我们可以看出，诗的形式是一门艺术，是一门具有特殊审美价值的艺术。这门艺术从外在感性意义上讲，通过视觉对诗体形式的视觉形态做审美关注，它给审美者提供一种类绘画形态的审美空间——造型艺术的美；通过听觉对诗的语音秩序的审美关注，它给审美者提供一种类音乐形态的审美感受——时间艺术的美；通过由此形式组织起来的词语之间的关系，它使诗句中词语与词语之间建立起一种共时结构，并通过这种共时结构使诗的语言摆脱日常生活中对词语约定俗成的语意规范，让诗的意义、诗的意味得以创生。从本质意义上讲，诗的形式本身就是生命体的情感表现，而不仅仅是一个承载生命体的工具。因此，不把诗的形式与诗的本质放在一起来研究、来创造，是无法从根本上解决中国新诗形式建设这一问题的。

第三个方面的问题是，可能是出于我们的漫不经心，或者是由于五四之后我们对我国传统文化的太多批判而使我们对传统文化丧失了自信，我们在进行诗歌形式的建设和研究上，始终没能把中国汉语诗歌形式当作祖国优秀文化来看待，更没能看到这种诗体文化还有着非常旺盛的生成能力，从而忽视了诗体形式的文化价值。我们应该看到，中国诗歌的诗体形式，不仅作为一种特殊的艺术形式而存在，而且作为一种奇异的文化现象而存在，作为一种具有鲜明民族文化特质的文化现象而存在。在这种艺术形式中，积淀了汉民族文化的多种文化基因。首先，它是由汉字构成的诗行组成的诗篇，因此，它是一种汉字文化。在这种汉字文化形态中，携带着汉字文化所特有的生命信息与文化信息。其次，对这种诗的阅读，采用的是汉语语音。在由诗句顺序组成的汉语词语音响中，带有汉语语音特有的审美特质。基于以上两点原因，我们在建构新诗形式时，必须具有一种汉语意识。第三，也许这是最重要的一点，在汉语诗的艺术形式中，蕴藏着中华民族深奥而神秘的象数哲学内涵（因篇幅关系，这里不展开讨论，待另文专论）。还有其他一些文化因素，这里不一一罗列。这里我只想指出一点，正是因为汉语诗的诗体形式具备着有别于其他民族语体诗歌的文化价值，汉语诗才能够在世界诗歌格局中占据一个稳固的位置。因此，在新诗形式的建设上，我们决不能忽视这一点。但让人感到可惜的是，在过往的岁月中，我们对此一点关注甚少。我们过多地注意了文化的借鉴，却忽略了对民族文化的发掘、继承与发展。

总的来说，新诗在形式建设上，所取得的成绩是丰硕的，但存在的问题也是严重的。我们正处于20世纪末21世纪初的世纪之交，尽管时间在世纪之交所显示的色彩和挪动的步伐与世纪之中的任何一年都一模一样，但是我们似乎已经听到了时间在两个世纪的交汇处相接时发出的巨大声响。这种声响不仅提醒我们应该对21世纪进行充满激情的展望，同时，也在提醒我们对过往的岁月进行一番认真严肃的反思。

诸神的苏醒:关于诗的形式建构

那个以一元取代多元、以霸语替代诗意、以展示仇恨炫耀深刻的诗坛正在塌陷,一个以各种诗体共荣共生的七彩的地平线正渐次清晰。在这个地平线上,操弄着诗的琴弦的诸神已经苏醒。这就是我在今天在这里最想说出的话。而被命名为《春风着意出阳关》的这本书,给了我一个要把这些话说出的正当的理由。

诗也好、词也罢,乃至曲和新诗,我统统把它们叫作"诗"。在我看来,它们的本质属性都是相同的,只是呈现的形态不同而已。而它们作为形式存在的本质属性也是相同的,只是心灵动态情势与节奏、声韵相契的情态表现在形式上的形态相异而已。因此,把它们都归于诗,既便于思考,不会因它们表象的差异使我们偏离对其本质的把握,也便于更接近我对其思考的真实;同时,也便于我们在中西诗歌理论话语平台上找到一个大致相通的基点。

在我国的古典诗歌中，无论是章句严整的诗，还是章句比较宽松的词，甚至章句都比较自由的曲，在内容与形式上，始终是相契相协自然天成的。尽管有人好心地提出形大于质或质大于形都不为上乘作品的品鉴要求，尽管诗话、诗式、词格、曲谱各说各的道理，但是，没有谁非要把这二者对立起来论述，亦没有谁提出词必须取代诗、曲就比词先进这样无知的问题。

新诗诞生以来，诗的形式问题成了一门显学。论者众多，是其特点；千篇一律、众口一词，也是其特点。扬弃旧体诗，创造新诗体；充分利用民歌形式或者说是充分吸收民歌的营养；在古典诗词与民歌的基础上发展新诗；再加上顺口、易唱、易记几点，几乎可以包括所有论者的观点。也许，如此这般的说法都有几分道理，也可以找到一些依据。但是，翻遍这些论者的著述与文章，几乎很难见着对诗的形式的价值与意义进行理性思辨的篇章。其间，也包括我自己。这不能说不是一个遗憾。

为什么会出现这般现象和如此问题呢？依我的理解，我国在诗的形式或者叫形体建设上虽然可谓超级大国，但在形式理论的研究上可说是相当薄弱。从孔老夫子删诗、编诗、评诗以降，我国的诗话著作可谓是汗牛充栋，但这些著述大多是对具体的诗歌作品的评鉴与欣赏。而在这些鉴赏著述中，大多也是停留在对诗味、诗风、诗的品格的感受上。就是诗的技巧研究，也多是就孔老夫子提出的赋、比、兴发表一些感受性意见。再扩大一点，就是兴、观、群、怨，再就是境界、性灵、有人之境、无人之境等。的确，这些概念的提出，对后人读诗、鉴诗、品诗提供了可行的门径，但对诗的理性把握却没有更多建树。一句诗无达诂，彰显了诗的非理性本质，同时也遮蔽了诗的可思辨可理性认知的可能与门径。微观代替宏观、感受代替思辨，成了我国诗话的一大特征。说实话，这没有什么不好，却有诸多不足。我注六经、六经注我，成了一个颠扑不破的怪圈。直到新诗出现，这个怪圈也没被彻底打破。

对诗的形式进行认真思考并给予理性价值判断的契机不是不存在，而是我们没有这么去想。因此，那契机即便出现了，也会轻易流失。远的不说，新诗诞生之时，就是一次对诗的形式进行深入思考的机会。此时的胡适，就对诗的形式进行过较为深入的研究。我把胡适尝试新诗体创作叫作"工具的革命"的初醒，把康(有为)梁(启超)等人倡导"诗界革命"称作把诗与文学当作"革命的工具"的先声。由"革命的工具"到"工具的革命"，这个变化可谓发生了翻天覆地的变化。也只有在此时，形式问题才被提到文学创新的第一的位置上，"形式问题"被作为一个命题归列到文学的价值判断的领域之内。

正因为有了这样一个前提，胡适先生通过他对文学发展史的深入研究，亦向世人揭开一个文学史的真相：一部文学史，就是一部形式发展变化的历史。胡适先生对文学史的如此评价肯定是不周严的，但他对文学发展史的如此判断也是深刻的、发人深省的。可惜的是，因为作为“工具的革命”的新文学运动很快汇入五四新文化运动洪流，新诗和新文学也就在瞬间转身重新回到“革命的工具”的位置上了。而胡适先生对诗的形式价值的研究，也就渐渐衰去了。

对诗的形式的价值与意义做出较多探讨并进行自觉的理性思辨的，是新月社的诸君。其间，闻一多先生试验最力，理论建树也最为有力。他提出的“音乐的美”“绘画的美”“建筑的美”三美理论，与诗的形式审美最为契合，尽管“绘画的美”不尽在形式。应该说，这差不多是我国诗人第一次站在形式的技术层面以外，对诗的形式审美进行带有理性思辨色彩的观照和理论建构。可惜的是，闻一多的诗歌形式审美理论，是因新月诸君要创造“新格律诗”而提出的，自然就消解了他的“三美”理论的普遍价值。特别是新格律诗作品被当时不少人诟病为“豆腐干”诗，再加上闻一多先生和当时的诗歌理论界没有对此进行更为深入的研究，因此，一次本可以更为深入的诗歌形式理论建设活动也就无疾而终了。尽管闻一多先生的“三美”理论在后来的新诗界产生过深远的影响，但在“三美”

理论的理论深度与体系建设上却没有多少有建构的研究者。这也算是一个历史的遗憾吧。

在中国新诗的形式理论和形式建构的实践上，胡适、闻一多二人可谓是贡献巨大的诗人与理论家。但是，虽然他们的诗歌形式理论已蕴含了诗歌形式可以作为一种独立的艺术形态存在的思想，虽然阐释了诗歌艺术的审美特色与价值，但在他们的著述中，并没有把诗的形式上升到可以作为一门"独立自足"的艺术而存在的这个高度来认识。而真正把诗歌形式作为一个独立自足的审美对象来认识，则是生活在20世纪末21世纪初的这一代青年学人。这些青年学者大多受过西方形式主义理论的影响，因此能够运用理性的思辨对诗歌的形式审美进行学理的分析与支持，并形成诗歌形式理论的自觉。而促使中国诗歌形式理论走向自觉的另外两种力量，则是坚持旧体诗创作与旧体诗创新的一大批中老年诗人和坚持新诗体创建的一大批青年先锋诗人。诗歌形式理论的自觉、旧体诗创作的复苏和先锋派诗人对形式试验的坚持，三种力量从不同的方面入手，自觉不自觉地携手推进了中国诗歌形式理论从自然走向自觉的进程。这就是我所说的"诸神的苏醒"。

从某种意义上讲，中国诗坛今天最需要的正是诗歌形式理论的自觉。这种自觉并不在于诗歌形式理论能否在短时期内构建成熟一个什么体系，而在于形式理论的自觉能够促使我们对中国古典诗歌形式的价值和中国新诗形式的构建有一个更为清醒的认识。

五四新文化运动以降,新诗取得了主宰诗坛兴亡的地位。可以说,新诗是以对旧体诗“革命”的名义与措施取得诗坛霸主地位并成就霸业的。这是个进步,同时也存在许多问题。在中国诗坛诸神苏醒的今天,我们可以并可能对我国诗歌发展进程中的一些问题进行较为超越功利的反思了。

但是,我清楚地知道,要在这篇文章里完成如此巨大的使命是不可能的。这里,我只是把我个人认为比较重要的几个问题提出来,以供同仁们参考,亦就教于各位同仁方家。

第一,诗歌形式的独立性问题。和小说、散文相比较而言,诗歌是一种有自己独立存在形式的文学样式。这种可独立存在的分行的排列方式,由诗句的节奏组合所呈现出的建筑美、音乐美来实现,可视、可闻是其突出特点。这种可视可闻的形式存在,更接近于绘画、音乐、雕塑、舞蹈、建筑等具有特质性“时空”性质的艺术形态。因此,我们可以把诗歌的形式称作有时空感的艺术形式。这种艺术形式位移于诗歌作为文学文体的创作之中,与赋、比、兴、通感、象征、排比、拟人等艺术表现手法,共同建构了诗歌的文学也就是文体特征。这就是说,作为文学存在的诗歌,由于有了它可以独立存在的艺术形式,使它成为一种在文体性质上有别于其他文学体裁的文学样式。或者，更彻底一点讲，诗就是诗，是一种特殊的文学样式。它的特殊性，在于它是一种形式感强烈的文学样式。而仅就形式而言，诗歌的形式对这种文体所起的作用与性质，与其他文学体裁相比也是有巨大差异的。

第二，诗歌形式的仪式性问题。诗歌形式的仪式性存在，是诗歌成其为诗的极其重要的原因。我们知道，诗歌之所以能够成其为诗而不是散文、不是小说、不是戏剧，其重要的原因是对其表现内容的选择；而与其对内容选择同等重要的原因，是其对形式的构建。如果我们把其他文学样式视为日常生活的展现的话，那么，诗则是超越于日常生活的庆典。日常生活和庆典尽管都是我们的社会生活，但日常生活是世俗的，而庆典则是神性的。而这种神性生活的完成与转化，在很大程度上取决于诗歌的形式。诗人通过诗歌形式的仪式性建构，得以超越现实世界的羁绊进入一个反思、冥想、想象的空间，这个空间就是一种诗性的神圣空间。作为仪式存在的诗歌形式，作为一种规范，也就成了一个作品内在的、合乎诗性思维的显在内容。或者说，形式的因素强化了诗作为诗的存在，显化了诗作的诗性。换句话说，是诗歌形式的仪式性存在使诗歌作品真正成其为形神兼备的诗。在日常生活中，仪式性的生活几乎无所不在，比如结婚仪式、生日仪式、死亡仪式。人的生命进程中的仪式，使人生充满了诗性与神圣，而教堂里的仪式则使在教堂痛哭的众生与神的心灵相通。同此道理，用泥巴做成的神祥泥胎，因为在庙宇里安坐，即便破旧不堪则仍然是神，而在荒郊野外横卧则是一俱废弃的泥胎。为什么？是形式存在的仪式性使然也。关于诗歌形式的仪式性问题，我当另文专门论述。在这里，只是把这个问题提出来，以引起同仁们的关注，也想得到同仁们的指点。

第三，诗歌形式的文化存在问题。和其他文学样式相比较，诗歌的形式又是一种文化存在，并通过在文学、艺术、建筑以及各种庆典活动中的广泛运用形成了一个庞大的文化系统。首先，是中国诗歌形式自身发展形成的文化积淀，如四言之诗经、楚辞，五言七言之古风、乐府，五言七言之绝句、律诗，词、曲，再就是诗的形式技巧中的对仗、平仄等，它自身就有一整套可独立运用的文化符号。延展至小说中，作为章回体小说的章节标题，成了章回体小说的体制符号标志；延展至绘画，则构成了中国画的一人艺术特色；延展至建筑中的楹联，则成为中国建筑的一大组成部分，使中国建筑具有了特有的文化特征。而在庆典中诗歌形式的祭文、祝词，成为庆典仪式中最为神圣的内容构成；作为书法存在的诗篇、对联，则成为中国家居、厅堂馆阁文化构成的最为重要、最为显在、最有中国气派的内容。而中国新诗的形式，尽管在去中国化、去民族化上走过了近百年的路程，但在其形式的基本特征和文化特点上，还是基本保留了中国传统诗歌形式的基本元素特征。

第四，诗歌形式与文学艺术作品的陌生化效果问题。对于这个问题，展开谈可以成为一门专门的学问。这里我只想指出，作为诗歌的形式，是诗歌作品产生陌生化效果的最为重要的手段。因为诗的形式的特殊性，使我们的日常生活在诗中变得敏锐起来，那些实用的语言也新鲜起来。因为节奏与音韵的作用，那些平平无奇的字、词的物理声音变得异乎寻常的突出。而诗歌的陌生化效果，正是因了形式的因素而得以突出强化。伴随着诗的陌生化效果的产生，诗中那些原非具有诗性的材料和生活元素的成分、性质，得以改变而萌生出诗性。这些，大多是因了诗的形式手段作用于普通词语而使我们对它们产生了新的感觉、新的感悟的结果。因此，我们似乎可以这么说：诗，正是因了它的特殊的形式因素而产生其审美功能而自足圆满的。

关于诗的形式，可以探讨的问题还有很多。这里，就不再展开来说了，好在诸神已经苏醒。在这诸神已经苏醒的今天，我想，诗歌形式发展中的诸多问题，比如旧体诗的审美功能问题、旧体诗的创新与发展问题、新诗体的建设与其在中国诗歌体式中的地位问题等等，自然都会有同仁去探讨。也许，只有在诗歌形式理论的自觉前提下，才能给中国各种诗体存在的价值一个理性的判断。《春风着意出阳关》一书，既包括了一种新诗体二十多年以来的创新实践业绩，也容纳了一种新诗体在理论构建方面值得思考的讨论，而“度词新词”就是这一新的诗体的名称。有这么多人参与实践和探讨，我相信具有一定的创建意义，同时也正是诸神苏醒的一个代表。

最后，我想征引康定斯基的一句话，来结束这篇粗浅而不成系统的话语：

凡是内在需要呼唤而来的手段都是神圣的；

凡是有碍于内在需要的手段都是有罪的。

此文见《春风着意出阳关》河南文艺出版社 2010 年版

2009年的河南诗歌

本书的两位主编命我为本书《河南诗歌 2009》作序，并为我规定了序言的标题——《2009年的河南诗歌》。拿到稿子，看到这个题目，我有点不以为然。看完诗稿，我认了，心中服帖。也许，只有这个命题才符合这本选集的实际。

在我的记忆里，为河南诗歌编辑一本如此全面、真实的年选，这是第一次。这里，老、中、青三代诗人，不同性别、不同艺术观念甚或不同价值观的诗人都以自己的“真在”簇聚在诗集之中，这是编选者的功劳。已收集七十五位河南诗人诗作的这本年选也许仍有遗珠之憾，但那已经无法动摇这本年选的“全面、真实”的根基了。正因为有了这么一个前提，我才认同用“2009年的河南诗歌”作为这本诗集序言名称的真实与可靠。

那么，2009年、河南诗人、河南诗歌呈现给我一种什么样的状态呢？

在此我首先要说的是河南诗人诗中的乡村。河南诗人的乡村意识是有着悠久的、优秀的文化传统和诗性传承的。远在天边的《诗经》和杜甫老祖宗暂且不说，新诗诗人中的苏金伞可谓是我国新诗人中具有纯真乡村意识的优秀代表。过去，在我国的文学史著中，对苏金伞先生的诗作尽管多有论述，但是，对苏诗的价值与地位都没能给以充分认识。尤其是大家不约而同地把苏金伞定位在“农民诗人”的位置上则更是大谬。苏金伞虽然出生于中原豫东乡村，但他本人不是农民。正如许许多多农民的儿子并不是农民一样，苏金伞写诗是一个身为河南大学的学子，一个受到五四新文化运动的洗礼和中国新诗运动影响的文学青年发自内心热爱做出的行为。正如不能因为杜甫写了唐代中国乡村的现实就把杜甫当作一个农民，白居易写了《卖炭翁》就把白居易定位为一个烧炭的，鲁迅写孔乙己、阿Q他自己就是孔乙己、阿Q一样，苏金伞用诗写了中国乡村的现实也绝对不意味着他就是一位农民。即便是在以阶级划分诗人诗作价值的那些日子，把苏金伞冠以“农民诗人”的头衔以表示苏老也是革命队伍的一员，也不能提高苏诗的地位，反倒影响了我们对苏诗的认识。因为把苏金伞定位为一位农民诗人之后，我们就必须对苏金伞早期诗作的唯美特色、对苏金伞中期诗作基本属于“七月”诗派的现代意识、对晚年苏金伞诗作的反思意识视而不见,甚或还要进行批评和批判。如此一来,一个有着清醒的现代意识、以中国广袤的乡村和农民命运为观照写作对象的现代诗人,就这么被我们简单粗暴地歪曲、误读了。这显然是不公正的,是荒谬的。

我在这里重提苏金伞,并对苏诗的特性予以重新评价与定位,其目的并不是要为苏金伞先生翻案。把一个诗人冠以什么名号其实并不重要。因为不切实际的名号并没有什么发言权。从本体意义上讲,一个诗人的声音是由他的诗发出的。即便我今日不说,早晚有一天人们会认识到出生在豫东乡村的苏金伞和出生在北京、上海的诗人一样,原本就是一位有着清醒现代意识和现代诗歌艺术审美价值趋向的地地道道的现代诗人。

那么,为什么我要在这里用如此多的笔墨为苏金伞的诗作"正名"呢?在此,我要明确告诉大家的是,如果我们不能真正正视苏金伞笔下的乡村面目和农民命运的诗作,我们就无法正视当下河南诗人的乡村叙事,无法真正对当下河南诗人乡村叙事的价值与意义,以及他们对中国诗坛做出的贡献做出一个较为理性的判断。

如果我们把中国诗歌发展史的各个时段做一个主题性的考察,中国诗歌在主题类型上大体是以山水寄情、花草咏志、记游逸趣、兴亡咏叹、边塞乡愁、田园牧歌为主要主题类型的。

古代诗人笔下的乡村田园多是清风明月、曲溪跃鱼的人间仙境，这与中国文人仁山智水的审美趋向有关，是中国知识分子隐逸思想的一面镜像，而真正书写农民命运的诗作并不多见。正因为这样，我们才把杜甫笔下的乡村哀境视作诗中珍品。如果我的阅读视野大体没错的话，那么，我们似乎可以做出如下判断：真正用心书写中国农民命运的诗人，是中国的新诗人，是经五四新文化运动的洗礼，具备了现代人文意识的中国新诗人，如艾青、臧克家、苏金伞等人。应该说，对中国乡村的重新发现尤其是对乡村苦难的重新发现，对中国农民命运的强烈关注，正是中国新诗人对中国诗歌历史的巨大贡献。与此同时，书写乡村的变迁，书写中国农民形象、情感与命运，也成了中国新诗的优良传统。在这一点上，以苏金伞、徐玉诺、赵青勃为代表的河南老一代诗人是做出了巨大贡献的。而在今天，以马新朝为代表的河南新一代诗人，在这一主题类型上的开拓，更是让人刮目相看。

在这本诗集中，共收录马新朝八首诗。这八首诗，都写到乡村。过去，马新朝以《乡村的一些形式》的出版，奠定了他在河南诗坛的地位。后来，马新朝的又一本大气磅礴、美轮美奂、回肠荡气的长篇抒情诗《幻河》出版并获得鲁迅文学奖，奠定了他在中国诗坛的位置。而今天就我们看到的他的这八首诗的水平而言，我们可以这么说，他作为一位诗人忧思的深广、诗艺的精湛，在书写中国乡村和中国农民的命运这一主题领域，马新朝不仅是河南诗坛的领军人物，同时也应是中国诗坛的领军人物。马新朝诗中的乡村意象，既不同于艾青，也不同于臧克家与苏金伞。这里没有阶级的爱恨情仇，丰盈着的是那些“沉默的门礅上/坐着的伤”和“从庄稼的根部传来的信息”，涌动着的是“带着疼和锅台边的黑”，在“迷醉的路径”上，像“兽”一样“晃动着向辽远走去”般的生活。在马新朝的笔下，今日的乡村既有新生的气象，“榆树在运气，用力/把储存在根部的营养运送到最边远的枝梢”，“小路在吱吱嘎嘎地/松动”，同时也有百年不变的沉滞，“过去的莲花落，还在/西风里摇晃”，寒冷的北方仍然覆盖着“已经被消化了很久的悲凉”。这就是马新朝，这就是仍然伤痛着的中国乡村。最为可贵的是，面对今日仍然伤痛的中国乡村，诗人不是站在局外观照，而是带着一种大仁爱、大悲悯对作为诗人的自己进行了深刻而又痛彻骨魂的反思：

太阳从桌的一头
走到另一头
一整天，我没有写下一个字
一个人
干不了多少事情
我后悔曾经的狂妄，竟说出一些

河流和山岗从没有说过的话
院子里的南瓜藤已经爬上了篱笆的顶端
它还有着数米长的前途
可以挥霍
黑暗从土坷垃的下面上升
晃动着蠕虫的细腰，它来召唤我——
加入到尘埃的行列

这就是诗人马新朝，一个把乡村的“老寒腿”、乡村的“悲凉”“土地里庄稼的根”都当作自己的血肉和命运的马新朝，一个有着沉重忧患意识的诗人。从某种意义上讲，马新朝对于乡村的关注与忧思以及诗人对他自己身心灵魂的反思，恰恰应是我们这个时代应具有的思想，也应是我们这个时代的诗人应具有的品质。从马新朝身上，我们可以看到今日中国诗人的可贵与可敬。因为当今日文坛诸多文体都在争相朝着生活经验的个人化和浅表化泛出之时，我们的诗人却在向着自我之外的广袤的生活深处和生命、灵魂深处进发。与此同时，诗人们在诗歌艺术上的创造性、纯粹性追求以及所取得的实绩，更是其他文体所望尘莫及的。我之所以强调河南乡村诗歌的传统以及马新朝在这方面取得的成就，究其实质是想向中国诗人、中国作家乃至中国知识分子进一言。我们不是时常说到对“人”的人文关怀吗？如果我们认可了这一命题的可靠，那么，请问，在当今中国，还有哪个阶层的人会比中国农民更需要“人文关怀”呢？应该说，在当今中国，太需要应着“从土坷垃的下面上升”的“黑暗”迸发，把自己“加入到尘埃的行列”里的诗人、作家和知识分子了。在这里，我要指出的是，在河南的诗歌队伍中，有一批这样的诗人，如蓝蓝、冯杰、高金光、刀刀、丁东亚、马东旭、田春雨、高野、王文涛、李山、刘坤、郑皖豫、萍子、琳子等。在这些书写乡村和农民命运的诗人群体中，我特别注意到了一批年轻的诗人如刀刀诗中的生命意识、丁东亚对于理想家园的向往与念想、马东旭的乡村记忆与纪实等；在这批年轻诗人的诗作中，我又特别关注到尹聿的一首诗——《我的母亲生活在这样的故乡天空下》。在这里，我必须抄录下诗中这样的诗句：

我说母亲，你放下手中的树苗
赶到政府的办公室，把你的恐惧
和不安，同那些坐在皮椅上的人
说说。不要声音颤抖，不要
把手绞在一起，而不停揉搓
你可以找把凳子坐下，不要等着
他们示意，不要眼睛胆怯地盯着
他们的目光。墙边饮水机的水
可以喝，杯子就在一边的茶几下面

你渴了，母亲，不要紧紧闭着嘴
也不要客气说自己刚刚喝过水
在宽大的办公室后面那个人还没有
抬头的时候，你可以慢慢坐下来
如果那颗头还没有从报纸上抬起来
母亲，你可以叫他同志，你找他有事
你的声音可以大也可以小，你没有必要
控制情绪，没有必要装出政府工作人员
那样虚伪的例行公事的微笑，你记住
你只是一个在农村的泥土里刨了八十年的
农村妇女。母亲，我的母亲！你不要怕

说句老实话，我真想把这首诗抄完，还想多抄几遍，想大声把这首诗读出来、喊出来，让全中国的农民都听到，让全中国的官员都听到。这是我们河南诗人的声音，是这个时代的声音。读这首诗，让我想到艾青的成名作《大堰河——我的保姆》，计算下来，当艾青在那个时代的天空歌吟他的乳母时，诗人尹聿的母亲也许才刚刚降生。八十年的时光转瞬即逝，人类社会和中国社会已发生了翻天覆地的变化，但是，我们看到，诗人尹聿的母亲与艾青的乳母共同的命运却没有太大的改观。也许，正是这八十年的疼痛始终没有痊愈，诗人尹聿才从这滞重的生活中发现了诗的灵性。与此同时，通过这首诗，我们也发现了诗人尹聿身上的血性，看到诗人情感与思想里闪耀的人性的光辉。

需要说明的一点是，上面列出的这些诗人，也许不像马新朝那样专注地书写乡村与农民的命运，但在他们的部分诗中能感受到一个诗人对当下最应关注的农民群体的观照与关爱。他们对乡村的痛与伤有切肤的感受，对农民的命运有孺犊爱母的自然关切和作为一个有着现代意识的诗人的自觉观照与表达。如果说我国古代的田园诗人从田园与乡村发现了作为个体的、自己的人格情怀的话，那么，以艾青、臧克家、苏金伞为代表的老一代新诗人则从乡村中发现了乡村土地与民生中的政治，进而从乡村政治中发现了农民多灾多难的命运。那么，马新朝和他的河南诗友们又从他们的眼中、心中的乡村发现了什么呢？应该这么说，以马新朝为代表的中国当下写乡村的诗的诗人们，他们在对中国农民的命运的关注和理解上，与他们的前辈诗人并没有太大区别。所不同的是，他们在对中国农民命运的思考上，淡化了前辈诗人过浓过重的政治因素，或者说，他们做了大量的去政治化的工作。他们在为中国的乡村诗去政治化的过程中，进一步强化了农民与土地的关系，强化了农民与土地、农民与村庄血肉相连、魂灵共生的不可更改、不可移动的共同命运。农民、村庄、幸福与苦难，以及大地上那些有气无气的活物和游走在传说中的祖先，都是从土地里长出来的。他们都是大地的诗性存在。从某种意义上讲，在中国新诗人的乡村诗中，无论从泛政治化还是去政治化方面讲，都体现了现代知识分子的良知。

如果说当今的河南诗坛仍像20世纪五六十年代乃至七八十年代那样许多的诗人仅仅较多关注政治诗以及诗坛各种规定性的、思潮式的诗歌写作，那就大错特错了。应该说，今日的河南诗坛，仍有一些诗人，特别是一些中老年诗人仍然持有写作政治抒情诗的热情。在这本选集里，编选者没有忽略他们的努力与坚持。在我们看来，诗有多种可能性，诗人做出的任何一种选择都是应该尊重的。而就河南当今诗坛上的大多数年轻诗人而言，他们较多关注的是当下人们的生存状况以及个体精神方面的生活。强烈的批判意识，时隐时现的病房意识，生活的动态以及不确定、不稳定感，对人类精神层面的诗性追求，应该是当今河南青年诗人诗作的基本面目。如果我们把河南诗坛当今的“面目”放大一点来看，从某种意义上讲，河南诗坛当今的“面目”其实正是中国诗坛的一个缩影。因为当今河南诗坛的诗人们无论是从诗人群体的构成形态上，还是从诗人的诗域视野上，抑或是从诗歌艺术的基本水准和探索趋势上，都代表着中国诗坛的基本面貌和基本水准。如果必须用一句话对这些诗人的创作状况予以概括的话，那么，“在诗的内容与艺术上对现代性的全面追求与探索”这句话，基本可以概括这些诗人诗的基本面貌。

如前所述，这批中青年诗人对诗的现代性的追求表现在诗的内容与艺术表达两个方面。就内容而言，强烈的批判意识是他们诗作的主要色调。但必须指出的是，和北岛在20世纪80年代诗作的强烈的政治批判相比，这些诗人多是站在人类文明进程前端——现代科技与人们的现实生活这个角度进行的文化批判。从另一个角度看，如果说，北岛们主要是以一个批判者的角色面对今日世界的话，那么，当下的这些中青年诗人则往往是站在一个诊断者的立场上，对现代科技给今日世界和在今天存活着的人们带来的“病症”和“不安”进行的“展示”与“诊断”。与此同时，诗人自己也是这“病症”的制造者和承受者。就河南诗坛的这些诗人而言，邓万鹏、森子、汗漫、吴元成等人的创作，似应引起我们特别的关注。在这本诗集中收录了邓万鹏的四首诗。第一首《导入》以繁杂的意象展示了在现代话语下人们的真实存在和存在的非本质性，或者说是人们的“异”本质存活。“坚持定居在一份报纸的村庄”，“用八哥好听的歌取代云雀的广泛影响”，还有“神经上跑过”的“夏日拥挤的车马”“机械的轰鸣”“空洞的喧嚣”等等，人们用自己的智慧创造了世界，世界又用其冷峻的强力把人们定格在非本质化的生存中。平静与坚硬，是邓万鹏面对生活的思维状态；沉默着并尖叫着，则是邓万鹏当今诗作给人留下的强烈感受。和邓万鹏相比，在森子的诗中，对现代科技以光明的名义给今日世界带来的“黑暗”的揭示与批判则显得更为决绝、更为强烈。“我们自身越白净，越像污点证人”，这就是森子眼中的生活的悖论。“可不可以这样说，我们/越是做噩梦飞得就越高？”“我变得更糟，但是灿烂。”在这些诗作中，诗人不留情面地揭示了我们的非真实存在，但是，毋庸讳言，这的确又是我们的真实存在。汗漫、吴元成对现代生活的批判没像邓万鹏、森子那样直接把自己置身于现代生活的最前端，但他们各自的切入点亦展现他们作为诗人的思维个性。相比较而言，汗漫似在场外静观“场”内的生活。“白色槐花咬紧蜂蜜和蜜蜂的大树下/蹲着一个号啕大哭的人——/他是被新房期待的新郎/还是被警察通缉的逃犯”（汗漫：《夜色温柔》），那个站在一边闻着槐花与蜂蜜的香味又看着那个号啕大哭的人就是汗漫，他冷峻地看着世事“景象”的变幻而不露声色，任他“奔跑，奔跑”或是“慢下来”，“以确保一切衰败的事物及时消亡”。而在汗漫的心像的天空中浮动的又是什么呢？用汗漫的一句诗来说，他心中浮动的是“在明年春分，重新获得青草们幼小的面容”。这就是那个心中藏着火却像一座冰山一样矗立在我们面前的汗漫。而和汗漫相比，吴元成仍然一如既往他的敏感、尖锐和热烈狂放。如果说汗漫多是站在他的诗外生活的话，那么，吴元成永远是生活在他的诗中。“在窗帘之内”,他感受到生活是“多么虚假,多么无助”;“在黑暗之外”,他看到有“更大的黑暗”。面对“明知不是雪,也不是花”,“委之沟渠”飘散着的“杨花”,诗人的态度是“不管这些,且和我饮尽/葡萄美酒和鲜血/在坚硬的史册里/酩酊大醉”。这就是热血和烈火同时燃烧的吴元成。

在河南2009年的诗坛,还应特别关注的是一批女性诗人的诗作。在传统的河南诗坛上,女性诗人并不多见。但在新时期的河南诗坛上,一代一代的青年女诗人始终是个应引起我们关注的诗人群体。这本诗集中选辑了十位河南女诗人的诗作。这些诗人,有的在国内诗坛已有较大影响,有的则是刚刚步入诗坛不久,但她们诗的各自特点都十分鲜明。在这十位女诗人中,蓝蓝是一棵常青树,只是现在的蓝蓝比过去的蓝蓝更为凝重、更为深刻。在今天蓝蓝的诗中,强烈的批判意识不仅仅是针对社会生活中的“他们”,也包括心中有着“闪电”与“雷”的自己。在她的诗中,所揭示的不仅仅是她看到的社会生活的“伤”与“悲”。与蓝蓝的更为深刻相伴,青年女诗人扶桑的诗则走向了更为简洁。在扶桑的诗中,意象的表与里已很难明确分开。在我的印象里,今天的扶桑更加精于选择物象,同时也更加精于使物象承担凝重的思想。这里所选的《房子埋藏着人的记忆》《人迹不到的地方》《灰尘筑巢的地方》等,可谓我国新诗中精短抒情诗中的精品。如果用海德格尔的理论解读一下这几首诗，我认为，在这几首诗中，“诗”与“思”已达到天然化一的境地。与扶桑诗的理性哲思相伴的，还有尚新娇的几首短诗。与扶桑的诗相比，尚新娇诗的语言力度不像扶桑的诗那样坚硬，但沉着自然与扶桑并无二致。除此之外，尚新娇诗中的清淡深刻亦别具一格，就诗而言，把情写浓易，把情写淡也不算什么，淡而有味且意味深长就不易了。和前述三位女诗人相比，郑皖豫的诗则显得更为自由、自在，情思在自由自在的陈述中溢出。把这十位女诗人放在一起看，阔大、凝重、沉着、深刻，是她们的共同特点。“中原”与“北方”，在她们身上得以充分体现。

对于河南诗人在题材和内容方面显现的特色和问题，在此我不想有更多的阐释，就由读者自己去解读吧，这里，我想集中笔墨说一说诗歌艺术方面的一些问题。因为河南 2009 年的诗坛所呈现出的诗歌艺术的面貌，在正反两方面与全国诗坛的面貌大体相似，因此，我才要重点谈一谈这个问题。

2009 年的河南诗坛在诗歌艺术的追求上呈现出哪些特点呢？从这个选本以及我在平时关注的河南诗坛的一些现象来看，2009 年的河南诗坛在诗歌艺术的追求上大体呈现出以下几个特色：其一，新诗传统艺术经验处在坚持与变异之中；其二，现代诗歌艺术在全面展开；其三，民刊诗歌呈先锋艺术形态与姿态；其四，技术主义写作有泛滥之势。就我个人的视野而言，我认为，以上四点正是我国当下诗坛在诗歌艺术追求上所呈现出的基本形态。这种形态，对于河南诗坛而言，是饱含着成长活力的一种形态。和其他地域的文化历史与文明现实相比，河南——中原这块土地毕竟过于古老，过于滞重。在一块有着五千年古老文明的土地上，中原的诗人们能以一种现代化的方式成规模成群体地出现在中国诗坛上，而且，在诗的先锋性与诗的普世价值上都有所追求，同时又在乡村诗与表现农民命运的诗作上有自己特殊的表现，这不能说不是一件特别值得庆幸的事。但是，我在这里要说的是，河南诗坛这种向现代诗的全面追求，一如国内诗坛一浪又一浪的断裂式的诗的现代性、先锋性、前卫性追求一样，其中存在着巨大的隐忧。

那么，具体一点说，这种巨大的隐忧是什么？说实在话，写到这里，我手中的笔着实有着相当的犹疑。在我阅读本诗集的诗作时，我曾顺手写下过这样的话："词语的陌生化程度越高越深，离所写对象的诗性存在难道就会越是接近吗？""沉重，正在成为诗的一种力量，似乎也正在成为诗的一种病态。""意象的密集展示与转喻，使语言更具陌生化的效果，但同时也使诗的面目让读者感到更加陌生。"就我个人的文学观念的价值取向而言，对于新诗的现代性是给予充分的毫不犹豫的肯定的。从某种意义上讲，没有现代性，或者说没有现代主义诗歌观念和诗歌创作的参与，就没有中国新诗。但是，如果，我们把，诗的现代性作为诗的一种“服饰符码”，而后，我们又把，诗的创作幻变成一种流行体系，像一年一度的，流行时装一样，进行“制作”，而此时，诗的技术问题，成为，诗歌创作的，头等大事。技术主义，悄悄取代了，诗的神思，这时，真正的诗人，又能何为呢？请读者朋友原谅以上一百多字的表述方式。上述一百来字不符合现代汉语断句与标点规范。但是，我觉得这样的表述更能传达我把上述问题写到纸面上时的犹疑。在我准备写这篇序言的时候，不知怎的，我突然想起早已尘封在我书架上的一本书，这本书的书名是《流行体系——符号学与服饰符码》。这本书是罗兰·巴特的一本重要著作。这本书的写作始于1957年，结束于1963年，出版于1967年。从写作到出版相继十年，其规模也不过二十多万字。这是一本应用语言学和符号学方面的专门知识，将流行服装杂志作为一种书写的服装语言来分析并用以建构方法的著作。罗兰·巴特把书写的服装看作制造意义的系统，即制造流行神话的系统。在罗兰·巴特看来，流行服装杂志只是一台制造流行神话的机器。各种各样的服装流行神话就从这个神话制造工厂加工生产而出，流向市场。这些流行神话流向市场之后，又以伪装或者不伪装的方式调节、玩弄着社会价值与人们的记忆。消费者自觉或不自觉地追随这些流行神话，并做自己也来制造品牌神话的梦。我把我突然想起的有关罗兰·巴特对服装杂志——书写服装怎样制造流行神话的论述转述于此，显然是有我的用意的，尽管到现在为止我也没想明白我如此的转喻到底是否符合我国诗坛的实际。但是，在这个转喻过程中，我对当前中国诗坛技术主义写作、新闻效应写作和广告式、品牌化写作的反对是显而易见的。也许，我的反对是错误的，但是，这毕竟是我的想法。

也许，我的以上想法并不是我一个人的想法。我想，读者朋友可能还没有忘记2006年网友们对“梨花体”诗歌的“围猎”。平心而论，“梨花体”并不是引爆这场“围猎”的诗作者个人的问题，她只是偶尔“被”撞在枪口上了。与此同时，“围猎者”也没能真正理解“梨花体”诗作者创作那些诗时的良苦用心，一如北京的一位朋友用“脱”写诗被拘而“拘人者”并没有真正理解“脱”者的良苦用心一样。可以这么说，“梨花体”与“围猎者”、“脱者”与“拘人者”，双方虽然对立得厉害，但对立的双方实质上并没有照面。但是，“围猎者”以及后来以诗的理由赞成“拘人者”（当时的拘人者并不是以诗的理由）对诗的如此前卫与先锋的质疑，都应该是实在而有某种程度的理由的。在我看来，这其中一个实质性的理由就是对当时诗歌创作中的技术主义写作、事件性写作的质疑与反感。只是这些“围猎者”没有用理性的方式对诗坛的这种现象进行思考，没有用理论方式对此进行概括表达而已。

那么，面对技术主义写作的“泛化”，我们又该做些什么呢？我认为，在当下诗坛，诗人需要有两个自觉。其一是现代性的自觉。自新诗以降，现代性就是一个常谈不衰的话题。在某些时期，诗的现代性以及文学的现代性尽管被视作异端，但是，历史最终还是还现代性一个清白。大家终于都认识到了或者大体认识到了现代性问题对于中国文学的创作与发展来说，压根儿就是一个刚性问题。但是，由于中国社会进入现代之后，社会生活与文明进程与文学的现代性之间并不能形成协调共生的关系，因此，中国文学的现代性呈现出一种特别复杂的状态。正因为这个问题比较复杂，我在这里提出现代性的自觉，只能是一个泛泛的提法。至于怎样自觉，自觉到哪里去，还有待大家从历史与当下、东方与西方、不同时期、不同侧面与角度对人、人的存在的价值做深切的了解、思考、觉悟，才能有个较为明晰的认识。其二是传统意识的自觉。和前述现代性的自觉相比，传统意识的自觉是一个更为复杂更难达成自觉的问题。因为对于今天的中国文学来说，其传统仅在文化与文学性两个层面上而言，就存在着中国传统文化与中国传统经典文学、民间文学、中国现代文学及新中国六十年的文学这诸多头绪，想弄清传统是什么实是难事。说句公道话，其实也弄不清。但是，现代诗坛上“中国新诗派”也就是后来的“九叶诗派”对待传统与现代的态度与方法，似可作为今人的借鉴。他们的方法可用四个字来简单概括，那就是“象征博纳”。把这概括“九叶诗派”艺术建构方式的话的含义位移一下，我们似乎可以这么说：站在现代意识的基础上，“博纳”有史以来所有优良有益可用的文化传统与艺术方式，创作出独具个性、蕴含着人性光辉和恒久、普世价值的诗歌珍品，不为现代而现代，不为传统而传统，也许，我们的目的就达到了。

2009年12月27日一稿完

此文见《河南诗歌2009》大象出版社2010年版

散论:现代语境下的河南诗坛

之所以散论,是因为我无法使我的认识更为系统。从另一个角度讲,河南诗坛的价值与意义已远远超越"河南"这一地域空间,正在向着更为广阔的空间弥漫。因之,我只用散论来言说它。

——题记

我和相新、吉哲两位主编交流了一下对本年度诗选的看法,觉得在河南诗坛的现代性问题上有一些看法想说,于是,就定下了这样一个题目——现代语境下的河南诗坛,并以此权作这本诗选的序。

把这个话题拿到这里来说,一是基于河南诗坛当下的现实,二是基于河南诗坛过往的历史。就河南诗坛当下的现实情况而言,是因为河南诗坛的当下无论是从诗人、诗作,抑或诗歌流派而言，都已构成了能够从正面谈论诗歌的现代性的语境。就河南诗坛的历史现实而言，现代性始终是一个时隐时现的“问题”，而且是一个让河南诗人比较“纠结”的问题；并且，这个问题直到今天仍然影响着人们对河南诗坛的认识与评价。正因为如此，我们就不能不对这一问题进行一番梳理和辨析。

一

我们首先从河南诗坛呈现的现代性的历史说起。

从某种意义上讲，河南诗歌的现代性是与中国新诗的现代性同时生成并共同成长的。从早期的河南诗人徐玉诺、于赓虞、苏金伞三人的创作实绩上，我们基本上可以把捉到新诗的现代性在河南籍诗人身上呈现的特点以及发展脉络。徐玉诺应是中国新诗的创始人之一。他的诗集《将来之花园》于民国十一年八月（1922 年 8 月）由商务印书馆出版，在此之前，出版个人诗集的诗人据朱自清《中国新文学大系·诗集》提供的资料看，也只有胡适出版的《尝试集》（民国九年三月，即 1920 年 3 月）、郭沫若出版的《女神》（民国十年八月，即 1921 年 8 月）、俞平伯出版的《冬夜》（民国十一年三月，即 1922 年 3 月）、康白情出版的《草儿》（民国十一年三月，即 1922 年 3

月)，同年八月出版的另一本个人诗集是汪静之的《蕙的风》。在这一年还出版了另三本诗集，一本是北社出的《新诗年选》，一本是湖畔四诗人的合集《湖畔》，另一本就是收有徐玉诺四十余首诗作的多人合集文学研究会丛书《雪朝》。也就是在这一年，可称为中国新诗象征派鼻祖的诗人李金发开始发表诗作，三年之后，他的诗集《微雨》由北新书局出版，此时为民国十四年(1925 年)。到了民国十五年(1926 年)，北京晨报《诗镌》出世，由闻一多、徐志摩、朱湘、刘梦苇、于赓虞等人主办，提出了创建新格律诗的主张。也就是这一年的十月，于赓虞的诗集《晨曦之前》由北新书局出版。到此为止，影响中国新诗发展的被朱自清称为三大诗派的自由诗派、格律诗派、象征诗派已自成格局。在这些新诗草创时期对诗体的创建有着开天辟地贡献的诗人中，河南诗人就占有两位：徐玉诺与于赓虞。两位诗人，两本诗集，居两大诗歌流派，且为两大诗歌流派的创建做出积极贡献，从这最基本的诗歌史实来看，河南诗人不仅积极参与了新诗草创时期的造山运动，而且还走在了运动的前列。如果我们把新诗的现代性放在这个时期作为起点来看的话，那么，说河南诗歌的现代性是与中国新诗的现代性同时生成并共同成长，应该是一个毋庸置疑的事实。

事实既然如此，那么，河南诗人在此后的时光为什么还要为河南诗歌是否具有现代性而纠结呢？这里，我们不妨再对中国新诗的现代性以及河南诗坛20世纪20年代后的状况做一梳理。

二

对于中国新诗现代性的内涵，许多学者、诗人都做过一些探讨与描述，但大家得出的认识显然是无法统一的。从某种意义上讲，新诗的现代性本身就是一个过程性命题。也就是说，新诗现代性这一命题是在新诗创作的实践过程中逐步显化并不断丰富的。它的突出特点，一是具有阶段性的内涵，二是在阶段性内涵不断丰富的过程中逐步形成传统，同时又在对传统的继承与“颠覆”中使其内涵更加丰富。正因为新诗的现代性具有这些特点，在探讨新诗的现代性时，我们就不能不考虑新诗在其创建初期呈现的基本面貌，并把这基本面貌作为新诗现代性的“元点”予以重视。在这篇序言里，我们显然无法充分展开来论述这一问题，但为了给河南新诗的现代性找到一个可资依存的基点，这里，我们只有对中国早期新诗呈现出的现代性特征的基本面貌做一个简略的描述。

那么，中国新诗的现代性元点是如何开启的呢？从新诗草创时期的现实来看，以下几点应引起我们的高度重视。其一，早期的译诗，特别是早期译诗对美国意象派诗歌、印度泰戈尔诗歌及日本俳句的译介。译诗的语句特点、构词方式和行段特征从诗歌体式和诗句构成上打破了传统诗歌的体式、语言构成的固有模式,为新诗体的生成提供了多样性的可能。其二,胡适对中国古体诗、乐府等诗体作为中国古代白话诗性质的定性,为新诗体的民族认同奠定了牢不可破的文化心理基础。有了以上两点,再加上胡适“以文为诗”及其他新诗人对民歌体的借用等,就形成了中国新诗人对于一种新的诗体形态的基本认识:其一,新诗是继诗经、楚辞、古诗乐府、格律诗、词、曲之后的一种新的诗体形式,应具有新的文本地位与价值;其二,这种新的文本从语言、篇章建构上都是自由的;其三,这种自由的诗体是在与格律诗的断裂、与古诗的承继、对外国诗的借鉴的前提下,使诗人的创新精神得以充分展开的基础上创造而成的。由断裂、借鉴、自由与创新而至新的文体的创建与自由精神的追求,就构成了中国新诗现代性意义与价值的元点,同时,这个元点也成为此后新诗创作最为基本的文本价值取向,成为中国新诗文本创建的一种精神。应该说,新诗中其他现代性元素的展开,都离不开这个元点的导引。从这个元点出发,把中国新诗文本构建的现代性价值与意义引向深入并丰富其内涵的诗人及其流派,是新月诸君的新格律诗派及中国新诗象征派的肇始人李金发和象征诗派。简单地说,新月诸君特别是闻一多新格律诗理论即“三美”理论的提出，不仅拉近了新诗审美与中国传统经典诗论的关系，同时也强化了新诗文本地位的价值。更为重要的是，“三美”理论中的“建筑的美”的提出，使新诗分行排列的审美价值和文本价值得以凸显。对于这一问题，我将会专文论述。这里我要强调指出的是，如果说中国新诗的现代性，首先应该考虑的问题就是新诗文本地位的确立与持续创建，近百年的中国新诗，无论是当初的“白话诗”命名与“自由诗”的命名，还是新格律诗抑或是今日对口语化的追求，无不是出于对新诗体文本内涵的质疑、丰富与改造。它的出发点，都是对新诗文本形态的持续性创建。从某种意义上讲，新诗的文本形态始终处于一种未完成的状态之中。由此出发，完成新诗体的文本构建，并使之具有自己独立自足的审美建构，就成了一代一代新诗人的共同使命。而这一使命提出的肇始人，当是朱自清先生在《中国新文学大系·诗集》的序言中提到的早期自由诗派和格律诗派及象征诗派的诸位诗人。今天，在我看来，这应当是中国新诗现代性进程的元点。

三

在中国新诗现代性建设的进程中，应给予特别关注的一个诗歌流派是象征诗派。这个诗派一举引起中国新诗坛巨大震荡的诗人是李金发，其后的中坚诗人是王独清和穆木天，使这个诗派得以发展并使之变异的是以戴望舒为标志性诗人的现代派的诸位诗人，而使象征诗在中国新诗坛与中国古典诗歌、与中国新诗的自由传统得以相融并产生了持续、久远影响的是“中国新诗派”，也就是被后人重新命名的“九叶诗派”的诗人群体。沉寂多年之后，使这个诗派在中国诗坛复兴并产生广泛影响的则是在20世纪70年代末80年代初的朦胧诗群体。

应该说，关注以上几个相继发展的具有现代主义特征的中国新诗流派，特别是关注以李金发为代表的象征诗派，其实正是关注中国新诗现代性构成的一个重要门径。这里，我们必须首先说明的一点是，中国新诗的现代性这一概念，其内涵与外延大于中国新诗的现代主义、现代派的内涵与外延的概念。现代主义、现代派都具有我们所说的现代性的内涵。新诗的现代性除具有前文谈到的文本元素之外，至少还应包含现实主义、现代主义两种创作方法中最具核心价值的元素，即前者所追求的真实、典型地反映现实人生真、善、美的丰富与厚重，生存的压力与磨难；后者所追求的敏锐、深刻地表现人性的复杂性与存在的荒诞性。对于前者，大多数诗作者和读者都比较容易把握和接受，而后者则不易被大多数人接受与理解。特别是在新诗创建初期，更难被人接受，这就难怪大家称李金发为“怪诗人”了。

李金发的“怪”主要表现在什么地方呢？在大多数人看来，李金发的“怪”就怪在其诗歌语言的表达方式上，即他的诗一开始出现就被大家诟病的“读不懂”的问题。正是因为这一“读不懂”的问题突出存在，也就把大家的注意力集中在象征诗的形式艺术的特殊性这一问题之上，并使之成为一个受众人高度关注、持续关注的问题。朱自清评价李金发的诗时，也是把李诗的表达方式的怪诞作为李诗的主要特征的。由于这一问题的长期存在，于是，这一问题也就成为象征诗、现代诗、现代主义诗歌在其艺术表现上的一个“标签”。由此造成的后果，则是一代一代的持“先锋”姿态的诗人在表现自己的先锋性时，往往是从颠覆前辈诗人诗歌的形式、艺术因素和语言表达方式入手。从某种意义上讲，这种先锋性姿态，形式、艺术和语言表达上的标新立异，正是现代派诗歌的重要特征，同时，也是中国新诗现代性构成的重要元素。对此一点，我们必须予以正视、给以重视。但是，由于我们对此从正反两面都过于重视和强调，使我们从一开始就忽视了象征诗所具有的另外一种更为重要的现代性元素——不同于现实主义创作以审美为主体切入点的认识世界、认识自我的角度与方法，这个被我们忽视或者说未曾被我们正视的东西就是以“审丑”为姿态的认知观念与诗人的主体态度。正是有了这一视角，存在的荒诞与人性的残酷才使我们更为深刻地得以认识。因此,象征诗不仅改变了诗歌的语言方式、表达手段和诗歌的形式艺术元素,更为重要的是象征诗为我们提供了一种感知世界、认识自我的新的经验、态度与观念。从某种意义上讲,象征诗不仅是一种艺术的存在,更为重要的是它是一种观念性存在并具有认识论的价值。对于这一点,不少人尚无真切的认识,被忽视也就变得很正常了。简而言之,诗人的先锋姿态,艺术形式与语言表述上的差异性、颠覆性取向,对于存在的荒诞性、人性的复杂性认知,把象征与隐喻作为感知世界、认识自我的重要途径等以上几点,大体上应是象征诗乃至现代主义诗歌的主要特征,这些主要特征也成了中国新诗现代性元点的重要元素。

四

让我们把话语拉回到河南诗坛。

从中国新诗现代性的元点直接跨越到河南诗坛今天的现实,这中间有一个历程性“间隔”,同时也有一个区域性缩小。仅就河南诗坛而言,在这个历时性过程中,在徐玉诺、于赓虞之后,最值得关注的诗人当是从 20 世纪 30 年代成名一直影响到河南诗坛的今天的苏金伞。对于苏金伞诗中的现代性问题，我已在《河南诗歌 2009》的序言中多有论述。其大意是说苏金伞是如何用现代意识关注中国农民的命运，并指出“发现农民”是中国新诗现代性的重要内涵和重大贡献。苏金伞的诗，与现代派和“七月诗派”都有关系等，这里我不再重复论述。

自徐玉诺、于赓虞至苏金伞之后，河南诗坛还应该被重点关注的诗人是新中国建立后成长起来的诗人王怀让和王绶青。应该说，他们二人的诗大体可视为新中国诗歌在河南诗坛的一个缩影。王怀让擅长政治抒情诗的创作，把日常题材亦做泛政治化观照，可贵之处在于能在政治情感的抒写中带入具有民族文化情感和人类共时性高尚、神圣品质的挖掘。王绶青的诗则多关注社会生活中的基层人物和日常生活事件，即便是写英雄，也是民间的建设新生活的英雄。他的可贵之处在于他能始终以一种民间的姿态观照生活、发现生活并在这生活中带入他自己体验到的诗歌意味。从某种意义上讲，新中国建立后对河南诗坛影响最大的三位中老年诗人当是苏金伞、王怀让、王绶青。苏金伞笔下的农民命运与乡村现场，王怀让笔下的政治激情和神圣精神，王绶青笔下的日常社会和诗性真诚，都在河南诗坛产生过广泛的影响。如果在他们这两代人中再选三位有影响的河南诗人，那就是赵青勃、李清联和陈有才。

在他们这两代人中，河南诗坛鲜有能用通常意义上我们所说的现代意识、现代艺术手段写诗的诗人，这大体也是中国诗坛的样子。但是，没有通常意义上的现代性与现代艺术手段并不能说他们身上就没有现代性的元素。比如，他们所处的那个时代对“革命性”的强调与张扬，这本身就具有现代性的要质元素。中国的新文化运动，其本身就是新文化对旧文化、新思想对旧思想的一次又一次的革命性行为和运动。由于这场持续多年的文化运动与思想革命乃至由它所导致的社会革命，几乎使所有中国人的时空观念都与传统的时空观念有了巨大差异，对于国家风貌、民族前途的想象得以无穷扩大。李欧梵先生对于现代性的概括，似乎恰恰可以说明中国新文化运动的一次次革命，正是具有现代性内核的运动。他说，现代性的基本内涵在于，现在是对于将来的一种开创，历史因为可以展示将来而具有了新的意义。由此，我们完全可以比较理性地发现革命与文学的现代性之间的必然联系。当然，我们也知道不同的历史阶段中国革命文学运动的表现及其内涵呈现出极其复杂的状态。尤其是在一些特殊的时期，比如“文革”，其现代性的表现不仅极其复杂，而且具有一些变异与荒诞的特质。在新中国诗坛，这种复杂与变异、荒诞的现代性曾持续了三十年之久。这三十年，也正是我在这里所说的中国新诗现代性发展的“间隔”。对于这段“间隔”的价值意义，也许，我们今天尚无法给予客观理性的评价。正视它的存在而不无视它的价值并留待今后去慢慢研究，也许，正是一种较为妥当的态度。

五

跨越新中国成立后的三十年“间隔”，如果把新时期诗坛与20世纪三四十年代活跃于中国诗坛的两大诗人群体，即“七月诗派”诗人群体和“中国新诗派”（九叶诗派）诗人群体的创作相衔接，我们就会发现，无论是从人文精神的内涵上还是从艺术传达的方式上展开现代性这一话语会显得更直接也更丰富一些。从某种意义上讲，今日河南诗坛的创作，与五四新诗的现代性传统之间，似乎有着一种更为紧密的关联。如果我们把这种关联在地域上缩小一点，直接把它们之间的相关关系用于今天的河南诗坛，这种关联关系也显得更为丰富复杂一些。

就今日的河南诗坛而言，和前面所说的任何一个时期相比，无论是从诗人的层面上看还是从诗作的面貌上看，都发生了巨大的变化。变化的表征，从去年的《河南诗歌2009》年选和今年的这本年选中都有所显现。这里，我们不妨以今年的年选中的诗人诗作为主，简略谈一下今日的河南诗坛在其现代性问题上呈现的特点，以及它与老一辈河南诗人之间的关联与差异。从某种意义讲，今日的河南诗坛所呈现出的现代性特点比以前任何一个时期都要充分，与此同时，我们还应看到的是，河南诗坛所存在的问题，也同今日中国诗坛一样令人忧虑。

为了更好地弄清河南诗坛于今的现实，这里，我们把前文论及的中国新诗现代性的特点大体小结一下。其一，注重新诗文本的开创性、先锋性、探索性存在，注重新的形式、技术与语言的价值；其二，立足当下，关切朝向未来的具有启蒙意义的人文精神；其三，把象喻作为感受世界、认识自我、切近自然神性的途径；其四，把断裂与颠覆作为创新的前提条件；其五，在主张新的文学观念时，往往以流派或运动的方式呈现。也许，这就是中国新诗的现代性所表现出来的，如李欧梵先生所说“现在是对于将来的一种开创，历史因为可以展示将来而具有了新的意义”的具体表现。以上五点，就是我们读解今日河南诗坛比以往任何一个时期都更为丰富、更为复杂的主要依据。

六

当下的河南诗坛，无论是从今年这本诗选的向度上还是从它的日常状态上讲，和我国任何一个区域的诗歌相比较，它都应处于同一水平线上。过去我们所说的“慢半拍”“凹地”“盆地”之虞，今天已经不复存在。我这么说是有着充分的依据的。别的问题暂且不讲，仅就诗的现代性而言，今日的河南诗坛是绝对没有缺失的。我们可以认真读一下今日诗坛领军诗人马新朝的诗，读一下不断用现代思维和现代语言艺术“替代”着自己的过去的邓万鹏的诗，读一读绝对以现代姿态创作的李双、刀刀、丁东亚的诗，读一读基本能代表国内当下女性诗人创作水平的蓝蓝、杜涯、扶桑、申艳、丁立的诗，它与过去的河南诗坛的差异，基本就可以感受出来了。

本诗选所呈现给我们的诗人呈五个方阵，第一个方阵的十二位诗人，在我看来，是编选者有意向读者彰显的河南诗坛令人深思的一种创作现象。这种创作现象就是，今日的河南诗坛，不仅有现代意识很强的诗人，而且有一大批有着强烈现代意识的诗人。这对于一个长期处于乃至现在仍然处于被“乡土”浸润的河南诗坛而言，的的确确是一个值得关注、值得深思的问题。在这个方阵中，马新朝无疑是一位应特别引起我们关注的诗人。马新朝的创作，以《幻河》为界，可分为前后两个时期。《幻河》之前，他的诗多写乡村。他这个时期的乡村，和他的前辈诗人苏金伞及他的同代诗人刘小放等人笔下的乡村没有什么大的区别，大体上应是一个“乡土”的乡村、

“伤痛”的乡村、“诗意”的乡村。《幻河》之后，马新朝的笔下仍有不少关于乡村的诗，但是，这时的“乡村”已远不是《幻河》之前的情态和样子。如果说《幻河》之前马新朝的乡村仍然是在传统情怀控驭下的温情与感伤，那么，《幻河》之后马新朝的乡村则是在现代时空笼罩下，有着诗人清晰的现代意识观照和机智的现代艺术手段特点的现代乡村叙事。和他的前代诗人及他的同代诗人相比，马新朝的《幻河》之后的乡村诗绝对是马新朝自己的乡村诗。从某种意义上讲，他这个时期的乡村诗可以被视作中国乡村诗创作的换代作品。把乡村诗写得既有中国乡村的乡土风韵，又有现代诗的机智诡异，在今日的中国诗坛上，马新朝应该是独树一帜的。和马新朝承续着自己又在不断改变自己相比，邓万鹏在告别自己的过去时做得十分决绝。对情感叙事的颠覆使他当下的诗更具理性色彩，但他的表达更为感性；对于乡村的放弃使他的目光切入城市，但他没有放弃他那一贯的以朴实的思考为特征的思考方式。注目于城市生活中琐琐碎碎的表象，挖掘这表象背后那绵绵相贯的机理，由此而生成对生命、存在、生活本质的认知，应是邓万鹏当下诗歌创作的基本状态。从某种意义上讲，马新朝和邓万鹏在自己诗歌创作道路上所做出的努力都是值得我们报以敬意的。

在这本诗集里，选了青年诗人李双十首诗。从数量上看，李双当是这本诗集中入选诗作最多的诗人了。李双的诗很似印象派的画作。题材的原生样态在诗人的强力诗性感受中变得模糊,知觉与幻觉在他的叙事里失去边缘混为一体。从诗的渊源上看,他的诗更具有意象派诗作的特点。注意意象与直觉的建构关系,建立意象与意象之间功能性层递与叠加,在对意象的直接描述中通过直觉瞬间呈现诗意,是李双诗歌呈现出的艺术特点。从某种意义上讲,李双的诗更具有中国古典诗词追求意境创造的审美特点。他的小诗,如《在无名小站》,不仅意境深邃,而且寓意深厚。从李双的诗中,我们既看到了中国古典诗歌艺术审美绵延力的强大,同时也看到了现代诗歌艺术吸纳传统艺术之时呈现出的强大的生命力量。而青年诗人刀刀则更似一个思想者,他大体上是采用象征诗的框架,加上直抒胸臆的艺术手段来写诗。他不断把生活的场景引入诗并把他的思想切入场景之中,寻找场景背后的隐喻与暗示。有时,他又等不及那隐喻的出现,自己就急急忙忙把他洞烛的识见和盘托出了。

在本集的第一个方阵的诗人中,每一个诗人都有可圈可点之处,这里,我就不一一评说了。如前所述,他们的诗作所呈现出的强烈的现代意识以及他们各具特色的现代艺术手段,着实是应引起我们高度重视的。另一值得注意的现象是,和他们的前辈诗人相比,诗人的地域性特点或者说是局限正在淡化、弥散、消失。这种现象的得与失,也许又是一个值得我们深思的问题。

七

在过往的河南诗坛上,似乎没有出现过个性鲜明、艺术生命和创作生命都比较长久的女诗人,更没有女性诗人团队或群体。在此一点上,今天的河南诗坛可谓是今非昔比了。蓝蓝、杜涯、扶桑以及与她们同道的强大的女诗人创作团队,不仅在诗人数量上成为河南诗坛的一道亮丽的风景,在创作水准上也绝对令人刮目相看。

在今年的这本诗选中,杜涯的诗无疑是极有价值的。在中国新文学开创以后的中国诗坛上,能把新诗写得如此浑厚自然的女诗人并不多见。在我的阅读印象中,像郑敏、陈敬容式的中国女诗人已是极具大气象的女诗人了,但杜涯的诗在气象上则更显浑厚苍茫一些。她的诗中,没有舒婷式的"美丽的忧伤",也没有翟永明式的诡异脆拔,却有着杜涯式的温厚苍凉。读她的诗,你会感受到一个人站在高天之下、厚土之上与万物共同着时空的温暖,也会感受到时空在你身前身后荡荡流逝的苍凉。从某种意义上讲,杜涯是由中原的厚土生成的,博大,厚重,高古,智慧,"像一个家乡,他独坐在广阔里"。

在今日的中国诗坛上，杜涯式的温厚苍凉有些孤独。在我的印象里，和在国内诗坛已有广泛影响的蓝蓝、杜涯、扶桑相比，申艳应是河南诗坛的后起之秀。在今年这本诗选里，她的诗让人眼睛一亮。申艳对她的写作对象似乎没有刻意的选择，在写作手法上似乎也没有把自己刻意地规范到某种格局里，但她的每首诗都有其特有的动人之处和艺术色彩。从她的大多数作品看，淡远，是她的诗的主体风格。这很难得，也不易做到。琳子的诗中有很强的生命意识，隐退与消失，是她的感伤之源。而扶桑，则更多地把人自身的身体性与自然界的万物做共时性的感受，情感与灵性，则在自然物象的丰盈与枯萎中开落。丁立的诗更能切入当下生活现场，但在她的历时性生活现场书写中，总有作为人的共时性情感与认知。

本诗选中另外几位女诗人的作品的情况我不再一一叙说，尚新娇、郑皖豫、一地雪等都是有自己风格特点的诗人，我要特别提醒人们注意的是，在今日的河南诗坛，有一大批优秀的女诗人，特别是蓝蓝、杜涯的创作，应引起我们的高度关注。从她们当前的创作水平来看，绝不是可以用一个“河南诗人”所能命名得了的。今日河南诗坛的丰富、现代，与她们的创作有着直接关联。从某种意义上讲，在中国传统文化背景到中国现代文化背景的历史进程中，女性参与社会、参与文化建设的程度如何，这本身就是一个极具现代性价值的话题。而在河南诗坛有一个庞大的女诗人团队出现，这不仅标志着河南诗坛女性诗人创作的一个高度，也给河南诗人走出“盆地”、走向现代提供了一个具有标志性意义的解读。

八

本选集中《阳光照耀的芒》和《牡丹舞出的风》显然是按某一专题设想来选编的。而《河水抚慰的铁》《旷野深藏的金》《山峰托起的歌》三个单元，则明显是按作者年龄时段来编选的。《山峰托起的歌》这一单元中的诗人，大多是年龄较长、辈分较高、成绩较大的诗人。王绶青与李清联年事偏高却青春不老，诗情更有返老还童的感觉。他们的诗，更是纯朴，更是简洁，更是无碍。而孔祥敬、高治军、赵立功、王韵华、王剑松等人的年龄并不算大，只是不再是年轻人罢了，但其诗歌创作都有自己的特色，其诗作在某一方面都取得了较高的成绩。《旷野深藏的金》一辑里的诗人，大多是人到中年，也大多身居较繁忙劳累的工作岗位。在诗歌创作上，他们在青年时期都取得过较大成绩，但在今天，诗歌创作只能是他们生活、工作夹缝中的一种奢侈。好像乌纳穆诺在《生命的悲剧意识》中曾仿照我国古代圣哲的话，把人的生命与其承担的社会角色分为三段：青少年、中年、老年，并指出这三个阶段的情感取向与特点，即情真亦动、情淡且惰、情深而远。后来我把这三段与我们熟悉的文体进行了一番相似性连接。我觉得青少年时代生命本体就具有诗性，青少年时代的生活就是诗歌；中年事多且杂，生命旺盛却往往会旁枝逸出，像小说和戏剧，人性优劣尽在其情节叙事和舞台表演之中，当然与诗就有点远了；而到了老年，诗好像又回来了，但回来的那“斯”已不再是往日的那“斯”，白发苍苍中多了些世事苍茫的感叹，也多了些世事洞明的智慧，夕阳下的叙事则更似散文，诗入机理，羚羊挂角却无迹可寻。从我对人生三阶段的“认识论”出发，我对《旷野深藏的金》这一辑里的中年诗人的坚持报以敬意。他们大多身陷“事”中，但在他们的诗中却很少有“纪事”之类的作品。仙逝的亲人，逝去的童年，可以使自己的目光和心安放一会儿的墙角的那株“梅”抑或什么东西，异乡的漂泊，构成了他们“生活在他乡”式的诗歌叙事。这大概就是河南诗坛中年诗人的基本状况。在他们的诗中，强烈的“异乡感”的出现，是往日河南诗坛很少出现过的。

要引起我们特别关注的一批诗人，是本选本第二辑《河水抚慰的铁》中的诗人以及本诗选之内、之外与之相关的一批诗人。如本诗选之内的刀刀、李双、褚平川、刘旭阳、邵永刚、纳兰容若、马东旭、徐向峰、丁东亚等；本诗选之外的与之相关的诗人如森子、罗羽、简单及平顶山诗群的不少诗人。把衣水、尹聿、曹天、西屿、董非、李山、张僧和前面所说的刀刀、李双等人，森子、罗羽等人的诗放在一起来观照，你就会发现一个对河南诗坛而言极其重大的问题，那就是，今日的河南诗坛，终于补足了中国新诗草创时期所缺失，但意义与价值都特别重要的那一部分，即诗的先锋性存在，或者说是以先锋诗人的姿态存在这一重大命题。所不同的是，这一批诗人不再是像李金发等人那样以一个流派的方式出现，而是以群体的方式，或者说是在已弥散了流派形态的前提下出现的。他们人与人之间的不同点处处存在，诗与诗之间的不同点比比皆是。异质与不同（还说不上是个性），民间的视角，百无禁忌的先锋姿态（包括艺术上的），不去刻意追求隐喻背后的艺术力量等，应是他们呈现出来的突出的特点。在这批诗人中，森子与罗羽的诗作带有网络诗歌盛行之前的比较典型的现代诗的创作特点。隐喻和象征在他们的诗中极具认识论的作用与价值；而李双、刀刀的诗则更偏向于网络诗歌盛行之后的带有后现代特点的现代诗创作。因为在我国新诗坛上，自始至终都没有出现过真正意义上的现代主义和后现代主义的创作，因此，硬性地把他们划入某一流派并不合适。从某种意义上讲，把他们视作换一种方式认识世界、用异质化的艺术方式写诗的一个大的阶段性群体，也许更符合实际。他们的出现，对于今日和往日的河南诗坛来说，其意义是非常重大的。

如前所述，在中国新诗草创时期，河南诗人曾介入了两个重要的诗歌阵营，即自由诗和新格律诗派的创作。后来的苏金伞属于继承和发扬自由诗派传统的一个重要诗人，并不属河南籍但在河南诗坛曾产生过影响的赵青勃和李白凤，也和苏金伞一样属于自由诗派。中国的新格律诗派没有具有明显流派归宿的传承人。使这一流派在诗的形式意义发扬光大的诗派，从某种意义上讲是晋察冀诗派的一些诗人和新中国成立后基本上采用民歌体创作的诗人。需要说明的是，新格律诗派和晋察冀诗派之间、与新民歌体的创作之间，并没有一个流派传承的关系。就诗派与诗的性质而言，也并不是一回事儿。它们之间共同的一点就是在诗的形式和艺术价值取向上向中国传统诗歌艺术的回归。所不同的是，新格律诗的回归中国诗歌的形式传统是为了走向现代，而向民歌学习则更多是直接回归传统。从后者这个角度上讲，在河南诗坛上曾有过创作业绩的诗人，首推较早走出河南并在中国诗坛产生巨大影响的李季，接下来就是钟庭润和现在仍活跃于诗坛的陈有才。中国新诗草创时期的象征诗派，其后来的传承者是“现代”诗人群体以及现实主义与现代主义并重的“七月诗派”诗人群体中的部分诗人。在这几个诗人群体中，河南诗人以及河南籍诗人除苏金伞之外鲜有人在。把中国的象征诗派、现代诗派的诗歌传统在河南诗坛发扬光大的河南诗人，当是新时期中期成名的陆健，以及后来的吴元成、杨吉哲和田桑。作为新诗现代性理论的传播者，较早进入这一领域的是单占生，成就最大、影响最广的是耿占春。具有较强现代意识并主要采用现代艺术手段写诗的河南诗人真正能够作为一个群体存在，则要看今日河南诗坛的以森子、罗羽、蓝蓝为代表的平顶山诗群以及扶桑、李双、刀刀、西屿等更为年轻的诗人群体。到此为止，中国诗坛草创时期的三大流派，其实至今仍然是中国诗坛流派原型的三大流派，在今日的河南诗坛已全部存在且都有创作水准很高的代表性诗人。从某种意义上讲，今日的河南诗坛，目前正处在中国新诗创建以来的最为丰厚的时期。如果换句话，说是最好时期，也不为过。

写到这里，我们可以对今日的河南诗坛进行一个小结性叙说了。在老诗人的队伍中，仍然活跃于诗坛的诗人是王绶青、李清联、陈有才等人，他们仍然坚持着自己的写作方式，同时也在不断吸纳着新的艺术手段。一批中年诗人马新朝、邓万鹏、陆健等人的创作在现代性上的不懈追求和发展变化，应该引起我们高度关注。他们的创作，从某一方面代表着河南诗坛创作水准标高的意义。而高金光、高治军、孔祥敬等中年诗人，则代表着河南诗坛新诗传统和民族化传统在某些方面的坚守。女诗人群体中的蓝蓝、杜涯、扶桑以及后起之秀申艳、丁立等，从创作水准、现代意识的自觉、在国内诗坛的影响力等方面，都有超越河南男性诗人的趋势。具有先锋性创作性质的森子、罗羽、李双、刀刀等人的创作，的确打破了河南诗坛几十年来以现实主义创作为主体的格局，使河南诗坛着实丰厚了起来。在诗歌理论与批评上，由于单占生、耿占春、杨吉哲、李少咏、李霞等人的介入，使河南诗坛理论缺失的现象在今日的河南诗坛已不复存在。而杨炳麟、高旭旺、李霞等人在创办具有河南地域特点的诗歌刊物上的努力，由河南文艺出版社、大象出版社推动的地域诗人诗集和诗选的出版，更为地域诗人的成长提供了平台和动力。如果，在这里，我们重新回到"现代语境下的河南诗坛"这一话语之上并以此作为观照河南诗坛的方式，我们似乎可以得出这样一个判断：在现代性这一问题上，今日河南诗坛的诗人无须"纠结"了。在诗人层面上，今日河南诗坛的诗人，已与中国诗坛的诗人并进，相当一部分诗人，已进入当下中国诗人的第一方阵；在创作方法层面上，现代主义与现实主义的融合，是今日河南诗坛的主要创作方法；在艺术表现层面上，具有现代性的诗歌艺术表现方法应是其主体趋向；女性诗人群体和先锋诗人群体，民间诗人视角，则是河南诗坛新生的创作形态。正是因为有了上述种种现象的出现，使得今日的河南诗坛在其现代性这一点上更为丰盈。

2011年4月23日于陌野室

此文见《河南诗歌2010》大象出版社2011年版

中原诗风的根脉与现在式状态

前些时，中原的诗人朋友有意要讨论一下中原诗风的问题。这是一个很大的问题。向上追溯一下，可追溯到《诗经》及汉唐至宋元诗词，直到现代新诗。这时间太过长了，不是一篇文章能讲清楚的。仅就新诗诞生之后的中原诗坛而言，也不是可以简而言之就能说明白的事。因此，在这篇序言里，我以本集中所涉及的诗人诗作为基点展开，去捕捉中原诗风在古诗中的根脉与其在当今诗坛的踪影，以给研讨中原诗风这一问题起到引玉的作用。

讨论一个地方或者一个时段的诗风大概需要考虑以下几个前提：其一，这个地方在相当长时间内有没有一以贯之的诗体风格的延续；其二，这个地方在不同时期内有没有风格鲜明、诗歌的艺术成就比较高的诗人；其三，是不是出现过一个诗风相近同时又各具个性的诗人群体。这三个问题，其实是相关联的。这样的一个预设也许并不十分准确。但是,如果我们以暂且认可这样的一个预设来观照河南诗坛并以此来考查一下中原诗风的话,那么,我们可以认为,中原诗风是完全可以作为一种现象实体来进行一番认真客观的研讨的。

就本选集中所涉及的中原诗坛的诗人而言,在我看来,说这些诗人基本展示了中原诗风的一贯风格和基本面目,大体上是可以说得过去的。中原诗风的一贯风格和基本面目是怎样的一种状态,其实用一句话很难说得清楚。在这个问题上,我们不妨从中原诗风的历史传承上找出一点线索。就中国诗歌的史实而言,影响当下中原诗歌发展走向的三个时期是不能忽视的。其一是《诗经》时期的"风"诗。这个时期以王风、桧风、郑风、卫风和陈风为代表的中原诗歌奠定了中原诗歌的民间诗歌风尚基础。其二是中国诗歌的巅峰时期"唐诗"。在这个时期,代表唐诗最高成就的三大诗人李白、杜甫、白居易,中原占其二,即诗圣杜甫、诗魔白居易。而与李白并称"三李"的中原诗人李贺、李商隐又都是当时的杰出诗人。他们的诗,可视作文人创作的中原诗歌的经典风格。应该说,以上这两个时期的中原诗人对当下中原诗风的影响应是直接的,或者说它构成了当下中原诗风的历史背景。而对当下的中原诗风起到更为直接影响的诗人,则是生于中原的三大新诗人徐玉诺、苏金伞和于赓虞。他们三人的创作,既传承了中原古典诗风的血脉，又奠定了中原新诗的基本风貌和审美取向。他们的诗风构成了中原诗风的基本面貌，同时对后来诗人的创作产生了并且还在产生着深刻的影响。

那么，《诗经》里的中原诗人诗作、唐诗里的中原诗人诗作和新诗中的早期中原诗人诗作都构成中原诗风的哪些主要特点呢？或者说，它们呈现出怎样的一种中原诗风呢？这里，对上述诗人做精到的解读是无法办到的，但是，如果我们略去一些细节，在他们之间寻找一些共同的特点，还是可以做得到的。根据我对《诗经》和唐代诗人以及现代中原三诗人的大体了解，在他们之间，似有一种一脉相承的东西。《诗经》中地处中原的“风”诗，大体上可分为两种类型：一种是深刻反映民生现实疾苦的诗，一种是表达个人情感和婚姻家庭情感的诗。这两类诗，在地域分布上，紧靠京畿之地洛阳周边的“风”诗，属于前一类者居多。而离洛阳较远的郑风、卫风以及陈风，属后一类的较多，其特色也较为突出。对于前述洛阳周边的“风”诗，当时的大理论家、大文学家孔老夫子给予了充分的肯定，应是“风”中的经典作品。而后一部分“风”诗即郑风、卫风及陈风中的一些内容和音乐倾向，孔老夫子就不怎么肯定了。他说“郑声淫”，这里的“声”，似乎不能全部作为“风”来理解，那最大的可能是指郑风的艺术表现方式以及诗中所表达的大胆泼辣的男女情感，因此方有“郑卫之音”之说。据后来发现的资料来看，孔子认为陈风亦淫，不知老夫子被困于“陈”是不是其出言不逊的原因。由于有了孔老夫子对中原诗风的如此评价，今天的我们才可以真切地感受到当时的儒家知识分子对当时的中原诗风的心跳节律和向度。那就是说，诗经时代的中原诗风，不仅有大量的温柔敦厚的“无邪”的诗歌，同时也有超越当时礼教规范的具有用现在的话说“先锋”“前卫”的诗。把这些评价转换成今天现成的文学理论用语，那大概应是，诗经时代的中原诗歌，既有处于主流地位的反映民生的现实主义诗歌，同时也有张扬个性的浪漫主义诗歌。现实主义和浪漫主义两种诗风同时并存，经典写作与先锋写作并行不悖，纯朴敦厚与机俏诡拔相映生辉，就构成了诗经时代中原诗风的基本形态。从诗经时代中原的诗歌中我们可以看出，厚重沉郁只是中原诗风的一个方面，或者说是具有底色成分的一面，俏诡亮丽也是中原诗风的重要特色；守成持重是中原诗人的重要特色，探索创新则是中原诗人的主体心理。

把探讨诗经时代中原诗风的这种思维形式用于探索唐代诗歌中的“中原诗风”，我们即可以把唐代中原诗歌取得最高成就的“四大诗人”——杜甫、白居易、李贺与李商隐分到两个不同风格的诗人队伍里面。我知道这种划分很是武断，但为了让我们的祖先在这里为我“实用主义”一次，也只能这么做了。把杜甫、白居易、李贺和李商隐四位伟大的中原诗人排在一起，任谁都会看出这四位诗人是两个不同风格诗人队伍中的代表。杜甫、白居易是唐代现实主义诗歌的伟大诗人，而李贺、李商隐则是唐代浪漫主义诗歌的杰出代表诗人。杜甫诗风的沉郁顿挫，白居易诗风的质朴畅达，无疑对后来的中原诗风和中国诗风产生了巨大的影响。而李贺的诡谲迷离、李商隐的秾丽缠绵，对后来的诗人无疑也有着巨大的魅力。相比较而言，杜甫、白居易的诗更注意表现社会底层的苦楚与无奈，李贺、李商隐的诗则更多地表现个体的内心感受与个人的情感世界。在艺术表现上，杜甫、白居易可以说是中国诗体的集大成者，在此之前的中国古诗与律诗到他们两位这里，可以说是达到了高度的经典化；而李贺、李商隐的诗歌艺术则有着中国古诗和律诗前所未有的奇幻、迷离、诡谲等特质。无怪乎后世新诗人会把李商隐看作当代“朦胧诗”的远祖：一方面是用集大成的方式使已有的诗歌艺术形式经典化，一方面是不断地超越和突破已经成熟的艺术形式追求创新；一方面是深刻通俗地反映社会生活的深层痛楚，一方面是奇峭隐晦地表现个人内心世界的悱恻迷离。这样的两种境象自然就构成了一派沉雄奇逸、厚重质朴、自然天成的中原诗风。

需要说明的是，我们在这里谈论《诗经》和唐诗中的中原诗人的诗风，并不是要对这个问题做详尽的论述。我的目的，只是想简单地也有点感性化地提示一下当下中原诗风的根脉；同时也想指出，我们所在意的中原诗风其实并不仅仅是一种气象。过去，我们更多关注强化了中原诗风厚重的一面，而多少有点忽略了中原诗风中的峭拔；更多关注强化了中原诗风中经典的一面，而较少关注中原诗风中的创新品质和探索精神；更多注意了中原诗风现实主义的创作，而较少关注中原诗风中的浪漫主义精神。这样，就有意无意地忽略了中原诗风的多面性、多样性。同时还应指出的一点是，中原诗风不仅仅有共他的大气包容，有其集大成的经典性一面，同时还具有原生性和不断超越的创生性的一面。过去我们总认为中原诗人仅仅是扎实守成，这绝对是一种误解，因为这种看法是多少有点建立在集体无意识之上的一种认识。这种集体无意识让我们不约而同地忽略了郑诗"淫"的背后打破常规的创造性精神，忽略了李贺"穿幽入仄""修辞设色"背后思维世界包举万象的创新精神，忽略了李商隐"隐晦迷离"背后对人的内心世界的深入探索。正如我们在谈论中原文化时过于强调这里曾是孔老夫子的祖籍而怠慢了这里还曾是老庄的故乡，忽视了这里也是佛家文化和禅宗文化的策源地。我曾专程去过庄周故里，那如大鹏般的庄周被人忽略得惨不忍睹的样子，应是我们长期以来文化态度的一种反映，值得深思，应该反思。

现在，让我们回到新诗，回到中原诗坛的现代和当下。自现代以来，中原诗坛在地域版图上仍处于中国的中心位置，但在文学的相位上则大多处于边缘位置。这与新文化运动以来文学革命的中心主要集中在北京、上海等几个大城市有关,也与中原诗人没人站在文学革命和革命文学的最前沿有关。其实,自北宋之后,中原乃至北方,早已不是中国文化的中心;清之后地处北方的北京因为是中国首都应是个个案。新文化运动之后,中国的文学在不同阶段尽管受到不同时政要求的局限,但总体上受两种大文化的影响还是明显的。这两种大文化一是世界文化思潮,具体到文学上来说就是世界文学思潮的影响;二是地域文化,具体上讲就是有着根亲关系的地方文学的历史传统。在受这两种文化影响的背景下,影响地方文学发展的最主要元素,是因不同原因兴起的文学运动和文学思潮。在这三种元素的影响下,没有处在政治文化中心的各地方文学,很难不处于边缘位置。这就是说,不仅仅是中原,除北京、上海之外的各地方文学大体的情况概莫如此。在此前提下,各地方文学发展中最具根性的东西,当然就是源远流长的地方文学的历史传统。世界文学思潮和国内文学思潮给地方文学的发展起到了风向标的作用,而推动地方文学发展最恒定的力量,乃是地方文学中具有根亲关系的历史传统。这样的一种多元动因的文学发展方式,在我国新文学运动的初期较多地受欧美文学和东亚文学的影响时是如此,在中期较多地受苏联文学的影响时是如此,在改革开放后受世界各国文学的影响时亦是如此。地方文学的历史传统，广而言之也就是民族文学的根性传统，永远是推动各地文学发展的最为恒定的力量。

具体到新诗以来的中原诗风而言，在我看来，它在与中国诗坛的诗风共同呼吸的同时，也较多地传承了中原诗坛的历史传统。沉雄奇逸与厚重质朴，仍然是中原诗人呈现出的基本风貌。关注社会生活的现实，特别是关注民生的疾苦寒暖，关注诗人的内心世界，特别是关注个体的生命体验；在艺术上走经典化写作的集大成之路，同时又不断地超越成规超越自己、不断地探索诗歌创作的艺术手段，仍然是中原诗歌得以不断发展的双向驱动力量。把这样的判断具体到中原诗人的创作实践和取得的成就上，我们即可看出，在新诗的中原诗人代表徐玉诺、苏金伞身上，你能较多地看到杜甫、白居易关注现实、关注民生诗风的影子；而在新月诗人于赓虞的身上，则更多具有李贺、李商隐关注个人的内心体验，更多地进行艺术探索的精神风貌。尽管苏金伞的早期创作曾受到唯美派诗歌的影响，但他的诗歌的现实主义精神深入肌理；于赓虞同样也关注社会、关注人生，但他的现代主义倾向却是自觉的、鲜明的。新中国成立至“文化大革命”结束，中原诗坛具有较大影响的诗人有苏金伞、赵青勃、陈有才、李清联、王怀让、王绶青等。由于历史的原因，这些诗人的创作都或多或少地受到当时政治运动和文学运动的影响，从他们诗作的总体风貌上看，他们的创作较多地关注底层民间的生活。他们中的苏金伞、赵青勃、陈有才、李清联和王绶青的创作更多地呈现现实主义精神；王怀让的诗作则多具浪漫主义风貌，同时也多有形式上的探索。

写到这里，让我们更进一步考查一下当下的中原诗坛的诗风面目。

当下的中原诗坛可谓中原新诗史上最为活跃最为丰富的一个时期。这样说的缘由有三：一是20世纪五六十年代成名的老诗人仍活跃在今日诗坛；二是出生在20世纪六七十年代的一批“中生代”诗人的创作进入黄金时期；三是20世纪七八十年代出生的年轻诗人群体庞大，且起点很高，成绩斐然。这里，我主要谈一谈中原诗坛“中生代”和出生在20世纪七八十年代或者叫作“新生代”的诗人。需要说明的一点是，我这里所说的“中生代”和“新生代”，只是一个大体的时代群体概念，与这些诗人的实际出生年代可能会有一些出入与差异。另外，对一批中原女诗人的诗，我想做一点单独的论述。而这里的两代人和中原女诗人群体，正是构成这本选集的主体诗人。

活跃在中原诗坛上的“中生代”诗人可以列举出一大串为人所熟知的名字，这里，我只举出马新朝、邓万鹏、森子、高金光、吴元成、杨吉哲等人在本集中的诗作，谈一谈他们所代表的中原诗坛“中生代”诗人所呈现出的诗风状态。马新朝是一位把现实主义与现代主义创作方法结合在一起取得巨大成就的杰出诗人。马新朝荣获了国内诗歌界的一大批奖项，其中，我最为看重的三个奖项是由政府部门主导的鲁迅文学奖；由专业团体评出的闻一多诗歌奖，这个奖一次只颁给国内一个诗人；还有由民间团体评出的“杰出诗人奖”。这三个大奖集于马新朝一身，应是一个值得我们十分珍视和认真思考的事。我之所以重视这三个来自不同方面的奖项集于马新朝一身这件事，是因为我从这件事上想到中国新诗如何才能够在不失诗人创作风格的个性的基础上又不失去广大读者的认可的问题，同时也让我想到中原诗风中的一个重要概念，即诗人忠诚于大地与自然的“自由精神”的问题。这两个问题其实是相关联的。我们知道，诗经时代的中原诗歌如王风、郑风、卫风、陈风等都受到后人广泛关注。尽管郑风受到圣人的质疑，但最终圣人还是非常大度地把那些诗作为“经典”在其选本《诗》中保留了下来而没有删去，并且还说：“《诗》三百，一言以蔽之，曰‘思无邪’。”圣人这里所说的“诗”，应有郑风。圣人在认为“郑声淫”的前提下又把大量的“郑风”保留在《诗》中供后人学习、阅读、欣赏，我想应该是圣人认识到了这些“风”中充盈的与大地相连的天人合一的人性的自由精神，同时也体现出圣人对诗人主体精神自主自由的尊重。其实，从《诗经》至汉乐府，再至唐诗，中原诗人的诗歌就像中原这块土地一样，精神辽阔自由，坦荡真诚且包容大气。这样才使中原诗歌在气象万千的诗体风格中呈现出沉雄奇逸、厚重质朴、自然天成的总体风貌。在这种风貌的背后，其强力的推动力量，正是中原诗人的独立人格意识和忠诚于天地自然、天人合一的自由精神。如此的精神风貌，在一代一代的中原诗人身上都有所体现。就今天的中原诗人群体而言，这种独立的人格意识、天人合一的自由精神，也是玉成他们不卑不亢地自立于中国诗坛各地群体之中并自然天成地取得巨大成就的内在力量。诗坛的纷乱和社会的轻慢都没有动摇他们对大地和诗神的忠诚。不媚俗、不欺世、不自我戏剧化，这是他们的自信，也是他们的自觉。马新朝之所以能够得到多方面的认同，应该与此有着直接关系，从本诗集中收录的马新朝的十二首诗作中，我们仍然可以看到自然天成、大气浑成的中原诗风的气象。他的诗自然质朴得近乎白描，现实主义精神和现代诗的技巧浑然一体，自然得近乎天籁。在他坦率、真诚、跌宕的表述中，我们似乎可以直接触摸到诗中之象那丰富的包孕。时代的光影、生命的质地、自然的呼吸、故乡的凋零，全在他诗中那自然天成的意象表述中隐现。这就是当下的马新朝。

在中原"中生代"诗人中，邓万鹏是一位在诗的艺术探索上十分诚挚的诗人。我曾写过一篇文章专门探讨他的诗作的后现代艺术特点。我在这里不再重复那些看法，而着重说明他对诗歌艺术的态度。在我看来，万鹏对后现代艺术的感受力并不十分具有天分。但是，他着实感受到了后现代艺术与当下人性异化之间的关联，他感受到了后现代诗歌艺术与他感受到的社会生活之间存有的天然的契合关系，于是他才在后现代诗歌艺术创作上苦苦探索。他的这种苦苦探索从另一个方面彰显了中原诗人对于诗歌艺术的真诚。在中原“中生代”诗人中，森子是在追求自己的语言系统和表达方式上十分执着的诗人。从本集中所选的森子的十首诗中可以看出，森子追求隐喻笔法的丰富与深刻可谓达到了痴迷的程度。同样是始终归一以先锋姿态写作的吴元成，仍然是以最为直观的方式近距离地直击当下的生活。在艺术的追求上，仍以口语为主，在不经意中突然转喻，以此强化诗歌的内在张力。而较早进入先锋写作的杨吉哲，这些年诗作较少，但他一旦进入写作，便显示出他诗歌艺术的老辣与精致。在艺术追求上，他把现代与传统天衣无缝地结合在一起，彰显出他的诗歌艺术理论的自觉和诗歌艺术状态的自足。从某种意义上说，杨吉哲可代表中原诗坛诗人中的一个类型。这个类型的诗人在诗歌观念上有理论的自觉，在创作方法上有自己的坚持，如耿占春、刘士林、程光炜以及李少咏、李霞等。应该说，他们是中原诗坛得以持续发展的推动力量。

“中生代”诗人中的高金光，可视为当下中原诗坛坚持现实主义诗歌创作的代表人物。他以宏阔的目光与心灵关注现实，关注社会生活和个人生活中的喜乐与伤痛，真实地表现处于中国社会大变革时期社会生活和个人生活中的矛盾与潜蛰于内心深处的惶恐。他用诗记录了社会变革的局部历史，但在这局部历史的记录中却彰显出当下社会生活中的深层不安与憧憬。在当今的中国诗坛，这个类型的诗作是稀缺的，但又切切实实是需要的。从某种意义上讲，在我们今天这个社会矛盾重叠的大时代中，我们的诗人必须有勇气直面我们这个时代，直面我们时代的伤痛与欢乐，直面我们内心的煎熬与期待，直面我们心灵深处的死寂与激情。借用鲁迅先生的话说，我们必须领会天国之极乐与地狱之大苦恼的精神。应该说，这个时代给我们提供了太多太多值得书写的创作空间和理论空间，需要更多有现实主义精神和勇气进行创作的诗人，以更为深刻敏锐的作品记录这个时代，揭示这个时代的精神欢愉与伤痛。

中原诗坛的“中生代”诗人是一个大的群体。我把上述几位诗人提出来或展开简单描述的原因，是想以他们为例证描述一下构成中原诗风当下状态的几个侧面。在这个层面上，许多已届不惑之年的中原诗人所做出的成绩都是令人感慨的。如南阳的王韵华，诗风淡雅从容，诗如其人；而驻马店的胡济卫，我在历次诗会中总见他被酒精灼伤着，可他的诗却有着异乎寻常的宁静、清澈与清醒；杨炳麟、田君、唐朝、李山、赵立功则更多以见证人的心态关注社会生活中的具有诗性的细节；和他们关注细节相比，孔祥敬仍以宏大叙事的方式关注社会。另外，还有许多在本诗集中没能收入诗作的"中生代"诗人和已收入诗作的诗人，我不能在这里一一评说。

活跃在当下中原诗坛的"新生代"诗人是一个更大的诗人群体。他们中已出版过个人诗集的"新生代"诗人就可以列出一大串为人熟知的名字，这里，恕我不再一一列出。同时，我也不提出他们中的某一个为他们的代表诗人，因为他们都在成长中。谁到底能走多远，能做出多大成绩，现在给以较多评价其实并不需要。要紧的是我们应该看到他们的实力和已经取得的成绩的确令人兴奋；同时也为他们身上存在的问题担忧。也许，这份担忧着实是十分无聊、十分不必要的。过去，我们总是倾心于对年轻人进行引导。其实，让年轻诗人自由自在地成长，也许会比过多地引导来得更为符合成长的规律，期待成长会比拔苗助长更有益，包括不去兴风作浪和过多地用自己的身体去遮蔽降临到他们身上的风雨。因此，对于他们的诗，我只谈一些感受，谈一点在他们身上呈现的诗歌元素对于中原诗风的构成存有的某种可能。

在这些"新生代"中原诗人群体中，刀刀的才华是让人有所期待的。他做过许多诗歌艺术形式上的探索，又主编过多期民间诗刊，最近又主编了国内第一套“80后”诗丛。这无疑对扩大他的诗歌视野有很大的帮助。在诗歌创作理念上，他曾提出“器官主义”的概念并撰写了一系列阐释这一概念的文章，其大体意思是主张诗人写作的“在场”以及身体与生命的开放性，主张人与自然的高度契合。这大概与他倾情的天地岭有关，也与波德莱尔的诗歌观念有相通之处。本诗集中所选的他的《夜幕下的天地岭》《听禅》两诗，以不同的方式彰显了他的诗歌主张，也显示了他在诗歌艺术上的才华。王东东的《八月》一诗，透露出一个现代逆子与古老故乡的和谐、冲突和不可扯断的关联，这大概就是身处当下社会的我们这些现代人内心深处或者叫作生命血脉中的矛盾。在王东东的诗中，一个“我”站在明面，一个“我”站在幽暗的深处。怎样才能让这两个“我”合而为一，对于读者来说，难度很大。而笔者对王东东诗的解读，也只是凭借自我的感受，好在我们有“诗无达诂”的古训为我的“不达”解脱。刘旭阳《在京城》一组诗，时空视野开阔，他用智性煮化古今的时空，彰显出他对当下存在的理性思索。丁东亚在其《在夏日打开一扇门》里，书写一种成长的困惑或失落的感觉。他的诗几乎就是情绪流，有点恍兮惚兮的感觉，似在传达某种爱的隐语。衣水的《夜晚》把夜给写活了。但我不怎么明白，年轻的衣水正处在青葱似的生命阶段，怎么会对生命的流逝如此敏感？在诗艺上，他收放自如，诗中意象明晰且审美内涵丰富，其老道程度与他的年龄差距很大。褚平川的诗意味淡雅细腻。他把生活中的真实细节运用于诗中，有时把你推向记忆的远方，有时又让你沉入生命的哲思，如《月全食》，如《禁地》，都有很出彩的诗句。孙振东诗中有繁复驳杂的意象，他用流动的意象组织诗的架构，是近似口语的语感成就了他。田春雨的《卑微》是一首很值得称道的诗，诗中展示了下层人困苦无助的生活状态。这样的人文情怀，正是当下的诗人应普遍具有的精神。在对下层民众的人文关怀上，西屿的诗亦有很出色的表现。他的《你从未见过》《他》《人们，请停下脚步》几首诗中展示的下层民众的生活画面，都会让你的灵魂战栗。如此的景象还表现在佘子愚的诗中，如他的《空椅子》一诗。马东旭有一组以申家沟为书写对象的诗，对乡村生活的表达很是深入，诗中有些微的暖意，又有淡淡的哀伤。可以感受到，在马东旭的身上，有着申家沟庄子紫院里蝴蝶翻飞的灵光，有申家沟老马的蹄踏和申家沟母亲的孤寂，还有申家沟天穹的湛蓝和申家沟草根下灵魂的呻吟。说实在话，马东旭对今日乡村或者叫故乡的吟咏深深打动了我，让我身上血液的流动不能平静，有闪电撕裂夜空的疼痛。纳兰容若的诗多写自己的内心世界和生命感受，他的《像树一样生活》，就对自我的内心世界和生命状态进行了很生动的展示。高野的《让我多待一会儿》，平实畅达，但诗中的那份美沁人心肺。刘不住的《一个人从身体里出来》，写一个人灵魂出窍时对生命历程的审视和灵魂归附身体后所面临的生存的尴尬。杨国杰的《在奥斯卡影城》书写了生命的沉重与无奈；江野以《北方的树》阐释了情感的坚韧与执着；刘良伟则以《院子里的树》书写了他对故乡的牵挂；天然石用《美人》和"苍老"书写了对生命历程的理解与坦然。

这里，我把本诗集中"高天展翅"这一栏目的每一个诗人述说了一遍。根据我对他们的大体了解，他们中多数属"80后"的"新生代"诗人。属于"新生代"诗人这一群体的其他栏目中的诗人，我弄不清楚，就不再说了。这样集中解读一下他们的诗，是我近期原有的一个愿望，感谢诗集的编选者给了我这样一次机会。有了这样的一个强化阅读，使我进一步了解了他们的才华，同时也了解到在他们身上存在的隐忧。应该说，这批年轻的诗人创作起点都非常高。他们一出手，就呈现出一种非同寻常的成熟状态。新中国成立之初的那批年轻诗人刚刚走上诗坛时的那种稚拙，在这代诗人身上根本就不存在，"中生代"诗人刚入诗坛时的单薄在这些诗人身上也很难看到。他们是站在中国新诗前辈诗人的肩上，又广泛地吸收着世界文学的营养走上诗坛的。从某种意义上讲，他们才是真正能够与"五四"新诗艺术上的传统进行自然衔接的一代诗人。但是，当我们客观理性地把他们放在中国新诗史的相位上进行观察时，我们即会发现，他们当下的创作状态也是存在着诸多问题的。这其中一个最应让人重视的问题，就是他们呈现给我们的集体面貌令人兴奋，而个人面目则让人担心。千人一面，个人面目不清，是地处中原的这些"新生代"诗人的最大问题，也是我国各地"新生代"诗人存在的共同问题。在他们的作品中，可以看出当下诗歌艺术最为"时尚"的"技术"元素，但很难看出这其中是否具有悠长深广的诗歌艺术审美的历史动力。

从某种意义上讲，当下诗坛技术主义写作的状况是导致当下诗歌"扁平化"的一个主要原因。我这里说的"扁平化"所指的诗歌呈现出的状态，一是就一首诗而言，一是就一个群体而言。就一首诗而言，"扁平化"的结果是使其诗作呈技术至上的状态。这就是说，诗人呈现给我们的诗作"文大于质"，或者说我们只见到诗人在很有技术地言说，却很难感受到言说背后诗意的质感。诗的技术状态纷繁复杂，而诗的主体精神却飘忽不定。就一个群体而言，就是大家所呈现的面目概莫如此，都似很个性、很高深莫测地拥挤在一条技术主义的小道上，其结果是让我们在看到这个群体存在的兴奋之余，却很难辨清其个体存在的端倪，也就是说，大家都被这技术的"时尚""扁平"到一个平坡上了。平日里口口声声追求个性的一群人,却因追逐着一个共同的"个性"而使自己失去了个性。这让我想起与一个高中生的谈话。我说,鲁迅先生说过,世界上本没有路,走的人多了,路就出来了。他却说:知道我们是怎么说的吗?我们说,世界上本是有路的,走的人多了,那路也就被走没了。在无路的荒野走出路让人兴奋,在有路的坦途把路走失却令人担忧。也许,这担忧本来就是杞人忧天。但愿如此。

活跃在当下中原诗坛的另外一个群体是实力雄厚的女诗人群体。和老中青济济一堂的男性诗人群体不同,中原乃至全国各地当下的女诗人队伍,大体以中青年诗人为主,且诗人众多,成绩很大,水平甚高。本选集中涉及的中原女诗人可列出长长一大串名字:蓝蓝、萍子、杜涯、扶桑、琳子、郑皖豫、申艳、丁立、翩然落梅、贺红、尚新娇等。按惯常规矩,女性的年龄不可说。按她们入道的早晚来看,蓝蓝和萍子都是较早走上诗坛并卓有成就的诗人。蓝蓝较多地把目光投向社会生活中的现实,并把这现实在自己内心煮化后注入自己对社会生活的理性认知,其诗冷静且情感内敛,深刻且有力度。多年的勤勉使她成为中原诗坛的常青树,也是中原诗坛女诗人的领军人物。萍子前后的诗风则有较大变化,她前期的诗较为热烈,当下的诗则较为冲淡。杜涯与扶桑都因其诗歌风格的鲜明在国内诗坛有较大影响。杜涯的诗宏阔苍茫,温暖中有几分感伤，多写生命的终极价值；扶桑的诗则隽秀机智，多写对生存细节的内心感受。从某种意义上讲，中原诗坛因有杜涯和扶桑的存在而更彰显出个性的质感。和杜涯、扶桑并立于诗坛的琳子，其目光则多关注当下现实生活，特别是她身边人们的生存状态，她往往通过强化现实生活中的真实细节，来彰显生活中固有的诗性张力。贺红与尚新娇都是自主意识很强的诗人，贺红常写对生活的美好向往和现实生活中的无奈，尚新娇则更多书写对生活细节的美好感受。她们二人的诗，多有女性诗人细腻的生活感受。中原诗坛上特别值得期待的另外几位女诗人，是郑皖豫、申艳、丁立和翩然落梅。她们四位，是中原诗坛女性诗人群体中的后起之秀，且创作成绩斐然、个性鲜明。郑皖豫的诗明澈畅达、自然而有节制，充分展示了口语的魅力。申艳的诗在意象使用上有一种雕塑感，在她的笔下，今日的乡村乡情都是立体的，有斑驳的阳光和斑驳的锈痕。丁立是华文青年诗人奖的获得者。评委给出的获奖理由是：诗人丁立将其灵动的悟性和对历史的深度认知汇入了现实的生活和自我的审视之中。她的作品体现了一个诗歌写作者对现代诗歌语言和文化意识的不断探究与追寻。她的诗歌文体放逸、诗思闪耀、内容感人。据我了解，在这个奖项的提名方阵中，还有中原诗人翩然落梅，在被这个奖项提名的同时，翩然落梅还参与了在国内很有影响力的青春诗会。从某种意义上讲，参与这个诗会也是对这个诗人创作成绩的认可与奖掖。翩然落梅的诗有一种少有的厚重与大气。在她的诗中，个体生命的肌理、灵智与外部世界的物象、气象紧紧纠结在一起，诗情饱满酣畅。她的诗读来有一种古典的美，但她却是运用现代手法写成的。

在这篇序言里，我把收入本诗集前两个专辑中的“中生代”诗人和“新生代”诗人的诗作以及女性诗人群体的诗作做了一个简单的描述，诗集中还有许多诗人都有很优秀的诗作，如朱怀金的《腊月，或者蜗牛飞天》、丁南强的组诗《北邙月色》、邵永刚的《鸟儿》、尹聿的《我不想说》、许枫的《寒夜》、艾川的《深秋，楼》、初夏的《借口》、耿永红的《履迹》、陈耀昌的《风吹来》、杨子萱的《声音》、王东照的《低处的美》、马冬生的《一个人，一块地，难道不美》及《我把那些盖大楼的叫种楼》、苏仪的《窗户或者其他》、滔涛的《蚕食的声音》、马震宇的《风干的野菊花》、李小平的《秋水之湄》、唐朝的《土豆》、翟文杰的《荒城》、嘉德的《超限》、雨人的《动物世界》、木易沉香的《纳历》、夕婉的《春光》以及王立虎的《祈祷》、量山的《秋雨》、刘会彩的《读荷》、梅花驿的《散步》等。这些诗作都有一些很奇妙的诗思。马冬生的《我把那些盖大楼的叫种楼》和滔涛的《蚕食的声音》都让人产生一种揪心的疼痛，丁南强的《北邙月色》让人产生一种身处历史洪荒之中的凄美之感。对于这些诗作，我不再一一述说。需要告诉朋友们的一点是，这些诗作，都产生了不同程度不同相位的审美感受。

通过对上述几个诗歌群体的解读，中原诗风的现在式状态其实已不言自明了。丰富多彩，杂花生树，这是中原诗坛呈现给我们的面目。如果我们对当下中原诗坛的诗风问题做一点理性认知，在我看来，大体可从以下几个方面去思索。其一，就当下中原诗风的深远历史渊源而言，当下的中原诗风仍然具有沉雄奇逸、厚重质朴、自然天成的质地。关注民生、关注下层民众情感的苦乐忧惧，仍然是今日中原诗人最为主要的价值取向。从这个角度讲，因中原诗人更多关注外部社会的变迁，因此，对诗人个体内心世界的深度观照就少了一些。如果我们仍然从这个角度的另一个侧面分析一下中原诗人关注社会人生的深度，我们即可看到，中原诗人关注社会人生的面很广，可谓丰富多彩，但强度或深度稍有缺失，像其祖先杜甫那样无有忧惧的具有大爱大恨的诗作很少出现。这个问题，不仅仅是中原诗人的问题，也是当下中国诗人的共同问题。中原诗风中不缺反思与思想批判、文化批判，但很难进入到人性与人类的高度。同样，这也是中国诗人共有的遗憾。其二，在艺术呈现方式上，当下的中原诗人更多继承了前辈新诗人如苏金伞、徐玉诺、于赓虞乃至李季等人的风格，追求新诗艺术的自由精神，把自然天成作为艺术审美的至美目标，同时也追求诗歌艺术手法和艺术形式的创新。许多人像其祖先杜甫那样把自己锻就成当下诗歌艺术的集大成者，却少有人像李贺、李商隐那样站在艺术创作的最前沿成为开一代诗风的先驱。可以这么说，中原诗人个个实力雄厚，不少诗人在当下的中国诗坛可堪一流，在集大成式的经典写作上可做到尽善尽美。但在对诗歌艺术先锋的认知上，不少中原“中生代”诗人似乎少了一点更为深入的体认，而不少“新生代”诗人又少了一些自觉。这只是我一己的认识，仅供大家参考，也诚请大家批评。

2012 年 10 月

此文见《河南诗歌 2011》大象出版社 2013 年版

走出被“异乡化”的集体宿命

——序《21世纪中原诗人丛书》

毋庸置疑，这里一并推介给读者的十位诗人都是当今中原诗坛的优秀诗人。从某种意义上说，他们代表了中原诗坛的阶段性水平。在此，对这十位诗人的诗作，我不准备作具体的评价。诗人的作品就这么白纸黑字地呈现在读者眼前，作品的优劣，读者自会做出评价。我在这里要说的，是与这十位诗人的诗集出版相关联的一些问题。

当这十本诗集摆在我面前，诗集出版的组织者高旭旺先生又命我给这十本诗集写出一个总序之时，我的脑海里就又跳出我在往日思量过的中原作家、诗人长期被“异乡化”这个问题。对我来说，这个问题很是诡异。越是不去想它，它越是在你的眼前做出令你烦心的鬼脸。

似乎不用做任何思考，无论是身处中原的中原人还是地处中原四面的南方人、北方人、西部人、东部人，一提到意蕴丰厚的中原文化，都认为作家、诗人生在这个地方绝对是一件幸事。谁都会说中原作家是有文化故乡的，是有根的。对此，似乎没有人产生过怀疑。但是，有一个问题始终让我不解。早在20世纪八九十年代，中原的作家就开始了“中原突围”的创举。到了21世纪，这“中原突围”仍然是中原作家的一个重要命题。对此，似乎也没有人提出什么异议。这里的十本诗集的隆重推出，似乎也有这么个“中原突围”的意思。这里，我们似乎可以这么一问：身处文化故乡的幸福的人们，难道你身在福中不知福，你一代一代人前赴后继地“突围”，到底要“突”到哪里去？

这让我想起中国新诗草创时期的徐玉诺。徐玉诺写过小说、散文，诗的成就最高。闻一多说他的许多诗可称作“绝唱”，郑振铎说他是“中国新诗人里第一个高唱‘他自己的挽歌’的人”。有人说他的小诗可以和冰心的小诗相媲美。其实，据我看到的我国小诗创作情况而言，徐玉诺可以称得上中国新诗中小诗的创始人。但是，就是这么一个诗人，一生漂泊后，最终还是没有落户到新文化中心的北京、上海，最终他还是一个“鲁山”人，大一点说或者是个河南人、郑州人。而诗坛又怎么评价徐玉诺呢？翻阅一些资料就可以发现，用于徐玉诺身上最多的几个概念是：怪人、旅人、异乡人、农民。

“异乡人”，这个在卡谬作品里无法为心灵找到支点、无法找到存在的根源的莫梭，是一个飘零、孤独、充满危机感、身份不被认同的异乡人。这个“异乡人”的身份符号被用于身处文化故乡的徐玉诺身上也许是再合适不过的了。徐玉诺可以被视作中原作家、诗人的一个影像、一个原型、一个符号。不过，在这里，“异乡人”的含义也许要比我们平时所称的现代人的“异乡”存在的含义更多了一些成分。多出的这些成分对于中原人之外的人来说，也许并没有什么更为特殊的意义与价值，但对于身处中原文化腹地，也可以说是中华民族文化腹地的中原人来说，要比身处中原之外的人多出几分辛酸。这几分辛酸，其实正是我在前文提出的那份拷问：你的脚下就是丰厚的文化圣土，你又要“突围”到哪里去？

从存在的真实情况来看，一个人的真往往处于一种被遮蔽状态。在我看来，从五四新文化运动以降，中原人的文化身份的真实性或者说是尴尬性始终被遮蔽着。只要我们轻声地、真诚地而不是呵斥般地问一下中原人，你们那里现在还是东方文化古国的文化中心吗？作为一个中原人的文化身份的尴尬也许就会立现。作为中华文化故乡的中原人，他任何时候也不会忘记自己这个让任何人都感到骄傲的文化身份。而作为中国新文化运动的边缘人的中原人，又的确为文化中心的位移而使自己处于边缘而显得尴尬。这种尴尬不是别的，而是由文化身份的骄傲转为文化身份的自卑，由文化的故乡人转为文化的异乡人的失落。更为不幸的是，这种转变不是中原人自愿的，亦不全是中原人把自己的生命对象化进行创造性劳动的结果。中国有句古话，叫作得中原者得天下。令人感到遗憾的是，中国近现代史上改变中国历史与民族命运的国家革命，改变国人思想观念的文化革命，改变中国文学审美观念与组织形式的文化革命，其肇始地与肇始人都不在中原。如此这般，中原的全面陷落致使中原人的被“异乡化”的宿命，当然就是不言而喻的了。

这种“故乡人”的文化身份和被视作“异乡人”的文化身份之间的错位，对中原作家诗人创作的影响是无形而又巨大的。如果我们把作家、诗人的创作看作心理场，把作家、诗人的创作周边环境看作物理场的话，那么，作为中原诗人，他的创作与对他的创作做出审视与评价的周边环境之间的错位点抵牾是巨大的。从格式塔心理学的角度看，心理场与物理场之间本来就不存在一一对应的关系，但人类的心理活动总是把这两者结合成心理场。一架摆在显眼位置的旧式香案在戴着老花眼镜的祖母看来，那是她的珍品。因为这香案上携带着她生命的记忆、家庭的历史和一个个生动而又意味深长的故事。而在戴着蛤蟆镜的孙子看来，这香案就是一件被他偷偷搬到房间角落却又被祖母深情挪回原位的破烂。在我看来，中原诗人多少年来都是在这样错位的文化心理场的作用下进行创作的。

在一篇短短的序言里，提出这么几个稀奇古怪的问题是不正常的。其实我也不想这么做。我之所以在此提出这些问题，一是想提醒我故乡的朋友们在创作时完全可以坚持“文化故乡”的自觉和“走出中原”“走向现代化”的自觉；另一方面也想提醒中原外的朋友们，请了解中原诗人坚持“文化故乡”与“走向现代”的艰难。特别要指出的是，如果说前几代中原诗人在“文化故乡”的坚持和“走向现代”的路途上曾有过许多的“被迫”“迷惘”的话，那么，我们在这里推介给大家的中原诗人群体（不仅仅指此十诗人，可能会是二十人、三十人或者更多），在“文化故乡”的坚持和“走向现代”的探索上，大多是有着清醒的自觉意识的。从某种意义上说，中原诗人正从双重的“文化异乡人”走向清醒的文化自觉。中原诗人似乎意识到，简单的进化史观并不能简单化地对应于诗歌的创作。诗人的创作仍然需要诗人对于诗歌本体深度审美构成的坚持，同时也意识到中原文化深广的包容性与观念的滞后性是同时存在的。正因为有了这种文化意识的自觉，才有了中原诗人的另一面：对于诗歌艺术，诗人观念前卫性、先锋性的自觉追求。这种自觉的坚持与自觉的探索，作为一种现象存在，对于中原诗人来说，其价值意义是不可估量的。中原作家、诗人的

“中原突围”的一次次冲锋，在我看来，无非是要冲出创作的不自觉状态，而不是冲向北京或上海。也许只有这样，中原诗人才有可能走出被“异乡化”的宿命，在故乡温热的土地上，做一个自觉清醒的异乡人。

延续、终结与反刍

——序《80 后诗丛》

诗人刀刀主编了一套《80 后诗丛》，让我说几句话作为诗集的序言。这活，我乐意来做，但有点为难。在我看来，人活在世上，有正经事做已是不易，现在有人让你去读诗并请你说话，这实在应该是一件很幸福的事。有点为难是因为这些诗集的主人都是 20 世纪 80 年代后出生的摇动着青枝绿叶青春的诗人，而我却年长他们三十年，还能把话说得投机点吗？其实，在我的识域范畴里，诗人的年龄应该不能构成一个问题，除非你不是诗人，除非你写的不是诗。在诗的国度里，如果年龄与年代是阻碍阅读的必然屏障，那么，古人的诗又是凭借着什么传至今日？

从某种意义上讲，诗性是人性，是人性中那种精妙绝伦的锋刺，是人神之间赖以沟通的曦光。如果真的有一天那一隙曦光消失了，也许人类的文明就走到了尽头，人类就会重新陷入那不尽的黑暗之中。如果，我们把诗的问题当作人的问题，当作人性的问题来认识，我想，我心中的那段与80后诗人三十年的距离也就不算什么了。虽然我们都处在历时性价值与意义的时空中，但追寻共时性价值与意义却是任何一个有着健全思维的人的共同目标。正因为有了这样共同的信念，今人之间的沟通、今人与古人之间的沟通也许就有了真实可靠的依据。

事实上也正是这样，把这里十位青年诗人的诗大体读完之后，我心中的那三十年的时空距离也随之消失了。我没有查询他们的真实姓名，也没有在意他们来自何地以及他们正在从事什么职业，与我交流对话的直接对象是他们的诗。

在我的阅读印象里，八零的诗大体是围绕日常生活的"生命性"展开的。对生命的敬畏和对死亡的忧虑交织在一起，使得他对生活、生存的感受力与想象力变得非常强大，由此也使得他的诗充盈着巨大的张力。刀刀的诗则在诗的内在质感和形式质感上给读者带来了强烈的冲击。想象时空与真实时空的交错与互为使他的诗有了 种非同寻常的时空感，也使得他的细碎的民间叙事背后有了一个宏大的背景，那些近身的生存意象也因之能够荡开去产生更为悠长的意味。与八零的感伤、刀刀的躁动相比较，王彦明的诗显示出一种特有的平静，他的诗如他写的《豹子之心》，"安静地匍匐在山上/看着身下的尘世”。这似乎是一个知识分子的心态写真。在今天这个处处弥漫着权利与金钱光影的世界，有此心性并能用纯净的诗性语言把它呈现出来，实是难得。应该说，这里的十位青年诗人的诗各具特色。西屿的诗展示了他成长的心路历程，同时也展示了他对更为阔大的社会生存的关注。他诗中的桦栎树和废墟呈现出现实生命的不同状态，由此可以见出他的心与血的脉动。不知纳兰容若与清朝词人纳兰性德有没有直接关联，但纳兰词与纳兰容若的诗之间的关联似乎是显而易见的，空灵、典雅、精致，是纳兰容若的诗留给我的直接感受。从形制上看，纳兰容若的诗很似古诗中的“绝句”和“小令”，形制虽小，其气象却是悠远的。相比较而言，刀刀的诗在形制上则更具中国楚辞骚体诗的气度，意象繁复驳杂，跳荡而又迷离。在诗的风格上，纳兰容若的诗属神情内敛的一种。这种内敛与前些时诗坛流行的冷抒情以及零度叙述并不一样，或者说根本不是一回事。他的内敛犹如包孕了诗人性情叶片的胚芽，只是他没把叶片张开，似在等待读者情绪的触动。如他在《虎丘》一诗中所写的那样，“外圣内王，以诗为傲/从不暴露额头上的王字”。

在这十位青年诗人中，田春雨诗中的乡村意象别具一格。田春雨在其诗中着力追寻那个“已故”的田园牧歌式的乡村的身影，但乡村的破败与乡情的流失、生活的沉重与远方的迷茫使他的诗显示出一种与年轻的心灵不相匹配的感伤与凝重。刘良伟把自己的诗心投射到其目光所及的地方。在他的笔下，生活中的任何一个细节、人物、事件，只要与他的心律共同了节拍，都可以成为诗。从某种意义上讲，他的诗是他生活的自然状态的写照，也是他内心的律动的记录。高野的诗最触动我的地方是他诗中所表现出的人与自然的契合对他的文字的影响。童年的高野应该生活在乡村，那时的他对自然应该有着极强的感受力。也许，正因为如此，现在的他对于今日乡村的衰落才有着深入骨髓的痛惜。在他的诗中，有许多对于那个已经逝去的乡村的遥望与眷恋，诗句给人以带有疼痛的美感。徐林的诗基本围绕着他的日常生活展开。他把他的诗集命名为“画心”，从某种意义上讲，他的诗呈现出他生活日程中的点点悲欢，同时也切入到他的内心深处，展示出一个自然真实的自我。和徐林相似，张艳庭的诗亦是围绕着诗人自我生活的形迹展开的。和徐林从身边的事出发又回到自己的内心所不同的是，张艳庭往往是把目光所触之物在自己内心煮化之后，再把这被煮化的情思投射到他的抒写对象的相关事物之上，并由此延展出一个更大的社会空间和诗性空间。如果说徐林意在表现一个深度自我的话，那么，张艳庭则是通过自我表现一个具有某种深度的社会现实。

以上这些，就是我读十位年轻诗人的诗作时产生的直接感受。当然这不是他们的全部，只是他们的诗在我的心影里投下的最为清晰，也是我认为最为重要的一部分。和在他们之前的几代诗人相比较，80 后的诗人没有提出什么标新立异的口号。而最能彰显他们存在的元素是他们的诗和“80 后”这个年代的标记。那么，在这里，我们似乎可以提出这么一问：是不是可以认为“80 后”这个年代的标识本身就是一个有着特殊内涵的概念呢？为此，我又阅读了一些 80 后诗人的资料以及他们的诗作，似乎觉得“80 后”这个概念既是对在此之前几代诗人总是以颠覆前代诗人的面目出现的诗坛现象的终结，又是对近百年来中国新诗传统的反刍性连接。

在这种反刍性连接中，他们对近些年以标新立异的方式来进行诗歌创作的现象进行了较多的反思，也对他们诗中的创造精神进行了自觉的接纳与延续。诗坛在他们这代人笔下似乎沉静了下来。但这沉静不是沉寂，而是少了许多浮躁，多了几多反思。过去的那种以否定前者为前提的颠覆行为，以跑马圈地为目标的山林行为在这代诗人那里消退了许多。我不能说这就是他们的优点，但这也不是他们的短处或缺失。他们自有他们的状态。该怎样认识他们的这种状态呢？我提不出很好的意见。但我注意到 80 后诗评家陈错在《80 后诗歌：一份提纲》中提出的几点，在我看来是比较中肯的。其一，口语叙事传统和平民化身份认可；其二，事境中语言的提取；

其三，谐隐与幽默机智的审美取向；其四，情感重现与主体出席。应该说，陈错在2004年提出的这几点，时至今日，在我们认识80后诗作的总体面目时，仍有其借鉴价值。用此四点来认识在此结集出版的十位80后诗人的诗，亦有其切实的功用。

是为序。

2012年7月16日

此岸及其抵达的方式

——序《李清联无障碍诗写点评本》

敬爱的李老师：

您命我给您的诗集写序，这让我很是为难。您是前辈，您在1953年就开始写诗，那年，我才出生，连牙牙学语的资格都是刚刚取得。在我有了一点点读诗热情的时候，您已是国内知名诗人，您的名作《浇铸者》已入选各种选本，并不时地浇铸似我一样的年轻人的灵魂与骨骼。现在，您命我为您的诗集写序，这使我为难，让我惶恐，又令我感动。我知道这是一位长者对后学的鼓励。这里，我如实谈一下我在读您的诗作以及其他先生们对您的诗作点评后的一些感受，以期得到您的批评。

李老师，我想先说说这本诗集的内容架构。我不知道“无障碍诗写”这个主张是您在何时提出的，也不知道在您的主张周围何时聚集了这么一批为您的诗和诗歌创作主张添砖加瓦、作注写评的挚友。因为有了您的诗作和朋友们的诗评，诗作与诗评齐头精进，使这本诗集在内容架构上有了不同于普通诗集的特殊形态。这样一种互动式的内容建构，只有在今天这个网络时代才可以做到。这是一道绝对美好的风景。您好比一个造船者，造了船之后，您又跳上船头说："无障碍诗写开航了!"应着"无障碍诗写"的开航，一帮志同道合的朋友也跳上了船。这时，您已不仅仅是一个造船者，您还成了这艘船的荣誉船长，朋友们成了志愿者水手。船桅上飘扬的是"无障碍诗写"的旗帜，船长和水手都有一颗诗意盎然的心，说着您和与您的船以及航行相关的话。写到这里，我想起中国新诗派的老诗人辛迪的名作《航》。我忍不住要把这首诗抄在这里："帆起了/帆向落日的去处/明净与古老/风帆吻着暗色的水/有如黑蝶与白蝶//明月照在当头/青色的蛇/弄着银色的明珠/桅上的人语/风吹过来/水手问起雨和星辰//从日到夜/从夜到日/我们航不出这圆圈/后一个圆/前一个圆/一个永恒/而无涯涘的圆圈//将生命之茫茫/脱卸于茫茫烟水。"这简直就是对您和您的朋友们这次诗意的远航的直接描述。所不同的是，辛迪诗中的"帆"是"向落日的去处"，那是向着生命与命运彼岸的进发，苍凉、静极、洒脱而阔远，而您和您的朋友的这次关于诗的远航，在我看来，却是一次向着诗的"此岸"的抵达，是一次探险，也是一次回归。

我们往往向往彼岸，因为彼岸在远方，因它的神秘而令人向往。由此岸向彼岸的转渡往往代表着一种本质的变化，终极理想的实现。对于新诗来说，彼岸是什么？大家并不能说得很清楚。大家共同着的，就是要把新诗写得像诗。也许，新诗体的缔造者们，原初怎么也没想到，这么一个普通得不能更普通的心愿，竟然成了新诗创作的一个重大命题。更让人心焦的是，造成这一问题的症结，竟然是诗的语言的问题。而新诗的语言问题，看似简单，实则十分复杂。诗是用语言创造语言。在此一点上，旧体诗的语言形态具有明显有别于日常用语的形态特点。因此，旧体诗的语言形式成了诗人让日常生活转化为诗的法器。在这个问题上，新诗就不行了。新诗从诞生之日起，一个重要的使命就是打破旧的语言形式，建设新的语言形式，也就是新诗体。而新诗体的语言形态应该是什么样子呢？新诗的缔造者们选择了“白话”。“白话”相对于散文中的“文言”、格律诗中的平仄律韵而言，在语意与诗味的表达上，显然已是朝着“无障碍”的方向发展了。散文中的白话咱们暂且不说，就诗的“白话”而言，语意表达的障碍显然是去除了，但是，诗意或者叫作诗味的那东西也没有了。这样的结果让新体诗人很着急，旧体诗人很生气。新诗长期以来被旧体诗人所诟病的原因，最为集中的一点就是没诗味。新诗为什么没诗味？大家几乎一言以蔽之曰：语言不行，形式不立。

于是，语言与形式，就成了新诗人几十年来反复实验、不懈探索的课题。无论是坚持现实主义创作还是追求现代主义创作，哪个流派的诗人都不会把诗的语言当儿戏。近三十年来，现代主义诗人在诗的语言问题上做了大量探索，特别是朦胧诗之后，诗人们几乎众口一词要创新诗的语言。怎么创新呢？诗人们的做法是“回到元语言”。从某种意义上说，“回到元语言”是不可捉摸的。于是，大家比较一致的做法是回到“白话”，采用口语。近些年来，口语诗的大量涌现，应该说与对新诗语言的探索有着直接关系。而口语要呈现的效果又是什么呢？在大多数人看来，口语诗不仅没有解决好新诗的“诗意”“诗味”问题，反倒对读者的阅读产生了更大的障碍，诗变得越来越难体味、越来越难把握。我想，先生的“无障碍诗写”，该是有感于诗坛的如此现实而选取的写作姿态和写作方式。

如果我的判断大体对头的话，那么，先生和您的朋友们启航的“无障碍诗写”这艘船要抵达的“岸”，在我看来，不是“彼岸”，而是“此岸”，即新诗的创始者所说的“白话”和今日诗坛不少诗人所张扬的口语诗的“此岸”。也许，正是如此向着“此岸”的航行，先生和您的朋友们所做的这种探索才更具有现代性价值与意义。

那么，先生和您的朋友们做的这份努力其现实价值都表现在什么地方呢？李老师，我在这里简单谈一点看法，以就教于您老和您的朋友们。

在我看来，先生的“无障碍诗写”其核心意义有以下三点：

其一，关于诗性的目标价值追求：“无障碍”与“诗写”。“无障碍诗写”，我们似乎可以看作这是您对诗的审美及创作方式的目标价值追求。“无障碍诗写”这个概念，在我看来，可以分成“无障碍”和“诗写”两个部分。“无障碍”是写的方式，也是阅读的感受。从写的方面讲，可以看作直接的呈现，避免过于曲折隐晦，少一点技术成分。从接受者的阅读感受方面来讲，是在对诗的阅读过程中或阅读结束之后可以大体感受到诗意的具体存在，进而能够把握诗人的情感价值取向和诗意的人文精神。而“诗写”这个提法，很有意味。不说写诗而说“诗写”，大体体现了您对诗的存在的认识。可不可以这样说，您认为诗的存在是先诗人的存在而存在的，诗人的工作是发现那先于自己存在着和正在发生着的诗，并把它记录下来。这有点像古人所说的“道”。对于先生所说的“诗写”，我的另一种看法比较简单，或许，先生所说的“诗写”就是强调诗人笔下所写的必须是“诗”，是有诗意的生活或者说是有诗味的事物。把这两点合在一起，再结合您的诗作的特点来看，您的“无障碍诗写”就是“用口语写出有诗意的诗”。这是我看到的您的诗的现实，也是您的朋友们众声喧哗所言的现实。这样一个简单明了的现实，对于当今诗坛是有实在的意义的。因为如此的追求意味着这样一个现实:口语是可以写出诗的,同时也是可以写出好诗的。但是,您在用口语写诗时,必须考虑到另外一个更为重要的问题,那就是您写的必须是诗而不是无诗意的口语。口语在诗中的运用不是目的,而是艺术手段,其目的,是“诗写”,是要写出有诗性有意味的诗来。用一句比较刻薄的话来说,口语诗是诗而不是口语,更不是口水。

其二,关于抵达此岸的方式:发现“来自现实具有巨大穿透力”的生活。要实现“无障碍诗写”,或者说要站在“此岸”来抵达“此岸”,这比站在此岸抵达“彼岸”要难得多。从现实世界来认识这一命题,由此岸抵达此岸这个命题是不能成立的。好在我们这里说的是写诗,只是打一个比方,是把您的“无障碍诗写”解读得更形象、更具学理一些。当然,我的解读也会造成一些阅读理解上的障碍。越是想把事情说得更清楚一些,越说得模糊,这是一个悖论。正如大家都在追求诗的口语化,并试图以此消解诗的晦涩难懂,但事与愿违,口语化的诗越来越不易让人读懂了。由此看来,口语诗在抵达诗意、诗味和诗的意境、境界之间同样有障碍,而您采取的“诗写”显然也存在这一问题。不然,屠岸先生在阅读您的诗时就不会产生“开始觉得不知所云”,再读方知诗的妙处的感觉了。为什么会出现这样的情况呢?在我看来,口语写诗若要把那些“文字”“语言”写得像诗且有诗味,的确不是一件易事。而您又是怎样使屠岸先生这位读者最终感知到诗的妙处的呢？我认为，您的一位朋友在给您的诗作点评时说的一句话非常重要。您的朋友认为，您的诗中所写的生活，是“来自现实并具有巨大穿透力”的生活。李老师，您的这位朋友非常懂你，同时也非常懂得“口语”写诗最要紧的问题。用陈峻峰的口头禅来说，“可真是要命”的问题。口语诗之所以能够成为诗，而不是日常生活中那些琐琐碎碎的口语，就在于诗人采用口语呈现给读者的是诗人发现的那“来自现实并具有巨大穿透力”的生活。“具有巨大穿透力”这个说法可以转换成诗人经常说的“张力”，也可表达为“有很强的诗意转换能量”。至于说它是如何“穿透”的，是如何产生“张力”的，是如何把日常生活“转换”成诗的，这要具体诗作具体分析。这里，咱就不说了吧。总的来说，这是一个“可真是要命”的问题，但您做得很好，这也正是您的许多朋友很是看中您的诗的地方。而您能够由“此岸”抵达“此岸”，在我看来，所采用的，基本就是这种方式。这方法虽然简单了一些，但也很是难能可贵了。

其三，关于诗歌创作的非技术元素：一个真诗人和他的童心。李老师，您在提出“无障碍诗写”时，考虑的主要问题，在我看来，可能还是写诗的技术层面的问题。李老师，您想过没有，对于中国新诗的创作来说，经过近一百年的创作实践，新诗创作在技术层面并不存在太大问题。无论是传统的采用现实主义的方法进行创作，还是现代的采用现代主义的方法进行创作，抑或是采用书面语的、口语的、自由体的、新格律体的、民歌体的等等，都是可以写出好诗的。可有趣的是，我们就像被鬼追着一样，一次又一次进行诗歌技术革命，并且，所采取的方式总会是后人颠覆前人的创作经验。这些，也许不能厚非，因为新诗的历史并不长，新诗还非常年轻，多在成长的技术方面折腾点事并不是坏事。问题是，我们在关注诗的技术的时候，多少忽略了诗人自身的“建设”或者叫作“建构”的问题。如果你不是一个纯粹的诗人，那么，至少，在你写诗的那一刻应该是个诗人。如果这二者都不存在，哪里来的真诗？皮之不存，毛将焉附。其实，如前所述，新诗创作的技术问题，对于今天的新诗人来说，并不是一个太大的问题。新诗创作经过几代人的探索积淀，其技术已有巨大的进步。能用几乎可以等同于日常用语的口语写出诗来应是新诗创作技术进步的一个明证。这里，我要说的“可真是要命”的问题还是您是不是一个真诗人，是不是一个有真性情的诗人。到了您这个年龄，也就是看您是不是一个“阳光老男孩儿”吧。您的朋友们之所以追随着您的诗啧啧称赞，一是因了您的诗，更为重要的是因了您是一位“阳光老男孩儿”，一位有诗心和诗人性情的真诗人。

现在，让我再回到此文开头我联想到的那艘船上。这艘船叫作“无障碍诗写”。这艘船要抵达的目的地是诗性的此岸。此岸在哪里？怎么抵达？看似能说得明白，如我前面的唠叨，其实，这是一个说不清楚的问题。写到这里，我似乎听到了辛迪先生描述的“桅上的人语/风吹过来/水手问起雨和星辰//从日到夜/从夜到日/我们航不出这圆圈”。还是首先做一个有诗心有真性情的人吧，“将生命之茫茫，脱卸于茫茫烟水”，此岸便可抵达。

2011 年 7 月 26 日于陌野室

信手拈来讲纯真

陈有才老师是我国知名诗人，也是我国新民歌创作的代表诗人。他近年创作的民歌精品要出版了，命我为之写几句话，尽管自知力不能及，但又不得不听命于师。从我个人而言，用文字的方式谈一些我读陈有才诗歌作品的感受，也是我多年的想法。

在我国近现代文学发展史上，有关民歌的话题大体有这样两个结点不可忽视。其 是始自 1918 年的北京大学歌谣运动，其二是 1958 年的“大跃进”新民歌运动。两次运动的动因、功过这里无法论及，仅就在两次运动中的著作者而言，我们看到的是，1918 年的北大歌谣运动的参与者，是一批位于文化高地的知识分子对于中国底层民间文化的审视和发掘，而 1958 年的新民歌运动，则是位于中国文化生活基层的民众为占据文化高地的直接登场。如果我暂且把这些作者登场的政治动因“悬置”，仅就这些作者呈现的创作热情和创作成绩而言，我们即会看到，在1958年中国文化史上前所未有的这场运动中，不少位于社会最基层的民歌作者成了当时诗坛的知名诗人。

特殊的动因总会产生特殊的运动，同时也总会有特殊的结局。1918年的北大歌谣运动的著作者后来大多成了五四新文化运动的重要作家或学者，而1958年的新民歌运动的作者大多在嗣后的时日里随着“大跃进”运动的结束而销声匿迹，坚持下来进行新民歌创作或转而进行新诗创作的作者，可谓是寥若晨星。而在这凤毛麟角的几位“晨星”人物中，能够不断开拓自己的视野，丰富自己的创作手段，提高自己诗歌创作艺术水准，又始终对民歌创作保有热情的诗人，无论是从河南或是从全国范围看，都应属偏隅于河南信阳大别山这块灵秀山水的陈有才。

时间和空间的转换总会给人们认识世界、看待事物以新的方法与角度。即便是站在同一个角度、同一种立场看问题，因了时空的转换，原来那事物也会因时空的间隔而呈现出不同的样态。自打陈有才于20世纪50年代末步入诗坛，至今已有近六十年的光景。站在今日的时空里我们来回望陈有才，也许我们不能不为他走过的道路、韧性的精神和取得的成就感叹唏嘘。从起始到今天，他对民歌创作的坚持与变化，着实能够发人深思。也许,我们不能不从以下三个方面对陈有才民歌创作进行考量:其一,他为什么要坚持?其二,他坚持了什么?其三,他又改变了什么?对于以上三个问题,我想通过阅读他近些年的民歌创作的作品感受,谈一点自己粗浅的认识。

其一,他为什么要坚持?

对于他为什么要坚持民歌创作,这个看似简单的问题,若想说清楚,却并不容易。诗人自己曾经说过:"我是吃民歌长大的。"这样的言论非常具有诗意,也很有道理,但并不十分准确,也省去了理性认知的环节。如果今天我们把这一环节给补足,我们即可真正体认到诗人此话的确真。据我看到的诗人个人的资料显示,诗人儿时生活的这个地方,生活中唱民歌本来就是一种习俗。诗人以民歌的方式开始步入文学殿堂,是在他上高中二年级时,此时正是"大跃进"民歌重塑中国诗坛乃至中国文坛的面目之时。诗人直接参与了这场民歌运动且成绩卓然。到 1963 年,诗人创作出了具有诗人陈有才标识的民歌,即"五句头"民歌。到此为止,我们可以认为诗人完成了他诗歌创作的第一个阶段。从 1958 年到 1963 年,其实我们还可以向后延展三年时间,即到 1966"文化大革命"为止,算下来计有八年时间。这八年里,陈有才从一个中学生转变为一位有着自己独立个性诗体即"五句头"民歌的著名诗人。了解这样的一种现实对于认识此后的陈有才的创作行为和对民歌创作的坚持至关重要。

在我看来，以上情况给我们认识陈有才的坚持提供了以下几点可资依据的信息。其一，童年记忆给他以后的创作奠定了最为悠长纯朴的底色。需要给予说明的一点是，这里说的童年既有他自然生命时的童年记忆，即诗人所说的童年时期"吃民歌长大"的自然记忆，同时也包含了诗人一开始就进行民歌创作乃至后来因创作民歌并创建了属于自己的民歌体式的文学创作的童年，即我们完全可以把这个时期诗人的创作视为他的文学创作的童年时代来认识。自然童年的感性认识与他文学创作童年的理性认知的重叠，既强化了诗人对民歌创作的情感认同，同时也使诗人对民歌创作的理性认识更为坚挚。也许，这一点可以与弗洛伊德的童年记忆与文学创作的关系互为佐证。

如果说诗人的童年记忆构成了诗人长期坚持民歌体诗歌创作的自然动力，那么，其二则是民歌体所具有的诗体审美特质，给诗人长期坚持民歌创作带来了可资依据的艺术动力。作为一种具有个体审美特质的诗体存在，民歌体的审美特质有着深厚的生活基础和历史渊源。在这个短短的序文中，对此问题我们无法展开论述，同时也无须在此展开论述，因为这是一个不争的事实，无论对诗体或是诗人。我们只想说一点，就是诗人陈有才真正体会到了民歌体诗歌的艺术魅力，同时也以自己的创作践行了这种诗体的审美，并且还以自己的创造性劳动丰富、光大了这种诗体的审美。由他光大的“五句头”民歌，明证了他对民歌体式的丰富所做贡献的真实不虚。有了这一点，我们对诗人长期坚持民歌体诗歌创作也许就有了一份真实的理解。

除以上两层意思外，陈有才的坚持其实还潜隐着第三层意思。这第三层意思就是对一个时代诗性激情的留恋。这层意思往往不被人理解，在不少场合，往往也不被诗人自己认同。其实，一个大时代之后，不可能不在经历这个时代同时又在主观意识和客观实践上参与了这个时代的人的心理上留下深刻的印迹。这应是一个有着普遍意义的事实。所不同的是，不同的人会对那大时代留下不同的印迹。即便是同一个人，当其处于不同相位上对同一事物进行描述时，也会有不同的情态。陈有才之所以长期坚持民歌体创作，应该说与他对那个时代的诗性记忆有关。尽管这诗性记忆里已被岁月浸入了不少虚构的温暖且抹去了不少真实的寒冷。其实，我们每一个人的记忆都是有选择的记忆。而这选择性记忆又总与他当下的生存现状相关。正如历史并不是封存在岁月深处的档案，而往往是我们今天对历史光影的认识与选择一样，诗人的记忆总是关注岁月的诗性，而那与诗性相背离的历史元素总是会被诗人有意无意地舍弃。由此观照，我们也许会对诗人多一份真切的理解，同时也会让我们对一个存在着诸多复杂因素和特殊因素的时代多出一个透视角度，多出一份具有人文理性的理解，多出些许更具历史精神的认识。

其二，他坚守了些什么？

陈有才在他的民歌体诗歌创作中都坚守了些什么，这大概是一个不能回避却又难以说清的问题。无论从哪个方面讲，陈有才都是一位心性中有着诗的激情且有才华的诗人。也许正因为这样，他的诗歌创作丰富多彩，无论是民歌体创作抑或是自由诗创作都达到了较高水准。仅就他的民歌体创作而言，其前后的变化也很大。对此，我看到了，相信不少关注陈有才诗歌创作的朋友也看到了。但眼中看到、心中想到与嘴中说到、笔下述到毕竟不是一回事。就我个人而言，的确亦没有把握把我看到想到的那份感受和想法表述清楚。但是，出于对陈有才这个人和他诗歌创作的好奇与兴趣，我还是想试着说说这些问题。

在中国诗坛上，民歌不占主流地位，但中国文人诗歌的历次变革与进步，几乎都与吸收了民歌的营养有关。从我了解到的中国诗歌发展变化的史实来看，我和诸位同仁的此种认识应是一种历史的真实。但从另外一个角度来看，在中国文人诗歌的发展过程中，诗人对民歌的筛选、整理以及对民歌中诗性元素的提纯、整理，也为民歌在中国诗歌史上存在的合理性、合法性提供了保障与可靠的路径。从某种意义上讲，民歌的诗学地位的确立在其价值认定上有其二元性。这二元性中的一元是民歌自身所体现的价值元品质，另一元则有赖于文人确立的诗性价值原则，也就是文人对其价值存无的认同，即对民歌中所保有的中国诗歌的文化价值与诗歌价值的认同。其实，陈有才这么多年来所坚持的，依我的看法也正是以上两点。首先借助民歌体诗歌的创作实践，以坚守中国诗歌的文化价值。这里所说的文化价值，大体应包括两个方面的内容。一是中国诗歌自身所蕴含的文化元素，一是诗歌内容所转述的民间生活的文化基因。具体一点说，就是诗歌形态从语言构成到语感呈现所保有的民间性，以及诗歌内容所呈现的情态的当下性和现场感。其次，就艺术表达而言，陈有才在他的民歌体诗作中，始终保持了情绪表达上的率真和形式表现上的简约，这两点，在他的民歌体诗作中展示得最为清晰，也最为显在。而率真的表达和简约的形式，其实正是中国民歌最具影响力的艺术特征。如此艺术特征不仅使中国民歌始终保持了自己特有的艺术风格，同时也为中国文人诗歌的创作注入了健朗的营养。这些，我们都可以从风之于雅、乐府之于诗、曲子词之于词和曲中得到明证。在我们考察陈有才的非民歌体诗歌创作的特征之时，也可以明显地感受到陈有才新诗体创作与他的民歌体创作之间的血脉关联。

其三，他又改变了些什么？

改变些什么，使什么更完美一些，更接近人所期待的东西，这大概是人类进步的一种力量元素。中国的易学所张扬的其实也就是一种变的辩证法。按照这个思路来观照一下陈有才的民歌体创作，似乎可以发现许多非常有趣的东西。比如，大家似乎都认为陈有才是新中国民歌创作的活化石。按常理，事物一旦成为化石，那就意味着这事已经没有什么变化的可能。这样的经验判断对陈有才来说并不全然真实。在我看来，陈有才的所有创作，始终都有他所坚持的东西，比如他的童心，比如他的故乡意识，比如他的爽直的诗性性格。就民歌而言，比如他坚持的民间与地域风格，他的情绪表述上的率真和形式表现上的简约，这些都是他长期坚持的诗性元素。如果在此基础上看一看他的变化，或者说我们把他前后期的民歌创作进行一下比较，我们即可发现，他的变化是巨大的，也是可喜的。如果把他的这些变化归纳一下，我觉得最值得我们关注的一点是：由过去大多诗歌表现当下社会的即时性宏观现实，转变为大多诗作表现普通人的情感生活的恒久性现实。由情感表现的当下性向情感表现的恒久性转变，不仅使得他的创作题材更为丰富，同时也使得诗人对诗的理解更为深入，使他的民歌创作更接近诗的精神，也更为接近作为一个普通人的情怀。从他近期诗作中，我们发现大量书写思乡情怀的诗作，比如《思乡情》一诗："夕阳烫伤思乡情/月光似水擦伤痕/最有星星恶作剧/夜撒盐粒到天明。"三光者，日月星，在这里都成了他思乡的媒介。天地之间，身在他乡的一客羁旅，仰望三光，思念远处故乡，自古至今，都是一个情感正常的诗人最为痛楚的情感。乡愁的情思在古典诗歌中是一种常见的诗情，夕阳伤情、月光疗伤的大意古诗中亦可见到，但星星在伤口撒盐的感受在古诗中真的稀有。从另一角度讲，稀有亦不足奇，稀有亦切切实实符合诗人诗作的情感逻辑着实难能可贵。从此诗中我们看到的更为可贵的精神，是诗人让民歌又一次回到"兴、观、群、怨"的"风"诗的基点上，让我们体味到真实的"细民"日常的正常情感，尽力摆脱了我国新民歌中常见的假大空的影响。应该说，陈有才的这一变化，是值得充分肯定的。

站在这一变化的基点上，我们似乎更为真切地看到陈有才民歌体诗作由此带来的一系列变化。比如他诗中诗画一体的意境、浪漫而不失淡远的禅意，在一篇感言中，我不能一一展开陈述。说的已经不少了，就此打住。也许会有人想让我给陈有才的诗提点意见，我看还是不提为好。我知道，提了他也改不了，如我之知错不改。比如因为他的童心张扬总让他忽视生活中的艰难，他改得了吗？他就是一位永远不老的童子，怎得改？因此，不提也罢。

路的情综与天空的理想

——读马新朝的诗《走向天空》

他很质朴，带有中原人特有的憨厚、诚恳。初见面，还略带些拘谨。他走过的路也很实在，读书、当兵、搞文学创作、当编辑。这些都是一个实在的人去做一些实在的工作。然而我又发现，在他外表憨厚的绕裹中，却有一团熊熊燃烧的烈火在日里夜里燎烤着他的情思，激荡着他的心胸，使他在对人生理想、祖国命运思索的历史原野和现实苍陌里东闯西突。而且，他与墙壁以及其他障碍的每一次撞击，都发出一阵结结实实的响声，尽管这些声音有时会带出几分汗湿的彷徨。

处处皆是的墙，曲折迂回的路，是他产生诗思的主要情综。这种情综起始于血与火交织的战场。这是笔者读过他的诗集《走向天空》后的最突出的感受。诗人 1970 年入伍，1984 年转业。十余年的军旅生涯，给他年轻的心灵镀上了一层庄严而又富有生机的军绿色。收在《走向天空》中的《一朵白兰花》《妈妈在望着我》《悼念一位女兵》《士兵》《清晨，伪装车通过闹市区》等诗作就是他这个时期的心迹的留影。在这个时期，他的心与他的枪口一样，只有一个方向，即向着死神进发，给生和和平打开一条血路："阵地上落满了钢铁/和敌人的诅咒/火舌舔着我的意志/也许在片刻之内/我会变成永久/但我的躯体/会在战争与和平之间/矗起一道屏障。"(《妈妈在望着我》)这时敌人在前，正义在胸，祖国、母亲在后，不容他有片刻的、丝毫的彷徨。尽管前面是死神筑起的墙壁和枪弹的咒语，但他要用仇恨和热爱闯出一条生路。此时此刻，人性中的一切杂质，金钱利禄、名誉地位，都变得是那样卑琐。高高昂起的，是人的尊严与祖国的尊严。这时，摆在他脚下的路，也就格外的庄严而神圣。可以说，祖国的每一寸土地，都是他走向严峻、神秘、神圣、充满幻想但又倍加真实的理想人生的路。因此，他说"我的钢枪，像初春时，父亲手中的犁铧/在每一粒夜色/每一丛野花和小草上/播种着我的爱/和岩石般的警惕"(《士兵》)。为了捍卫这严峻而神圣的"路"，面对死，他只有"抖开那面战旗"；而"路"也因为染上了他和他的战友的血(不，战场上只有两个人：敌和我。因此，是他自己这个"我"的血)，"而变得格外神圣"(《悼念一位女兵》)。

随着生活环境的改变，诗人眼前的路不再像战场上那样清晰分明了。他从战场走进了现代文明高度集中的城市，也走进了墙如浪涌、楼如桅林的喧嚣的大海。这里有一条条错综复杂的路，也有“横七竖八地爬着”的各种的墙。此时，在他这叶年轻的扁舟心里，不能不跃现出“路”的情综。心理分析学家荣格认为：个体无意识的一个有趣而重要的特征就是，一组组内容会簇拥在一起形成簇集抑或丛，这个簇集或丛就是情综。情综由一个中心或核心组元与围绕着核心组元聚集的大量次要的丛组成。当我们说一个人有情综时，我们的意思是说，他的心灵被某些东西强烈地占据了，以至于他几乎不能去思考其他的任何事情。正是在这种意义上，我们说诗人有一种路的情综。纵览他的诗集，我们就可以发现，诗集中百分之八十的诗作都与作者对路的思索有着直接的联系，如《有一扇门》《大海和路》《有一个口令》《小巷》《隧道》《远行》等。在《墙》一诗中，诗人这样写道：“各种墙/横七竖八地爬着/人们像蜘蛛吐丝一样/一瞬间就能产生一堵墙/……我路过这里/道路却爬不过墙去/只得迂回/而我走过的路/也迅速地长成了一堵墙。”这里，充满着对墙的困惑和探索墙的秘密的好奇心。其实正是这种由战场走向复杂社会所带来的蒙昧无知，使诗人心灵中的盲点明亮了；在战场以外，还有一个比非此即彼更复杂的人生。但是，诗人在这复杂人生面前没有畏惧。他不怕磨破鞋底，任鞋里装满沙子，走到紧闭的门前叩击，告诉人们屋外有美丽的月色。同时，他也试探着走出《小巷》，走出印满了祖先的脚印和他认识不认识的人的脚印以及他自己的脚印的小巷，应着“一个口令”，走出四周尽是伤口的隧道，走向“海滩”。这时，他听到了大海的声音，他感受到了潮涨潮落、陆地与大海相克相生的神秘。带着他感受到的神秘和他的感慨，他走向了大海。而那充满生命的大海，给他展开了一条一条的路，使他走向与陆地、与大海紧密相接的“天空”，开始了他的《远行》。因为诗人知道，“在看不见的地方，有一个等待”。

在这种“路”的情综的控制下和“路”的情综的内驱力的驱动下，映入诗人眼帘的、浸入诗人心肺的世界都被“路”同化了。例如他的小诗《回村》：“沿着树枝走/一个苹果亮了/一个丢失的呼唤/黄色/甜甜的/幽暗的小河边，夜夜/清香在漫步。”可以看出，诗中所喻的显然是农村的变化，但诗外之意却紧连着路的意象。不说诗句“清香在漫步”是在路上，诗中“一个丢失的呼唤”也是在写路。只此一句，就把人们带入了沉重的历史。而夜夜在小河边漫步的清香这一意象，又把我们带进了今天。在历史与今天之间，不止有着一条曲折的道路吗？在诗人的爱情履历上，同样也显示了路的情综。在《泛舟黄昏》中，他说：“浆儿，心之翅膀/荡开一个遥远/船儿系在夕阳上/驰不出黄昏/仓儿空着一半/心儿空着一半。”遥远的遥远有一个期待，正预示着他的方向，期待他划出“黄昏”。

《乡村夜宿》中，他希望走出"压迫着小村"的"寂静"。正如诗人在诗中所写的那样："许多的路/从我的眼睛里/从我的脚板上/爬满了我的思想。"(《大海和路》)心理分析学家认为，逾常的情绪反应指向一种隐藏在下面的情综。而情综又控制着诗人的思维，成为诗人取得卓越成就而必不可少的灵感诱发力和创作驱动力的源泉。马新朝在近期内能写出艺术性较高、能耐人寻味的诗作，可以毫不客气地说，与占据在他心头的路的情综有着直接的关系。优秀的诗人是不会对时代和事件做出直率和仓促的结论的，但他不能不力求理解已经展现出来的更美满的生活和人类更大幸福的前景。在我们这个民族坚持马列主义、毛泽东思想，坚持四项基本原则，面对整个世界大胆开放的今天，一下子被外部世界搞得眼花缭乱的每一个中国人，都不可能不思考"路"的问题。而且，今天对路的思考，也不能再像过去那样简单化了。心的疆域已经扩大，路当然也应该有许多条。正因为如此，诗人在"走了许多的路之后"，在"结了许多的伤疤之后"，在"有了许多的遗憾之后"才幻想着"走向天空"。其实，只有走向天空，才有可能包揽大地。只有包揽大地于胸中，才能对自然与人、爱情与友谊、生与死、幸福与忠贞、历史与现实有一个更清晰的思考，才能对横亘在苍茫大地上的"墙"和缠山绕水的"路"进行立体思考。也许，诗人会更加深刻地醒悟到那一堵堵的墙，恰是让有意志、有理想、有热血的人走向更宽广的路的台阶这一道理。

诗人从地上走向海洋，从海洋走向天空，其实，这只是个起点。雨果在《悲惨世界》里写道：有一种比海洋更大的景象，是天空；还有一种比天空更大的景象，那就是人的内心世界。这并不是说我们只强调创作的主体而忽视客体世界的重要性，我们只是说，外部客体世界只有经过内在心灵世界的熔化、建构才能成为诗。按照人的心理活动的规律来看，也是这样。“人们起初只感触而不感觉，接着用一种迷惑而激动的精神去感觉，最后才以一颗清醒的心灵去反思。”（维柯：《新科学》）只有这样，诗人才能发现并运用自己的心头词源进行诗歌创作。只有找出了自己的心头词源，才能写出从精神内涵到艺术风格都属于自己的诗。从这一点上说，诗人马新朝虽然也注意了发现自己，但是还不够。他诗中属于哲学思考的共相的东西还比较多，属于通过诗性心灵感触到的属于他自己的东西还比较少。他还应该铸造属于他自己的、不同于其他人的“殊相”。我想，这对于诗人来说，不是不可能的。因为他的诗已经标明了他要同现实社会紧密联系的生活立场。有此一点做基础，再刻意寻找自己的心灵，是不难写出既属于社会又属于自己的优秀诗作的。我们期待着他把大地、海洋、天空都化作自己的心灵，从心灵中产生出属于大地、属于海洋、属于天空的诗。

诗歌行动:在词语的困境中泅渡

——马新朝长诗《幻河》简评

文本来自切身经验的一次出行或言说

一位曾藐视过历代帝王,连强大的"美帝"都视作"纸老虎"的伟人面对黄河,从沧海般的胸中倾泻过这样的感叹:你不能藐视黄河。我们还能说什么!面对黄河,你总是被巨大的惶恐笼罩,似乎有一种不可言说的痛苦。不可言说的痛苦又驱使着你不能不说,似乎有一种使命。这大概是马新朝写出了一本《黄河抒情诗》之后,又写出了以黄河为抒情对象的长诗《幻河》的导因吧。

黄河是坦荡的。它的坦荡使你身上的那点坦荡在它的面前显得晦暗又猥琐。黄河又是神秘的,它的神秘使你身上的那点神秘在它面前显得滑稽又浅薄。在它的河道里，流淌着一个民族的生命史和一个民族的文明史、心灵史，你能吗？别说了，什么都别说。沉默是防止露怯最好的办法。可我们还是要说。

愈是不可言说愈是要说，这样的怪圈我们不知已跳进过多少次了，今后又不知要跳进多少次。正像捕鱼的人会死在海上，但每天仍有向大海进发的人一样，一代一代诗人总是不畏生死地向黄河进发。因为他们知道，不了解黄河，等于不了解你自己，但要言说黄河，又何其难也！言说黄河的人已站满了两岸，还有你的立足之地吗？但是，从《黄河抒情诗》到《幻河》，马新朝找到了自己的位置，找到了自己的声音，且这声音绝不同于别人的声音，也不同于自己的过去。如他自己所说"在词语的围困中泅渡"，他上岸了。我们这里说马新朝上岸了并不是给马新朝的诗一个随便的定位，也不是随便的附会，那样的话，对于诗人来说实在是一种不幸。说马新朝上岸了是因为作为创作主体的马新朝与他创作出的文本之间着实有着一段为时不短的、不同寻常的关系；而他创作出的诗歌文本与其他诗歌文本之间也着实建立起了一种有着切实可比性的联系。就文本与创作主体的经历之间的关系来讲，马新朝的《幻河》绝不是无源之水，绝不是空穴来风。就在20世纪80年代中期河南洛阳的一帮热血青年为证明中华民族的勇气、血气、骨气用橡皮筏漂流黄河之时，马新朝不仅作为记者目击了这次漂流的全程，而且也以一个诗人的身份感受到这帮青年的热血和黄河那阔大而又神秘的灵魂。应该说，诗人那时的经验与今日的文本之间有着一种直接的联系。这使得他的文本有了切实可查的出处。也许对于诗来说，这并不是绝对重要的。但是，就今天的诗歌创作——无源的感伤、无本的神秘、无根的梦呓充斥诗坛的现状来看，这样的个人经验对于创作就是十分重要的了。至少，诗人的这种绝对与黄河有关的个人经验使我们不会再去过分怀疑文本中诗歌意象的来源，使我们对创作主体与文本之间关系的探究有了基础牢固的可能。同时，这样一种创作行为对于今日诗坛来说，其本身就是一种发言。它告诉我们，还有一种诗人的生活行为与创作行为能够建立起密切的天然联系的诗。说马新朝上岸了的第二个原因，是因为他的诗歌文本与其他写黄河的诗歌文本之间的可比性是一种真实的存在。过多的话暂且不说，就《幻河》摆脱了过去写黄河的诗多是直接的现象描写同时又往往使黄河与有实用目的精神产生浅层的对位这一点而言，这种可比性就已经产生了。有了以上两点，这次不可言说的言说才有了言说的可能，才可能以自我、真我的姿态非常自信地向人们解释诗人所体验、理解的这条幻河、这个世界，才可能使这次创作成为一个具有意义与价值的行动。当《幻河》摆在我们面前的时候，马新朝是否可以上岸已经不能构成一个问题。这就是说，上岸并占据一个属于自己的位置，这是不言自明的。我们在这里要追寻的是，马新朝是带着什么上岸的呢？

一次内涵丰富的诗歌事件

我们说马新朝带着自己的声音上岸，所说的并不是马新朝的长诗《幻河》比过去的写黄河的诗有了什么进步这个问题，进步是显而易见的；也不是说《幻河》与其他诗相比较有了什么超越。在前些时，我还为找到《幻河》对其他诗的超越而口出谵妄之语。其实，认真想一想就会清楚，当我们习以为常地觉得我们已超越了某一成熟的艺术品时，我们的想法是多么虚妄。对一个成熟的艺术作品来说，别的艺术作品在它面前将是永远无法超越的。你只能说你是你自己，你具备了是你自己的资格，你无法代替别人。与此同时，你是你你就绝对是你自己了？我不相信。你无法摆脱你与古人的纠缠。这正如英国诗人艾略特所说："诗人，任何艺术的艺术家，谁也不能单独地具有他完全的意义。他的重要性以及我们对他的鉴赏就是鉴赏他和已往诗人以及艺术家的关系。你不能把他单独的评价；你得把他放在前人之间来对照，来比较。我认为这不仅是一个历史的批评原则，也是一个美学的批评原则。……产生一件新艺术作品，成为一个事件，以前的全部艺术作品就同时遭逢了一个新事件。”①把这段话用在马新朝创作的《幻河》上非常贴切。

的确，《幻河》的创作对于黄河诗的创作来说，是一个具有特殊审美意义的诗歌事件。据上所述，这次事件的发生已预谋日久。我曾担心过它的难产，结果解除我的担心。但要说明的是，我并不认为我的担心是多余的，因为能够导致这次诗歌事件流产的原因太多了。在我国诗坛进入后现代主义语境这种环境中，似乎没给《幻河》的作者留出太多的时空让他从容地从事这样长篇巨构的创作。每个人都在匆匆地流浪，流浪成了识辨现代人的标志，以至于流浪的内涵被异化，流浪被放逐；一些被追星族捧热和被小报记者吹热的“文化巨人”四处“克隆”自己的“制作”；诗坛南北的战争打得像模像样，谁都是中国的唯一之道；许多诗人都在为自己没能成为南北战争的“牌”而苦恼，同时又不愿意自杀，那就苟且偷生吧。在这样的创作环境中，马新朝能沉得住气，应该说是够不易、实难得的了。因为在今日诗坛上，不仅一些伪诗学理念不断给你以冲击，而且还往往因为你的不顺从而判你死刑。

在我国的诗歌史上，曾经出现过诗仙、诗圣、诗怪，没曾想

① 黄晋凯、张秉真、杨恒达主编：《象征主义·意象派》，中国人民大学出版社，1989年，第106页。

今日出现了“诗霸”。在这里提出“诗霸”这个问题，并不是想要对“诗霸”大张挞伐，因为没有这个必要。从某种意义上说，在没有英雄和圣人的年代里，有些人有点霸气也许并不纯然就是一件坏事。但是，应该说明或者指出的是，行诸诗坛的霸气往往会给诗人对诗歌创作学理的真切体悟造成障碍。所幸的是，马新朝没有被这种障碍困阻，并且以自己的创作给诗坛造成了一个不大不小的事件，让同仁诗人和难以成为同仁的诗人在遭逢这次诗歌事件时，不能不考虑诗歌创作的多样性可能这个问题；让人们思考，东西方思维方式可否在一首诗中得以贯通；让人们考虑，东西方诗歌艺术手段，如古典的、现代的艺术手法可否在一首中并用。当然，在这首诗中提出这样的问题也许是大而不当的。因为在其他的一些较短小的诗中提以上一些问题也未尝不可。但有一个这样的问题似乎是造成这次诗歌事件的主要原因：宏大叙事和个体经验的叙述能进行有机的结合吗？该怎样把握历史经验与个体感受之间的尺度？对此，《幻河》的作者也许并没有解决得很好，但是，我们可以清楚地感受到，作者是在认真解决这一问题。他从如实的现象描述中跳出，用主要的精力去把握描述对象的精神，但又把这精神还原到现象之中；他把自己浸入历史的河流，同时又让历史之河在自己情思的机体中流淌。宏大叙事与个体经验得以有机结合，历史经验与个体感受得以有机相融。诗人似乎非常明彻这样一个道理："明亮的工作棚是一盏美丽的灯，可是它只有在另一盏灯的照耀下才放射出美丽的光芒。"①

显而易见，《幻河》的叙事模式是宏大叙事。但是，《幻河》中另一个显而易见的叙事特点是整个叙事过程都显见地呈现出创作主体的主体性特色。凸现创作主体性在创作中的作用与地位，是今日诗坛的一大时尚。作为对于新中国成立后长期存在的诗歌创作中创作主体不在场的不良倾向的反拨，主体性的张扬是重要的。从创作的内在规律而言，张扬主体性在创作中的地位也是完全正确的。但是，对于主体性的理解却有着千差万别。最为流行的理解方式，是把主体性理解成诗人在一首诗中主观参与的程度，参与的程度越深，主体性就越强。另一种比较流行的理解方式是把主体性理解为个人生活以及与文化无关的生命体验。总之，主体性是超越人类社会历史文化制约的一种独立的存在。其实，这种主体是失去历史文化内涵的主体，是贫血的主体。可惜的是，我们不少诗人把这种贫血的主体当作真实无恙的主体来看待了。因为有了这个前提，贫血的诗充斥今日诗坛也就是可以理解的了。而马新朝与他们的区别是什么呢？从《幻河》中主体性呈现的

---

① 路德维希·维特根斯坦：《文化和价值》，清华大学出版社，1987年，第36页。

状态和体现出的精神来看，诗人没有把主体从历史的情境中抽象出来，而是把主体的心理结构与历史文化的精神结构统一起来，使诗人的主体性具有了社会历史的文化特性。这样，《幻河》的写作就避免了一厢情愿式的浪漫幻想，使诗作的意象构成既能统摄在社会历史文化的规约之下，又能使想象的空间得以积极、大胆地开拓，使诗人的想象具有了“魔术般的力量”，也显示出诗人“整理经验的过人能力”。①

一个满含智慧的文本

一个与创作对象有着以自己身体、心灵亲证经验的创作主体，一个有着丰富历史文化精神内涵的创作主体，对于一个文本品格的形成与定位所起的作用是直接的。这从《幻河》这一文本上一眼即可看出。在这首诗中，我们感受最深的是诗人丰富而阔大的情感智慧空间，可以说是“上穷碧落下黄泉”了。在这首诗中，有远古神话的隆隆回声，有从五千年前流经今日的黄河，有从刀耕火种到今日电子耕耘民族文化、社会历史的史实，有“我”和我一起飞翔着的民族的灵魂，有对过去的沉思，有对未来的向往，这使他的声音显得苍古而又具有活

① 艾·阿·瑞恰慈：《文学批评原理》，百花洲文艺出版社，1992年，第22页。

力。诗人把一团团纷乱的互不连贯的冲动通过诗作庞大而又有条理的隐喻构架转化为具有诗性的“音乐快感”，于是，诗人那新颖鲜明的感觉与古老习见的事物，异乎寻常的条理、始终清醒的判断和稳重的自持力与热忱和深沉的或炽热的感情……简化为统一的效果。① 因为有了这样一个前提，诗人的笔锋在诗中得到最大限度的自由。现在，让我们用最简单的方式来具体感受一下诗人那自由飞翔着的情思：

十二座雪峰上冰清玉洁　十二座雪峰上没有一个人影
十二座雪峰守护着　黄金的圣殿
乘坐颂歌的我在裸原上独坐　倾听
圣灵　我就是那个被你传唤的人
我就是那个雪莲遍地的人
我是一条大水复杂而精细的结构
体内水声四起　阴阳互补　西风万里
我在河源上站立成黑漆漆的村庄
黑漆漆的屋顶鸡鸣狗叫　沐浴着你的圣光

这是开头的九行诗。九行诗完成了一个从厚土到皇天、从神灵到世俗、从生命到精神的隐喻构架，而这构架设在水声四起、歌声不绝，有着坚实历史经验与个体感受的诗性情感及

① 艾·阿·瑞恰慈：《文学批评原理》，百花洲文艺出版社，1992 年，第 22 页。

音乐快感之中。再往下看：

两个白亮亮的身子里同时坐着你
细细的白浪翻卷着永恒的沉默
……
你来了
香草护身　环佩叮当　在午夜泛白的流水上
琴声环抱着琴声　雨水环抱着雨水

这幻想神秘而又美丽。但这幻想绝不是无源之水。这幻想与先民的生殖崇拜有关，与先民的自然文化理想有关，其根器又与今日之生命文化有着紧密的联系。与这美丽的幻想相关的，是诗人那机智的联想：

流水的手与村庄的手挽在了一起　世俗和神圣
挽在了一起　词语的联结　有限与无限的联结
……
你存在于每一滴水中　而琴声把你的灵光和恩泽
灌入我的肉体和内心　使我看到了母亲
用柴火点亮的炉灶　那闪亮的瞬间
人世间的生活从锈迹斑斑的门环上下坠
像是你在布道……

这既是诗人实际的经验和由民族文化生成的历史经验，又是诗人切身的感悟。由“流水的手”到“村庄的手”，由世俗到神圣，由词语到文化，由文化到哲学，再由哲学到世俗生活，环环相扣，如行云流水，机智而又自然。应该特别指出的是，诗人把由词语、由话语到话语之间的转意过程，涵化在宏大而又自然的隐喻空间之中，如风行荷池，只见花影迷离，却不留风之行迹（当然，并不是所有章节都能如此天然），这的确显示了诗人的智慧。

一首难以归类的歌诗

《幻河》这首长诗给我们提出的问题是多方面的。除以上讨论到的三点之外，我现在想谈一谈摆在我们面前的一个最为棘手的问题：本诗的内在形式与外在形态。或者说，怎么给这首长诗的类型归属定性？是抒情诗？叙事诗？史诗？都是，都不是。这里我想引出另一种诗歌类型模式，即庞德在《诗的种类》中对诗所做的分类：

> ……语言是以各种不同的形式洋溢生机与活力的。
>
> 换言之，诗分三类：
>
> 声诗（Melopoeia），即词语在其普遍意义之外、之上，还有音乐的性质，且音乐引导意义的动态与倾向。
>
> 形诗（Phanopoeia），即把意象浇铸在视觉想象上。
>
> 理诗（Logopoeia），“语词间智慧之舞”，也就是说，它

不仅使用词语的直接意义，还特别考虑词语的使用习惯和我们期待它所在的语境，包括它的常用搭配，正常变化以及反语修辞。这种诗包含着那些语言表达所特有的，无法为造型或音乐艺术所包容的美学内容。它出现得最晚，也许是最巧妙、最不可捉摸的形式。①

庞德给诗的分类别具一格。我们平日给诗分类时，往往是把诗分为“抒情诗”“叙事诗”“自由诗”“格律诗”“象征诗”“散文诗”等，其分类依据或者叫作分类标准显然是不一致的。朱自清先生把新文学前十年的诗歌分作三类，即“自由诗”“格律诗”“象征诗”。朱自清先生给诗的分类是依据新诗前十年所形成的流派和其所显示的诗作特点、理念取向而言的，依据很真实，但其标准也不统一。庞德给诗的这个分类，虽然亦有可商榷的地方，但其分类标准都是统一的，即“语言”在诗作中“以各种不同的形式洋溢生机与活力”的机能，换句话说，即语言产生生机与活力的机能特点。如果从庞德所分的三类诗的内涵出发来关注一下马新朝的《幻河》这首诗，可以看出，《幻河》总体上更接近庞德说的“理诗”这一类型，采用的艺术手段更接近于“形诗”，产生意义的方式则更像“声诗”。说《幻河》是“理诗”，是因为此诗的确有点“语词间智慧之舞”的味道，而

---

① 庞德：《庞德诗选·比萨诗章》，漓江出版社，1998年，第227—228页。

且在“舞”字上很见功力。这是因为，《幻河》语词间的智慧不仅仅靠诗人的智性进行组合，而且还有诗人的生命激情。我们引一段诗：

波光　帆影　香草　随着父亲的朽亡和破碎
隐入黄沙　父亲不再回来
沙哑　干渴的水瓮　荒宅尽头　母亲苍老的脸上
没有一盏灯　没有一声回答
比道路更长　比梦境更长的流亡地上
没有一声回答
……
草木凋零　蚊虫横飞　清水挥霍殆尽
一只黑鸟的伤势吹暗了盐碱地上的风灯　鱼骨村里的
小麦不再灌浆　寻找水源的人们
被阻于黄河大桥以北　在城市的讲台上
比流水更明亮的讲台上　衣冠楚楚的地方长官　随从
美丽端庄的礼宾小姐　正在分配着仅有的水源
他们的脸上月明风清　水光盈盈
他们的下身　在城市肮脏污秽的峡谷深处
正在腐烂变质　热血流尽　黄沙封门的
河床　死鱼遍地的河床　正在向这里
幽幽逼近

在这段诗中(《幻河》大多诗章都是这样),诗人精神的碎片由语词间合理的组合凝铸成显化的意识,即隐埋于全诗之中的诗人那深沉的对中国文化现存危机的忧患意识,而这种意识产生的根源,却是诗人笔下、身上的生命激情。因为有了这种生命激情,语词之间的智慧才可能有“舞”的劲力。这种意识传达的方式是诗人笔下内涵丰富的意象。在这些意象上,一瞬间的时间就是一片阔大的空间,一片空间就蕴含着无限的时间。也许,这正是我们说《幻河》既是“理诗”又是“形诗”的理由。

这里,我要特别指出的是,我更倾向于把《幻河》作为“声诗”来看待。但我并不采用庞德对“声诗”内涵的界定。我取的是比“声诗”更古老、更原始的概念内涵——歌,即歌诗。歌诗中有庞德所说的“声诗”的“音乐的性质”,但这“音乐的性质”不是由词语的声音形成的,而是由“词语在其普遍意义之外、之上”的智慧意义、意象、声气唤醒的“歌”的感受和呈现在我们心影中的歌者形象。他浪迹于历史文化的陈迹中,也灵现于今日生活的世相之内;他是诗人自己,又是神的代言人;圣灵是他的影子,他是圣灵的肉身。他浪迹于音乐——诗性声气的漩流之中,时隐时现;他浪迹于“思”的智慧之中,如电光,时明时灭。伴随他的行迹,黄河——幻河——一个古老而又现代的神话,一个民族的生命史、生存史、文化史、文明史如歌声般浸入人们的心灵；一个民族依稀的记忆、雄奇的向往、深刻的忧患展现在人们面前。依我之见，这是马新朝《幻河》展现给我们的最有价值的东西。因为在我们现代诗的创作中，歌者走失得太久太久了，这是我珍视《幻河》的主要原因。尽管《幻河》在哲学底蕴上还不够坚实，但在诗中，与有歌者的存在相比，也就难以构成太大的伤痕了。

2000 年 3 月 7 日于陌野室

在无序与有序之间追问

马新朝的诗总会给人带来一些捉摸不定的东西，这让人烦恼，也让人兴奋。比如这组诗，表面看上去，这些诗无论是题材或是表现方式，都处于一种无序的状态。无疑，这种无序会给阅读者特别是一个期待对这些诗做出评判的读者，带来不少麻烦。面对无序，你无法把诗人的思绪顺下去。你无法借助读前一首诗的思维惯性来较省心省力地读透下一首诗。因为这些诗无论是在表现对象上还是在表现方式上都没有明显的关联，像是诗人偶然得到的东西。这让我想到一句俗语：诗意本天成，妙于偶得之。好像原话不是这样，大意如此。也让我想到当下诗坛的一些问题，比如，在强烈的、具体的设计意识、设计方案前提下的写作。

来无踪，去无影，应是诗意袭击诗人时最具典型价值的状态。这种状态，显示了诗人获得诗意的偶然性。也就是说，诗的到来，并不预先通告，只有它灵光闪现般来到你眼前时，你才恍如梦境般真切感受到它的到来。恍兮惚，其中有物，惚兮恍，其中有像。对诗人来说，诗的来袭就是道的降临，没有什么规律。如此的状态也注定了诗人的写作本来就应是无序的。而当下诗坛那种给自己设计了题材、规定了诗情的写作原本就值得怀疑。写到这里，似乎该交代清楚我一开场就铺排一大段关于无序的话题的动因了。在无序的状态下写作，这应该是马新朝进行诗歌创作的基本规律。这里的所谓规律，也就是诗人的一种自由写作状态。回望马新朝这几十年的写作，我们把马新朝的写作定位在一种自由写作境界其实一点也不为过。据我所知，马新朝没混入过任何流派型和小团体型诗歌组织，也没追随过任何思潮性写作，似乎也没有发表过什么诗歌宣言，他只凭诗人的良知和诗人敏锐的感受力来写诗。正因为如此，他的写作往往可以与生活共同着步点，往往可以真实捕捉到社会生活的历史细节和个人心理的瞬间真实。应该说，这样的写作状态是值得肯定的。因为在这样的写作状态下，诗人的情智与才华才能处于一种最为丰盈的创造情境之中，才能听懂诗的灵感仙子那窃窃私语。从某种意义上讲，也只有在这种自由创造的前提下，诗人才可能有一副真性情，诗坛才可能生长出一棵棵真诗。也正是有了这样的认识，我们才得以认识到在马新朝无序的创作现象里隐藏的诗人的真实精神和诗作的真实价值。

如果说马新朝这些诗作在其题材选择上的无序状态体现了诗人创作心理上的某种真的话，那么，这些诗作在其文本精神指向上所呈现的有序状态，则让我们从一个侧面看到诗人近期的精神真实，看到诗人在关注当下社会生活的现实时，在其内心引起的剧烈震荡以及由此带来的诗人对生活背面另一种真实的反思与批判。这里，我们不妨把引起我思绪的几首诗进行一下简要的解读。

《马路向西》一诗，给我们呈现的是一堆零乱的意象，有点像漫画，所有的物象在这里都似漂浮的影子与嘈杂的音符。别有意味的是诗人在这一堆零乱的音符里，不断重复着"马路向西"这组带有强烈暗示动机的主题音响。这组音响的反复出现，使诗人掩藏在零乱意象背后的价值取向清晰起来。"马路向西"四个音符的不断奏响，使得诗中迷离零乱的意象聚拢起来，形成了复杂而又令人生疑的旋律。说实话，这首诗在写作技术上采用的现代手法并不隐蔽，同时也不高妙，诗人对向西的马路的质疑也令人生疑。但我要说的是，尽管我并不全然赞成诗人对道路与生活的理解，但是，诗人对已成定数的生活现状的质疑的态度是令人赞赏的。面对令人生疑的社会生活，诗人的使命本来就是追问。从某种意义上说，自从屈原大夫的《天问》降世之后，追问与质疑就成了中国诗人必不可少的诗性人格。也许正是如此，我才不计诗人马新朝在《马路向西》中对生活的判断正确与否，而真真赞赏他的这种对令人生疑的生活起而质疑的态度。在我看来，一种优秀的思维品质的形成，远比得到一个孤立的正确判断重要得多。能够延续并张扬一个民族优秀的诗歌传统，既是诗人的使命，也是诗人的自觉。当我看到马新朝的诗中呈现出这种使命的自觉时，说实在话，我的赞赏是由衷的。

沿着这个思路，我们再看马新朝这组诗中的其他诗作：《在村庄里行走》《郊区屠宰厂的外边》《看上去》《今晚》《清东陵》《错误》《蒙面人》，不用说诗句，看看这些标题就令人心生疑虑，让人不得不问一声：这世界怎么了？“演唱结束，词，在南瓜藤上枯干”，为什么？那“原来”的等等事物看上去还是“原来”的，可为什么就“内容已空”了呢？“爱情去了外地”，外地又在哪里？为什么“有一些事件内部蕴含着炸药”？为什么要一只老鼠代替着人在读经？为什么我们的日子，“外面阳光包裹，内里鬼影重重”？而那截“滚动、挣扎、叫喊、撕打”，“从山顶上一路滚下来的”木头，为什么会在使尽了“一棵树的全部力量和正义”之后，躺在山脚下不再申辩，任自己腐朽沉寂？难道它真的看到泥土深处的闪电了吗？在当今世界，为什么“更多的声音不是以自己的面貌出现”？我们到底是犯了什么性质的错误，使“绿草”也改变了自己的属性？好了，我不再一一抄录诗人诗作中的诗句，亦不再一一罗列诗人诗作中那些诡异的意象和窃窃私语的词组。在这些看似无序的现象背后，一种有序的追问和带有牙齿的思想正在展开。此时此地，我们似乎看到，海啸之后，面对矗立在广袤原野上的废墟，诗人站在废墟之中，正以其深沉的凝视，探询摧毁我们正常生活秩序的力量密码。在我看来，这是一个有良知的诗人必有的困顿，也是一个睿智的诗人必有的清醒，大军过后，必有重疫。当金钱的海啸驱赶着世界上古往今来所有的恶魔，洗劫了我们的正常生活之后，难道我们不该对这变了质的生活有一个拨乱反正的思考吗？难道我们不该面对废墟，对海啸的成因有一个追根寻源的追问吗？其实，诗人用不着告诉我们答案，他追问，他在场，他在，他的价值就实现了。我思，故我在。应该说，诗人马新朝，有如斯之思，应赞。

说到这里，这篇短短的述评该煞尾了。但我还要说的一点是，这组诗中还有两首诗，应引起我们特别的关注。一首是《蒙面人》，一首是《打扫内心》。我们完全可以沿着诗人的思路追问：这个蒙面人是谁？沿着诗中诗人追问的线索，我们也许可以做出这样的猜想，这个蒙面人也许就是诗人自己。那么，当此之时也许我们还可以继续追问下去，这个蒙面人来此要做什么？对此追问，我们也许可以用诗人在《打扫内心》中的两句诗来做回答:“神的事情,由神去做//人的事情,由人去做。”让生活回归正常,让天地复归自然。诗人的追问,连同我们的追问,其目的,正在于此。

此文见《诗东北 2015 年下半年卷》漓江出版社 2016 年版

人的力量　心的灵视

——读陆健的诗随感

陆健的诗有点涩，并且，他还大有越写越涩的势头。这涩表现在字句上，也表现在气韵上。他力图用恰能表现他的内心深层的内象世界的语言来组成令人惊奇、耐人寻味的诗篇，可他的诗笔却不能使他像庖丁解牛那样游刃自如。但是，陆健的诗还是有自己的特色的。他的诗，带着他这位青年诗人特有的力感——坦率、诚实，并带有几分辛辣，向着自己人的心灵渗透。

A："河蚌把珠子裹进黛青色的外壳"

从1982年开始，陆健写了二百多首诗，有两个诗集，分别获得过"《飞天》首届大学生诗苑奖""首届《诗神》优秀作品奖""第三届《星星诗刊》优秀作品奖"。他的诗，我没有全读，只读了《相思树》《变形画》两个诗集里的诗和近期发表的几组诗，总共不足一百首。这个数目不算大。但是，在读这些诗时，却让我花了不少精力。我怎么也不会想到，他的诗与他的脾气一样倔，不花点气力，是打不开缺口的。从他的诗中可以看出，创作，是一种严肃的生存。诗这东西，绝不是轻而易举的游戏，而是竭尽诗人痛苦的执着、艰难的磨炼和耗尽灵肉得来的升华。因此，不付出点代价就很难读出点味道来也就是理所当然的了。可以这样说，“河蚌把珠子裹进黛青色的外壳”，是他的诗句，也正是他的诗的特点。从艺术感受上说，他的诗有一种黛青色的冷峻，以掌抚之，芒刺如针。他用诗对着复杂的社会生活和艰深的人生在你身上结成的穴道上点点探探，使你尚不及因针感的熨帖把轻松在脸上展开时，又不得不随着针感的酸沉而扭歪了面型。“狐狸自忖：他们说我狡猾，/莫非是我下巴太尖的缘故？/于是，它盼望自己生痄腮”（《林里河边》）。“一次又一次/我戴上帽子/被误认为脑袋”（《一次又一次》）。诗人告诉读者，人自身和社会不正之风对自己的双重裁割，会把你完全改变一个样子。诗人用诗逼视着你问，你有同感吗？当你有了同感之后，在你的肌肤里，是否游过一丝冷辣硬涩的阴热？误入“魔幻”，遇热遇冷都会清醒一些的。读陆健的诗，你会不时感受到一种诙谐。他驾驭着自己的诙谐意识选材铸诗，嘲人又嘲己。可就在嘲己的同时，取得了对命运的征服。因此，他的诗始终是对社会生活的参与，很少表现出少年早熟的新式悲观。从一个侧面看，他的诗具有一种敢于迎击飙风箭雨的硬汉气。这种硬汉气，来自诗人自身所向往并不断进行自我完善的人格内驱力和社会责任感。这种人格内驱力和社会责任感驱动着他去探索那些向他迎面扑来的一个个社会问题，并作为一种精神力量支撑着他的目光，以使他严厉的目光不致在铁样冷峻和火样热烈的社会现实面前受挫或熔解。《美丽天真善良和悲剧》《魔幻小说》《就读》《孩子的疑问》《艺术的人类》等诗作，就是他对社会生活真谛探索的结晶。在这些诗作中，他让人感受到：人生，是严峻的；世界，“终归是可爱的”。可以说，这是诗人用汗水与心血凝成的严肃思索，而不是把诗的调门急骤尖拔之后的嗓语。

在陆健的诗作中，探询最多最有力的是他自己。与其他诗人的自我探询不同的是，陆健在进行自省时，没有把自己放在一个与外界绝缘的真空中，而是把自己放在一个复杂的包括他自己也正在参与着的社会大世界中。可以这样说，他追求的这个自我，不是一个干瘪的空壳，而是一个丰实的主体。正如他对社会的探讨尽管严厉但不是用冷冰冰的解剖刀那样，他对自己的探讨用的也不是冷冰冰的解剖刀，而是一颗能游刃于脉流于骨缝的刚正的心灵。尽管他曾用非常辛辣的文字讽刺自己、嘲笑自己，但他并不“叹息”，因为他能处处感受到母亲的“微笑”；也正因为他的根基深植在母亲那宽厚的胸怀之内，他才敢把自己“放在一个托盘里，端到太阳底下”，毫不畏惧地展示自己那“一具伤损的身躯，一颗经历了缝补的头颅”(《失去》)。他让人们看到，这个陆健，曾被一条条铁的逻辑“修改过”，同时也“正在度过被修改的年龄”(《我正在度过被修改的年龄》)；他的心曾被爱胀满过，同时至今还在默默地爱(《相思树》)；他绝望过、厌倦过，同时也“厌倦”了“厌倦本身”(《失去》)；他曾经“清雅”过，同时也被“清雅”“弄得不胜疲劳”，因为他忘不了黄河岸边“那以严峻和慈爱层层包裹”他的小城(《在太湖想黄河》)；他也曾有过“走不动”的痛苦，怀疑过自己，同时又坚信“注定要和自己作终生的搏斗”，“集合一切真善美的力量”把他“团团包围猛烈地攻打”(《注定地，我注定要和自己作终生的搏斗》)。这就是陆健，一个把“最诚挚的朋友和最凶恶的敌人”共存于心的陆健，一个有着千万种姿态但每种姿态都是真实的他自己的陆健，一个敢于把“阳光般带棱的笑声”甩出窗外，把高倍显微镜放在自己头顶的陆健，一个不断地过滤着自己身上诗的杂质，不愿使自己的热血过早凝固板滞的青年诗人。

B:“心跳荡着，与眼睛达成默契”

陆健的诗的艺术风格，也显露了他自己的特点。他的诗，没有一提起就让人感到“惊天动地”的“大”题材，大多是现实世界中那撞击到他心上的小事，如《林里河边》《孩子的疑问》《千佛山》等。一棵白杨、一个杯子、一段往事、一次心跳、一缕情思，都能凝聚于他的笔端。也许，这些东西会被不少人熟视无睹，但歌德说："艺术家不必为一个鄙陋的或者普通的题材而忧心忡忡。不，只要掌握住了它，艺术就会使题材得到升华。"陆健正是把握住了这一点。他使熟悉的事物陌生化，从而使人们在日常生活中司空见惯却无意识的东西在诗中显得新鲜切近。在此过程中，他赋感觉和情欲于本无感觉的事物，使事物在诗人心灵之力的催动下，成为不可思议的宇宙之生动而短暂的揭示。从某种意义上说，他的不少诗作达到了以心观物和以眼观物的统一。正因为这一点，他诗中的事物与现实生活中的事物相对照，虽有一种较强的变形的特点，却不是虚无缥缈的梦幻或暗影。"阳光般带棱的笑声"，"用当日的报纸/把脸擦成晴天"，"众多声声相撞的大笑"，将来，年迈虚弱的"我"，"像一件旧褂子披在一柄弯曲的手杖上面"，等等。这些带有鲜明时代文化背景的形象似乎都不在现实生活中存在。但是，你若让"心与眼睛达成默契"，你就会发现，这些都是我们日常生活中的真实存在。从某种意义上说，艺术中不存在什么"变形"，艺术家只是把自己感受到的"内心视像"直书出来罢了。其实，艺术形象就像一个狮身人面兽。我们说它是狮身人面兽，不仅因为它是一个谜，而且因为它表现了把各种因素互相结合起来的思想。陆健把自己的第二个诗集命名为《变形画》，我想，他所取的也许正是这个意思。也许正是由于他强化了对日常生活的心的灵视，并极力把通过心的灵视得来的内心视象形诸笔端，他才有了冲破日常用语的牢狱而走向诗的可能。反之，正因为他的诗是诗的，他才真正让人体会到“石头是石头的”。

C：“一条河濡湿两耳逶迤而去”

读陆健的诗，可以感知他的心路历程，同时也可捕捉到他的诗歌艺术发展的轨迹。就此一点讲，陆健是一个有作为的青年诗人。和其他青年诗人不同，他的起点不是终点。也许，有人会说我此话是有悖于逻辑的。可事实确是这样。前一段，和陆健同时成长起来的青年诗人，有不少人抛出一首起点很不错的诗后就此到达终点，再也写不出对起点有所发展、有所提高的诗了。陆健自1982年开始发表诗作，当年就获“《飞天》首届大学生诗苑奖”。获奖也许并不能真正证明他的诗的优劣，但这至少算是一个诗人是否写了有一定影响的诗作的标志。我们说陆健的诗艺在不断地发展，或者说，陆健在不断地用诗塑造着自己的艺术形象，也是在这个基点上而言的。

陆健早些时候写的诗，给人一种明显的艺术感觉是：他在用心抒情。这情，或浓或淡，或柔或烈，都是出自他当时当地的情绪。而这情绪，又往往是由外界事物的触动而产生的。在产生这种诗的情绪的同时，又往往伴随着他对人生社会的哲学思考，如《孩子的疑问》《魔幻小说》《我正度过被修改的年龄》《注定地，我注定要和自己作终生的搏斗》等诗作。这些诗作都带有明显的“热抒情”特点。我说这些诗作是“热抒情”，并不是说诗人不冷静，而是说这些诗作大多激情洋溢，读之总觉有一阵阵情感的浪潮在冲击着读者的思想意识，进而使读者也进入一种抒情状态。而他近来的诗作，不再能给人这种感觉了。

读他近来的诗作，总觉得有别一种味道在。有一种明显的感觉是：他正在走出抒情，或者说，他正在走出“热抒情”而步入“冷抒情”。他不再像过去那样写一种情绪，写一种哲学思绪，而是在写一种感觉、一种体验。这种感觉、体验，出自他一时一地的感触，也出自他几十年的人生体验，出自心宅，出自诗宅。因此，这些诗显得简洁、洒脱、削尽冗繁。如组诗《无梦的夜流淌》中《手》一诗，几无一冗字。整首诗所显示出的，是缩减到了最简单的艺术感觉、艺术体验。初读时，你似乎也有点无动于衷。但稍 停顿，也许你就再也无法关闭你情感的联想的闸门了。往事如烟，如烟往事，会如心香冉冉升上来，会如丝如缕地向你心上弥漫，然后化成潺潺涌泉，流入你的血管。这时，你就成了“一条往上走的河”，这时，你感觉的天窗訇然开启，在天光的照耀下，你的心亮如白昼。这之后，你若细察，会体会到，这不是诗人强加于你的，也不是诗中特有的而是你自己心灵所固有的东西。你会发现，不知是诗作照亮了你的诗心，还是你的诗心照亮了诗作。这就是陆健近期诗作的艺术效果。他把那些可能强加给读者的具体情思几乎全收尽了，只留下一个能容纳万境的空明静寂的诗的本体。这样的诗在他近来的诗作中不少，如《镂骨铭心的日子》《无梦的夜流淌》《两周岁零三天》等。这些诗作表面看来似显硬涩，但细读起来，总觉诗中有一种气息在流动，这流动的气渐渐地就把那语言的硬涩感给濡润了，进而使你感到一种洒脱。其实，洒脱的不光是他的诗，更重要的是他这个人，这个陆健。的确，陆健的诗从一开始就显出一种洒脱来，只是开始并不明显。但不管怎么说，他的诗就是他自己开凿的一条诗的河流，这条河不断变幻着它的姿态，正在不慌不忙地向前流去。它没有震耳欲聋的惊涛，有的是不断拍击着岁月与人生堤岸的顽强的生命波浪。“一条河濡湿两耳逶迤而去”——这就是陆健，就是陆健的诗。

D:“那里面真的什么都没隐藏？还是我不懂其中的奥秘？”

陆健的不少诗作富有哲学内蕴，这是陆健诗的长处。更为可贵的是，他的诗虽深蕴哲理，却不是靠哲理支撑门面，构成诗作的素质还是诗素本身。这一点，使他自觉不自觉地以艺术的形式重建一个生命的创造，而不是以哲学的思索去填充一个艺术躯壳，写出了不少耐人寻味的优秀之作。这些诗作的一个共同特点是，诗的意象并不仅仅表达了意象自身，而是指向了另一个存在。也许，这就是古人常说的象外之象，韵外之致。如《魔幻小说》，诗的意象自身是顶有趣的，但诗人让你寻味的显然不是诗的意象自身，而是这意象所指向的另一个存在：人，必须“从自己的名字里走出”。可我的同胞，你何时能认出自己从自己的名字里走出的人而不去只把那“纪念碑”误认为人呢？诗中隐含的还不仅仅是这些，还让我们想到很多，诸如历史、人生、真理与谬误的倒置等等。可以这样说，这首诗的具象与抽象达到了较完美的统一，其中的确藏有“奥秘”。类似这样的诗还有一些。但是，他的诗中也有一些不能成其艺术的次品。读这些诗时，读者感受到的不是酣畅的艺术魅力的浸染，而是一种莫名其妙的、艰涩的压力，如《换楼梯的墙》。诗，有一种朦胧的美，也有一种无美的朦胧。我觉得这首诗就是一种无美的朦胧。它让人猜测，不令人感受，也许我的判断是错误的，因为“人心由于它的不确定性，每逢它堕入无知中，它就会对它所不认识的一切，把自己当作衡量宇宙的标准”（维柯：《新科学》）。我何尝不是这样呢？尽管如此，我还是坚信我的感觉是正确的，我觉得陆健的有些诗作的确有些故作玄秘，或者说，有些硬作玄秘。这种硬作玄秘的诗，读起来给人一种艰涩的感觉，是不是陆健有意要这样写呢？我分析：不是。从他的诗作上可以明显地看出，他诗中所表现的生活现实中的确存在。生活本身有时就是一种硬涩的不谐调面孔。陆健想用诗把他对生活的这种感觉表现出来，并且，他还想比较逼真地表现出来。当然，他不是照搬生活，而是要把生活诗化，把生活用他的诗化方式诗化。他想用他的诗化语言铸造一个自成体系的隐喻系统。但他没有想到，他所采用的自己的那套语言隐喻密码系统，与一般读者所掌握的比较常规的破译密码的武器相距太远。再进一步讲，也就是说，陆健现在所使用的隐喻语言还是个人的，还不是个性的。由个人步入个性，也许是一条必经之路。但愿陆健早早从个人中走出，走进个性。

陆健诗歌的心路历程

自20世纪80年代以降，中国新诗坛出现过许多思潮，也出现过自认或公认的流派诗歌群体，如“朦胧派诗群”“新现实主义诗群”“他们诗群”“非非诗群”“莽汉主义诗群”“圆明园诗群”“神性写作诗群”“新乡土诗派诗群”“知识分子写作诗群”“民间写作诗群”“第三条道路诗群”“下半身诗群”“中间代诗群”以及许许多多具有地方特色的诗群。如果我们仅从这些诗群中寻找陆健的名字是很难找到的。但陆健、陆健的诗以及陆健诗的影响自20世纪80年代以降都是实实在在存在着的。在一次“陆健诗歌创作研讨会”上，诗人叶延滨指出：“陆健的诗歌是非常值得研究的一个现象，因为陆健在当代诗歌中是一个比较独特的诗人，他的诗歌创作将近30年，在诸多的风潮、流派中保持了自己创作的个性……在各个风潮中不同的领军人物逐渐消失的时候，陆健仍然占据着他自己的位置。”叶延滨的这段话说于 2007 年 5 月 10 日上午，时间已经又流逝了五年，叶延滨对陆健的评价依然准确、深刻。而陆健五年之后呈献给诗坛的新诗集《一位美轮美奂的小诗人之歌》，则进一步强化了叶延滨这段话的价值与意义。

其实，在过去的几十年里，对陆健诗歌的研究一直没有间断过。据我所知，最早的评价文章是刘士林写的对陆健诗歌的欣赏性文章，接下来是由我写的对陆健早期诗作的综合评价文字，文章的题目是《人的力量 心的灵视》。陆健的名作《名城与门》出版后，著名诗歌评论家沈奇写过一篇对陆健来说特别有价值的文章，题目叫作《诗城独门》，这是对陆健诗集《名城与门》的评价，也是对陆健诗歌创作的评价。另一位法门独到的诗评家杨吉哲对陆健的长诗创作有过一篇题目为《论陆健的长诗创作》的长文，对陆健创作的“以外国历史人物、事件为题材”的长诗系列《日内瓦的太阳》进行了综合研究，认为陆健不仅“把我们拖向了时间深处，拖向物质力量和生命意识的角斗场中，让我们看到一幕前所未有的戏剧”，同时这些长诗也呈现出作者“杰出的陈述”能力。此后，在陆健的四本纪实性诗作出版之后，中国传媒大学于 2007 年召开过一次陆健诗歌创作研讨会，会议发布了一个研讨会纪要(见 2007 年 5 月《文艺报》)，认为“他是一个值得研究的诗歌现象”。会上，屠岸、叶延滨、李小雨、唐晓渡、周月亮、王燕生、林莽、张清华、朱先树、何晓兵、徐刚等诸位诗人、评论家、教授都对陆健的诗表达了自己独到的看法，认为陆健是一位“不可复制的诗人”。据我所知，对陆健诗创作的评价文章远不止这些（其中部分文章见诸篇幅达172000字的陆健诗歌研究专著——1997年2月百花文艺出版社出版的《关于一个诗人》一书）。我在这里转述不同时期的评论家对陆健诗的评价，只是想借此提出一个问题：作为一种“现象”存在的陆健，到底是怎样的一种“现象”呢？

“诗城独门”“不可复制的诗人”“一个值得研究的诗歌现象”，这样的评论分别出自诗人、诗歌评论家沈奇、匡满和叶延滨先生之口，亦应是诸多诗人和评论家对陆健的共有认识。那么，陆健能够成为三十年来中国诗坛的一种特殊“现象”，又具有怎样的一种特殊性和可资研究的价值与意义呢？这里，我想借用一下李犁在其论文《救诗与救世：陆健诗歌的写作动机和价值》（《诗林》2012年第4期）的一句话来表达我的认识。他说：“陆健诗歌写作的最大贡献就是在原来诗歌美学范畴之外给我们提供了一种新的写作可能。”李犁的这句话所针对的是陆健从2003年开始写的四本纪实性诗歌。其实，如果我们大体回顾一下陆健的诗歌创作历程，就会发现，陆健始终是站在他创作的那个诗坛的当下审美范畴的流行话语之外进行他的诗歌创作的。站在风潮之外，探寻诗歌审美的新的可能，始终伴随着陆健诗歌创作的主体意识和实践行为。如果我们采取简单化的方式把陆健三十年来的诗切成四段，我们就会更为清晰地看到陆健诗歌创作的心路历程和审美变异踪迹，亦可更为切实地认识陆健诗歌创作的特性和其价值意义。

陆健的诗歌创作起始于20世纪80年代初，当时诗坛的主要思潮是“朦胧诗”的“诗潮”，当时亦称“新思潮”。应该说，处于当时诗坛的诗人，莫不受到朦胧诗的影响与冲击。陆健受此影响也是显在的。与不少诗人随着朦胧诗的思潮进行创作不同，陆健在受朦胧诗影响的同时，又在朦胧诗思潮的基础上向前迈出了新的步伐。朦胧诗对当时诗坛的影响可以从两个方面来考察。其一，对社会和人的认识观念上的影响。其二，对诗歌艺术手段和形式方面的影响。在对社会观念的影响方面，其主要成就是对“文革”及“文革”后的极“左”思潮进行了严厉的政治批判。在对人的认识的影响方面，其主要成就是朦胧诗通过诗作和诗歌理论的阐释强力张扬了大写的“人”，彰显了人的尊严。在艺术影响方面，朦胧诗以其略带现代艺术特征的艺术样态，对新中国成立后三十年的诗歌艺术进行了彻底的颠覆。应该说，朦胧诗对中国诗坛的影响是深远持久的。而在朦胧诗思潮的巨大影响下走上诗坛的陆健，却在朦胧诗的影响下向人性的深度和艺术的前沿进行了新的探索。如果说朦胧诗在社会问题与人性问题的彰显上强化了人性的丰富性的话，那么，陆健则在其诗中彰显了社会与人生的复杂性。不用翻看陆健当时的诗集，我很清晰地记得陆健当时的一首短诗叫作《美丽天真善良和悲剧》。诗中写到花的美丽，蝴蝶的美丽，花的自在，蝴蝶的自由。当花与蝴蝶都各自独立存在之时，它们的美、它们的自在与自由都是真实存在的。但悲剧的发生则恰恰就在两种美的"亲近"。当蝴蝶扑向美丽的花朵的怀抱之时，当美丽的花朵以自己美丽的热情拥抱美丽的蝴蝶之时，花的毒粉却导致了蝴蝶的死亡，蝴蝶的气息也导致了花朵的枯萎。在探索人性与社会的复杂性的同时，陆健在诗歌艺术上，一改朦胧诗的感伤与缠绵，也一改朦胧诗常用的介于象征与比喻之间的修辞手段为对表现对象直接书写，并把这直接的书写在整首诗作的框架内转换为隐喻，使自己的诗呈现出一种具有先锋性的硬朗风格。此时陆健的诗似有一层坚硬的外壳，但这硬壳内有着陆健对社会人生的理性思考。从某种意义上讲，陆健从一开始就是把自己的诗歌创作定位在"智性"创作这一基点之上的。也许正是有了这个前提，他的诗才和他的这个人一样，总给人一种棱角分明的硬汉感受。时间悄无声息地流逝，许多事情转瞬即成过去。在我们回过头来再去察看那过去的事物时，似乎总会发现许多不言自明的地方。比如我们站在今天去考察陆健当时的诗风，就会很自然地发现，陆健此后诗歌题材与写作风格的变异与坚守，恰为当时陆健尽快摆脱朦胧诗的影响而追寻自己的诗歌立场独立做了注脚。

自陆健成功摆脱朦胧诗的影响以降，至今日他写出《一位美轮美奂的小诗人之歌》，这中间，陆健的诗曾有过两次对自己前期诗歌创作风格的摆脱与超越。近几十年中国诗坛的现实证明，一个有才华的诗人，摆脱与超越当下诗潮的影响并不是一件难以做到的事情，但摆脱与超越自己已有的风格并能坚守自己的诗歌观念与立场的确很难，但陆健做到了。我想，这也许正是叶延滨认为陆健是一个值得研究的诗歌现象的原因所在。而更为重要的是，陆健在摆脱与超越自己的同时，两次创造性变异都为自己写出《一位美轮美奂的小诗人之歌》打下了坚实的基础。当我们回过头来把陆健的诗歌创作历程放在中国诗坛近三十年的行进历程中进行比对研究之时，就更能认清陆健按照自己的诗歌立场和观念进行属于自己的创造劳动的重要与可贵。对中国近三十年的诗人来说，有一种魔咒似乎很难逃脱。这个魔咒就是诗坛一而再再而三的对前代诗人的颠覆性写作。一次次的颠覆完成了对中国诗坛的极左化意识形态写作的格局，同时也忽略了中国诗坛自新诗开创以来的文化传统和诗性意识，进而使颠覆变成了只是为了完成颠覆这一事实或事件的使命。而陆健从进入诗坛之始，就没有把颠覆性写作注入自己的思域。他站在历次诗潮与流派之外，富有激情地进行着属于他自己的创作。其实，我无意在这里对颠覆性写作进行批评。从某种意义上讲，对于颠覆性写作我还是要给以充分肯定的。但是，我还想指出的一个事实是中国新诗自一开始就担负着颠覆与建构的双重使命。在新诗草创时期，不少人认为新诗只是破坏一种旧形式，创建一个新的形式。而自象征派诗在中国新诗坛传播之后，大家才逐步认识到，对于中国的新诗坛而言，要颠覆或者叫作“革命”的不仅仅是一种旧的诗体形式，更重要的是要对自己的心智进行革命性颠覆。因之，“革命”与“颠覆”自然也就成了中国新诗发展的一种潜在和显在的动力。无论是“向西走”还是“向东走”，这种动力会如影随形地伴随在诗人左右。自20世纪80年代以降，以颠覆为写作动力不仅成了诗坛的一种常见现象，甚或可以认为不少诗人把这种“颠覆”性写作视作一种“诗道”，也是可以通过“颠覆”使自己迅疾成名的“王道”。这样一来，在中国新诗坛原初具有诗性意义的“革命”与“颠覆”就在一次次的“王道”实践中被“异化”得一派狼藉。说实话，对于一个长期浸淫在诗坛情境中的人来说，面对如此现实，无论采取怎样的一种方式来保持自己的独立与自足，都不是一件易事。

陆健真正走上独立自足的艺术自觉，是从20世纪90年代初开始的，能证明他诗歌创作独立自足意识清醒自觉的标志，是《名城与门》和《日内瓦的太阳》两部诗集的出版。《名城与门》（文化艺术出版社 1992 年 9 月版）这部诗集由六十六首既独立又相互关联的诗作组成一个宏阔的历史空间，而构成这个宏大历史时空的诗性元素，则是诗人陆健对中国现当代四十八位文化名人与艺术大师的叙写，也是诗人与四十八位中国现当代文化心灵的对话。更应引起我们注意的是，这四十八位中国现当代文化名人或者叫作四十八尊文化心灵，被诗人陆健分别安放在十三首同名为《门》的诗为间隔的诗性空间之内，这样，这部诗集就构成了一个巨大的城邦时空，同时也构成了诗人宏阔的心灵时空。与《名城与门》同时出版的陆健的另一部诗集《日内瓦的太阳》（台湾诗之华出版社 1992 年 10 月版），则由书写西方历史文化名人的七部长诗构成。这其中所涉及的人物，有伊丽莎白二世、阿基米德、亚历山大、爱因斯坦、劳伦斯与弗里达、凡·高、加尔文等人。对这两部诗集，著名评论家沈奇和杨吉哲分别有过非常有见地的评价。沈奇在其评价陆健的诗集《名城与门》的长篇论文中，称陆健的诗为“诗城独门”，说陆健“为我们开启了一扇特异不凡的独在之门”。沈奇从诗的题材的特殊性所展示的历史空间、结构的特殊性所呈现的交响乐式的史诗气势、语言的特殊性所产生的诗性张力入手，更为重要的是，沈奇在其文章开头所提出的陆健在当时诗坛的特殊性的问题。尽管沈奇在当时对此问题没有作更为深入的论述，但今天看来，沈奇在当时就能论及这一问题，更能让人臣服沈奇眼光的独到和对诗坛认识的深刻。在沈奇看来，在一次次的诗潮尘埃落定，当我们“反思、梳理与整合”诗坛的历史经验之时，我们就不应该再次“忽略”那些曾被我们“一再疏忽了”的那些“冷静而沉着地游离于”潮流之外，“对整个现代主义新诗潮做深层参与且保持独立诗性和超越目光的，可称为边缘性诗人的从作品到人格的关注和研究”。距沈奇说出这样的观念，时间已走过十六个年头。现在，我们用沈奇的观念再去观照陆健，我们更能看出沈奇当时的清醒与深刻，亦更能看出陆健在当时之于诗坛的价值。

需要特别指出的是，我们今天说的问题，不仅仅是沈奇以上的论断和认识，我们是想从陆健《名城与门》以及《日内瓦的太阳》两本诗集来考察陆健心灵时空的开拓向度问题。从实际的情况看，陆健创作自始至今的独立诗性精神和人格品质已是大家的一个共识。我们今天之所以探讨陆健诗歌的心灵空间的向度与变异历程，其目的是想从这个角度以陆健为一个个案提出中国新诗人的心灵格局的问题。我个人认为，在我们历经了长时期的追求自我呈现的诗歌创作之后，这个问题的提出对中国诗坛的长远发展会有一定的参考价值。与此同时，我们也可以通过对这两本诗集所呈现出的诗人陆健心灵空间的考察，更为清楚地认清陆健前后几本诗作为什么做出此样的选择而非彼样的选择的内在联系。

如前所述，陆健在《名城与门》中以立体的形式构筑了一座中国现当代文化的心灵城堡，而在《日内瓦的太阳》中，陆健则通过对西方圣哲的诗性陈述，给我们构筑了一片人类共有的精神天空，并对这一澄明中隐含着晦暗的天空进行了深度反思。需要指出的一点是，陆健在对西方圣哲的思想行为进行反思时，不仅持据深远、厚重的东方文化立场，同时把西方圣哲的思想行为，放在人类思想行为的一种超越种族和地域的形而上的层面上进行咀嚼。在如此的反思中，既有人类生活的经验性思考，也有一种超越性目光。对于《日内瓦的太阳》这部诗集的几首长诗，评论家杨吉哲有过独到且深刻的评价。他说："陆健对人类生活的许多方面进行了思索追问，战争、和平、宗教、性爱、艺术及流行的社会病症，等等，都在他的文字中呈现与展开，并趋向凝重与透彻，其中包蕴了人类漫长的身体力行和苦思求索所达到的智慧高度。"就《名城与门》与《日内瓦的太阳》而言，沈奇与杨吉哲对其进行的解读与评价是目光独到、慧心独运的。这里，我之所以再三推介沈奇与杨吉哲对陆健诗的评价，是因为他们二位的确认识到陆健诗中不同寻常的诗性元素。这种不同寻常的诗性元素即陆健诗中呈现给我们的超越时代的诗性时空。我们应该切实看出，陆健此时思维时空的远足，是那个时代中国诗坛所独有的现象。

陆健此时的心灵远足，不仅奠定了他自己独立自足的诗性观念，同时也为当时的国内诗坛注入了一种新的风气，使当时中国诗坛的心灵时空得以更大范围的拓展。此后的陆健，也因了此次远足得以进入没有羁绊的创造之境。

如果说陆健的《名城与门》《日内瓦的太阳》完成了他的一次关于诗的天空远足理想的话，那么，标志着陆健的创作进入了另一个全新阶段的诗集则是《温暖》(辽宁人民出版社 2008 年 12 月版)的出版。《温暖》集结了陆健 2004 年至 2007 年创作的四本诗集，分别为《34 份礼物》《田楼，田楼》《枫叶上的比尔》《洛水之阳》。四本诗集呈现了陆健生命历程中的点滴刻痕。《洛水之阳》写他故乡和故乡的亲朋，这是他生命底色和性灵的根脉；《枫叶上的比尔》写他的儿子，也是他的家庭；《田楼，田楼》是他离开故乡走向社会、走近泥土的驿站；而《34 份礼物》是他与他的学生的对话，其实也隐喻着他与社会的交互关系。故乡、家庭、社会，家人、邻居、同学、乡亲、老师、亲朋、父母、学生，他与这些人或者说这些人与他的关联，彰显出他生活的质感，也昭示出他生命的体验。其实，应进一步指出的并不仅仅是这些，不是他写了什么以及怎么写的，而是他从《名城与门》《日内瓦的太阳》的历史时空走进现实时空这一变化，以及这种变化对他的创作来说所昭示的意义与价值。从诗性心灵的远游到切实感受自己身边的人和事，从飞扬的想象联想到白描式的陈述，陆健完成了一个从天空到大地的转换，这使得他的诗获得具有无限张力的历史纵深。由宏阔的历史时空到具体、细部的现实时空，由高处在天空的圣哲先贤到生长在泥土里的诗人身边生活着生存着的普通人，从放浪的想象到原生态的直写，使得他的诗思和诗艺得以全方位的拓展，也为他后来的创作奠定了坚实根基。从此，他的创作获得了充分的自由。

从这里开始，让我们进入对《一位美轮美奂的小诗人之歌》的解读。从某种意义上说，在此之前我们对于陆健诗的分段描述，似乎并不仅仅是为了解读那个阶段的陆健，而更有从那个时期那个地点出发走向这里走向此时的意味。这让我想起佛教修行的“四道”。按照中华佛教百科全书对“四道”的解释，佛教修行所指的“四道”，是指断烦恼、证真理、得涅槃的四个阶段，即加行道、无间道、解脱道、胜进道。“加行道”又作方便道，是为断除烦恼所做的预备性修行；“无间道”又作无碍道，是修行者直接断除烦恼的阶段；“解脱道”是于无间道之后生起一念正智证悟真理，为悟得真理、解脱烦恼的阶段；“胜进道”又名胜道，是指解脱之后增进定慧的时期。笔者无意把佛教修行的“四道”与陆健创作的几个阶段做生硬的比附，只是觉得佛教修行四道的过程与陆健的诗歌创作有诸多相似之处。王国维在《人间词话》中也有做人为诗的“三境界”之说。

在他看来，人生想成就大事业者必经三种境界：第一境，昨夜西风凋碧树，独上高楼，望尽天涯路；第二境，衣带渐宽终不悔，为伊消得人憔悴；第三境，众里寻他千百度，蓦然回首，那人却在灯火阑珊处。王国维是在说人生，但因是用诗来说，后人也就以此为诗人作诗的三大境界认之。其实，做人作诗都是一样的。成就任何事情似都要经历一个过程。走到最后，都是要看结果如何。求得正果，证得真理，看到“那人”，才可见出这过程中所蕴含的超乎寻常的意义与价值，才可真正见出这过程中每个链条的不可或缺，才可见这链条的最近一个环节所携带的心灵时空之间的关联。我们平时所说的事后诸葛亮，也许就是这个道理。这里我们也以一个事后诸葛亮的身份，再去观照一下《一位美轮美奂的小诗人之歌》，我们亦可发现，陆健此时的创作已达无间无碍的自由创造之境，而他的作品，同时携带了他此前创作诗性心灵时空的所有信息。如果让我们换一种思维方式来看待这一问题，我们亦可见出，陆健当下的诗正是有了此前的深广积淀，才有可能进入今天自由境界的创作。

那么，《一位美轮美奂的小诗人之歌》又呈现给我们一些什么值得思考的东西呢？笔者认为，以下几点似乎应该引起我们的关注。

其一，诗歌形式建构的仪式性存在。

《一位美轮美奂的小诗人之歌》是一部诗集，又是一部前后圆合建构匠心独具的组诗。也许正是这样一部诗集，强化了我对陆健诗歌创作在形式建构上的仪式性行为的关注。《一位美轮美奂的小诗人之歌》共计 26 首，严格讲是 26 组。每组诗由一个总题引领，用阿拉伯数字标序。在大的题目之下，有先后两个小的题目，用英文字母标序，前者为大写，后者为小写；前者 3 段，后者 6 段，每段皆为 3 行。例如第一首："我对自己说吉约姆是你来的时候了——(法)吉约姆·阿波利奈"，这是大题目；下面一组诗的题目为："A　阿波利奈能来我当然也能""a　'我'的含义"。26 组诗从 A、a 到 Z、z，构成了 26 个英文字母的首尾整合，也构成了一个可以进行无限自由创造独立自足的空间。一组诗是一个小的独立自足的诗性空间，一部诗是一个大的独立自足的诗性空间。这样的组合在形式建构上有着严格的规律，而在内容的选择上则有着无限的自由。把严格的规律与充分的自由结合在一起，其实是陆健诗歌创作长期坚持的基本现实，也是中国诗歌乃至世界诗歌长期呈现给我们的基本规律。由此，我们可以想起陆健的《名城与门》，想起中国的古典诗歌，想起西方的十四行诗，更让我们想起诗的仪式性存在这个问题。

毋庸置疑，在涉及文学的所有文体中，诗的文体是一种极其特殊的形式。这种文体特殊就特殊在它不仅仅是一种文字呈现样态，而且还是一种仪式性存在，是一个有着仪式性介质的场。在这个具有仪式性的场域，文字所指涉的现实事物或者在此发生了变异，或者在某些方面得以强化或弱化。当一个诗人连同他的写作对象进入这个仪式性场中时，他不再是一个生活在世俗世界的凡人，而是一个沉浸在诗性仪式并具有诗性思维的诗人。写作在此时此地成为一种仪式性行为。诗人通过仪式性行为超脱出现实世界进入另一个空间当中成就个人的反思与冥想，完成自己的诗性经验。这里需要特别说明的一点是，诗的此种仪式性存在在中国古典诗体形式上呈现得比较明显，而新诗则很难使诗的仪式性存在通过形式感得以呈现。因为借由仪式所进入的空间既然是一个神圣的空间，这中间当然就有许多规范，而这些规范也会反复显现在诗歌形式之中，并成为一个作品内在的、合乎逻辑的推动力量，也成为诗人创作行为和诗歌作品成形的图腾标识。中国的古典诗歌、西方的十四行诗都充分利用了仪式性的形态动力和标识暗示，新诗则把这一诗性动力及标识弱化了。对于更加趋向于“思”与“批判”的新诗而言，失去这一仪式性的形态动力，应该是一件自然而然的事。因为“思”的自由弥散也许并不必须借助某种规范或者说“思”的自由弥散本身就不适宜有过多的规范。但是，如果我们站在“诗”的立场而不仅仅是“思”的立场上来思考这一问题，我们把“思”放在“诗”的场中来思考这一问题，也许就会发现诗的仪式性存在对于诗的非凡性、神圣性是多么的重要。把“思”放在仪式性的形态之中，让“思”不失其自由与敏锐，使诗呈现出具有仪式性图腾感的形式存在，这大概应是一个有价值的想法。如能在此方面做一些探索，那就是一种有价值的诗性行为。有意思的是陆健不仅这样做了，而且做得很有意味。也许，陆健并没有如笔者说的这样去想，但他做的诗的仪式性形式探索，的确给了我们许多启发，同时也使他的诗作更具诗性。他为他自己和他的写作对象构筑一个“场”，这个场有着严格的秩序。也许正是因为此种秩序，诗人的创作诗思获得了最大的自由。

其二，自由的言说，自在的深思。

通过严谨的秩序而获得自由，其实是陆健常用的方式。通过对陆健诗歌创作的系统了解，我们就会发现，陆健对诗是一种形式化存在这一特征似乎早已心知肚明。和其他文体相比较，诗的形式化存在构成了这一文体的最基本特征，同时也是其本质特征。通过形式化呈现，使诗人和他的写作对象一起进入一种具有诗性的仪式性庆典活动之中。在这种诗性庆典活动——写作过程中，诗人和他的写作对象再也难以分出主客体的成分，再难分出诗人与诗。但是，当诗人与他的写作对象走出这种仪式性庆典的“场”，他们就又成为一个普通凡人和普通的世事。

按说，诗人在这种仪式性庆典的“场”中，其“思”的自由度与言说的时空关联应该是有限的；但《一位美轮美奂的小诗人之歌》因其特定的有秩序的仪式性很强的形式建构而获得了极大的自由。而且，从整部诗集诗人所呈现出的创作情态来看，诗人的创作在这里不仅获得了极大自由，而且诗人在这里所呈现出的还是一种自在的言说。如果我们再认真观照一下诗人在这里呈现给我们的诗的主体内容，我们还会发现，诗人在诗中呈现给我们的是诗人、“小诗人”、历史与现实四位一体的主体时空。诗人与“小诗人”之间的自由转换，历史与现实之间的自由转换，中国与世界之间的自由转换，诗人用一部诗集给我们呈现出一个思想者自由自在的思想盛宴。诗人沉思的深刻与批判的犀利在当今的中国诗坛都是少有的。由于这部诗集的特殊建构使诗人的思想向度获得了极大的自由，因此，一部诗集中的每一组诗都像诗人呈现给我们的一幕幕思想的流星雨，自然天成且明亮瑰丽。

这里，无法对诗集中的每一首诗做评述，我们只能举一两个例子感受一下诗人的诗思。陆健在其开篇“我对自己说吉约姆是你来的时候了——(法)吉约姆·阿波利奈”这首诗中所表明的是诗人对于“我”的认知。说实在的，对中国诗坛来说，自古至今，“我”都是一个问题。在中国的古典诗论中，有我之境和无我之境是没有高低贵贱之分的。从文人取诗的角度看，无我之境似乎更高超一些，这似乎与中国的诗歌审美大多取法于佛家的禅悟与道家的“道法自然”“大道无形”有关，但“我”在中国古典诗歌中或隐或显，只是一个艺术境界的问题。尽管在“品”位上有人也区分其高下，但并不能构成一个多大的问题。如把其放在认知的领域来考察，也算是一个问题吧。“我”在诗歌中成为一个大问题，是新诗成为革命的工具之后，特别是20世纪50年代至80年代之间，这时的诗歌，或者不能有个体的“我”的情感与思想，或者把“我”变成阶级的代言人。到了80年代初，这个问题被作为新诗写作的障碍提出，于是，才有了“大写的我”这一观念。尽管是“大写的我”，“我”在诗中总算有了正当的名分。此后，由“大我”到“小我”，而后再把“我”的上半身去掉只留下半身写作，“我”终于与自己的机体建立起了联系。其实，自20世纪50年代以降，“我”的问题对于中国诗人来说始终是个魔障，这对于每一个意在诗的创造性上有所作为的诗人来说都是一个不可忽视的问题。对此问题，在我看来，中国新诗坛上自始至终所有有关我的问题，都是一个关于“人”的问题；所有有关对于“我”的认识，说到底都是一个怎样认识“人”的问题。陆健在这部诗集的开篇，就是从寻找自我开始的：“我的天职是塑造一个当代诗人的形象/我必须千百次地打碎，塑造我自己/古往今来来过无数人……他们用话语堵住我的嘴巴。”尽管陆健在标题

A中说“阿波利奈能来我当然也能”，但他进入诗思之后还是正视了这样一个问题：在那些“高大伟岸”的先贤面前，自己说话的权利还是没有多少余地的。因此，在标题“a”六节诗里，陆健还是给“我”来了一次正名：“我就是我，不是昨天的我/不是未来的我，不是一个概念，定义，是一个肉身。”在这首诗中，诗人为了呈现给我们一个真实实在的“我”，从用“阿波利奈能来我当然也能”展示出自己的野心到正视古往今来的贤哲用话语堵住“我”的嘴巴，再到对我是一个肉身的认知，再到食五谷，习文化，体认文明，再到直接宣示“我是暴政的敌人，同时又是一个温良的托尔斯泰主义者”。作者笔态恣肆，纵横古今中外，既表达了“我”与世界的关联，又在诗人灵智的归属上坚持了自己的民族立场；既展示了自我身上存在的矛盾，又对自己作为一个“生殖力旺盛”的“当代诗人”，“阿波利奈能来我当然也能”的意志品质给予充分的体认。直面现实，直面自我，陆健的魅力，就是能够直面“我”是怎样一个人。

在“我是无名小辈，你是谁？——(美)狄金森”这组诗里，陆健深刻反思了“我是谁更好些”这个“命题”。诗人通过“我”该成为“谁”这一设问，深刻地展示了在现代社会中“我”的丢失以及对自我追寻的迷惘与无助。“我是谁更好些”这一命题自身就是一出悲剧。“我”是谁都不会好，更不存在“更好些”这一问题。但是，当“我”是“谁”这一命题不能使“我”体现出

“我”的实在之时，“我”就是“我”这一命题中的那个实在的真我又在哪里？对此，陆健在他的这部诗集里反反复复从诸多角度进行了反思。在“读书破万卷，下笔如有神——（中）杜甫”这组诗中，诗人在“C　不是毛笔，也不是鹅毛笔”这个双重否定的陈述中，肯定了“我”“在前贤止步的地方起笔”这个现代性的命题。如此的肯定实际上标明了我们应该是处于一个“创世纪”的时代，但现实呢？“变声时期，一下子奔逃四散/谁也叫不出别人的名字”；“丢失”是这个时代的通病，“城堡里骑士们在壁炉旁打牌/你叫一张里尔克，他甩一张德里达/维特根斯坦暂时在小 b 的手里占了上风/中国的太阳隔一层魔障，我们不小心/喜欢上了肯德基和家乐福的购物卡”“她恍若上界的一位天使，降临人间把奇迹向我们显示——（意）但丁”。陆健陈述的就是我们这个失去自我的时代的现实。中国文化诗性的丢失更是一件让人恐慌的事情。但在很多时候很多情况下，我们都是在自以为得意甚或是得意扬扬地自我丢失自我抛弃着。尽管诗人不无英雄主义地宣称“纵使世界已被拼贴成一张扁平的脸/诗人注定是那个挺身而出的鼻子”，但在今天这个世界里，诗人还是清醒地认识到“如今商品的上帝要主宰她/诗歌为我们受尽凌迟之苦”。诗人生在这个世界上，或者更早些，或者更晚些，在很早很早以前，在遥远遥远的未来，但凡你是诗人，你必定要受尽炼狱之苦，这是诗人的宿命。如果这个世界不存在矛盾与痛苦，不存在丑恶与黑暗，这个世界就不需要诗人。诗与世俗世界，是一对矛盾，也是一个解不开的整体，诗与诗人不断被世俗绑架，又在不断地挣脱。诗人就在这个不断挣脱的过程中成就自己，或者死亡，或者重生。“谁已为我而死？我将为谁而死？”也许，我们并不清楚。“也许我穷尽一生完成了一个错误”，但是，“苟余心之端直兮，虽僻远其何伤？——（中）屈原”。

经历了《名城与门》，经历了《日内瓦的太阳》，经历了《温暖》，到今天《一位美轮美奂的小诗人之歌》，陆健的诗经由追寻人的现代性到探访人精神的远方，然后再回到人与土地的关系，直至今天全方位地展示人的问题这样一个历程，其实，始终都是在围绕一个目标，这个目标也就是人的问题。如果说陆健在早期的诗作中只是记录了人在现实世界中的感受，比如，《美丽天真善良和悲剧》的悲剧，亦只不过是一种美丽的“冲突”，还无关人的命运，那么，到了《名城与门》《日内瓦的太阳》这个时期，陆健已在诗中探讨人类精神领域的宏阔空间以及人类在更为广袤的宇宙时空中的根本不幸。从某种意义上讲，这个时期，陆健对人与社会、人与宇宙的认识还是分离的，人就是人，世界就是世界。而到了《一位美轮美奂的小诗人之歌》，在诗人和这位美轮美奂的小诗人面前，人与这个世界就再也不能分开了，人就是这个世界的全部。这里，我们可以用陆健在这部诗集中几组诗的标题来串联一下，由此大体可以看出诗人的心灵时空以及诗人对人类命运的遥远思域："生存在你所生存的地方——(瑞典)古尔贝里""每个人都应该对世上的一切人和一切事物负责——(俄)陀思妥耶夫斯基""吾所以有大患者，为吾有身——(中)老子""你选择什么样的存在，完全取决于自己——(法)萨特""这世界就是舞台，可角色分配得不像样子——(英)王尔德""我们只能享有我们所能理解的幸福——(比)梅克林特"，最终，人类只能感叹"天黑前路途遥遥，天黑前路途遥遥——(美)弗罗斯特"。在这些宏大的题目之下，陆健自然而然地给我们展示了诸多我们今天细碎的生存场景：面粉，小米，肥壮的于坚，《老人与海》，越来越短的女人的裙子，微博，《道德经》，装嫩、装酷、装相、装死狗，儿子太小，春天太瘦，天牢囚徒，梁山毛贼，三鹿奶粉。高远的哲思与细碎的生存，都是我们，都是人自己和自己创造的一切，从细碎的生存再到对重大的民族命运的认识：

一百年来最伟大的汉语诗句
"最危险的时候"，一个民族
对准了一首诗歌的腰部
最危险的时候，不在 1911 年
不在 1937、1946、1989 年
在今天，就在我们面前

就在于信仰倒地，道德狼藉
即使天才创造出崭新的文体
所有锦绣文章也只能是病句

——“中华民族到了最危险的时候——(中)田汉”

从对生活细节的细密感受到对民族命运的深广沉思，从幽默机趣的嘲讽调侃到正颜厉色的尖锐批判，这一切的一切，都构成了陆健诗歌中关乎人的元素。有趣的是，也就是在他处处思考着人的问题的时候，人这一概念却在他的诗中隐藏起来了，只留下一位美轮美奂的小诗人的歌唱。

2013 年 3 月 6 日于郑州

此文见《诗篇：向经典致敬》线装书局 2014 年版

在后现代词语的密林里

——话语:由邓万鹏近期诗作引出

我把邓万鹏近期的一组诗拿来已有多日,觉得应该为这组诗写点什么。但在静下心来阅读这组诗时,却很有一些啃不动的感觉。有这种啃不动感觉的不止我一个人。前些时和青年诗人丁东亚谈及万鹏近期的诗作时,东亚也说到他对万鹏的诗啃不动。巧合的是,我与比我年轻三十岁的丁东亚都用了“啃不动”来描述对万鹏诗的感觉,这大概就构成了一个问题。这个问题是什么,我也很难用一句话说得清楚。为方便起见,我就暂且把它叫作关于邓万鹏近期诗作的“话语”。

话语之一:由邓万鹏的诗作引出,对于啃不动的历史回顾。

对于邓万鹏近期诗作啃不动的感觉是切实的,这让我想到中国新诗曾经产生过的“啃不动”的历史。中国新诗史上有三个使诗的阅读陷入困境的时段,而每个时段,都有其在诗的书写内容与艺术手段进行较大转变的背景。

第一次诗歌阅读的困境出现在20世纪20年代初。留法诗人李金发的一场“微雨”把中国的新诗坛淋了个精湿。这场“微雨”给诗坛带来的，是新诗艺术的精进，是诗人认识世界视角的转换和新诗现代性的确立。但就是这场“微雨”确实也成了当时中国诗坛最难啃的“骨头”。很多人读不懂，很多人又在模仿着，这是朱自清在《中国新文学大系·诗集·序言》中，对当时李金发的象征诗出现之后诗坛情境的描述。从这个描述中可以见出当时诗坛求新求异的创新精神，诗人宽容、大度的绅士风范，更可见出李诗对当时诗坛的震动与影响。中国诗坛现代性的自觉或叫作觉醒，中国新诗现代主义创作方法的启蒙与创立，应该说与李金发的这场“微雨”淋出的啃不动的骨头有直接关联。

诗坛第二次阅读困境的出现是在20世纪70年代末80年代初。造成这次阅读困顿的直接原因是朦胧诗的出现。朦胧诗的出现，应该是对中国诗坛自“中国新诗派”蛰伏之后中国现代主义诗歌创作的承接，也是对现代主义诗歌创作的一次新的启蒙。朦胧诗用强烈的政治批判终结了极“左”思潮下政治批判给诗坛带来的破坏性影响，用艺术叛逆终结了当时诗坛艺术的单调与异化，使中国新诗重新走向诗的世界。而这次新诗向着诗的世界的回归，也使中国新诗中的现代主义创作由涓涓细流转化为漫及整个诗坛的大潮，尽管这潮水并不深同时也无几时的汹涌，但它的波及面是广泛的，影响力也是巨大而深刻的。可耐人寻味的是，它的影响所直接导致的，恰恰不是对它的观察社会和艺术表达方式的继承和弘扬，而是对它的悖逆与颠覆。悖逆颠覆它的诗人群体，则又恰恰是读着朦胧诗走上诗坛的一批又一批的年轻诗人。这一批又一批的年轻诗人，就是我们常常提起又常常觉得难以界定的“第三代诗人”。

“第三代诗人”给诗坛带来的困窘是多面的。其一，他们使诗坛过去一统的诗歌观念从内容到形式终至语言都难以再继，诗坛偶像倒塌，英雄不再，更没有什么领袖，诗坛每个诗人都可以像尼采一样自豪地说：上帝死了；其二，就诗作本体而言，过去的那种带有极大暗示力量的集体意象在第三代诗人极度个体化的创作冲击下迅速消散；其三，诗人群体自办的民刊成为诗人及诗人群体间交流的主体形式，而过去拥有大量读者的诗歌刊物则渐渐处于边缘位置；其四，诗歌创作的个性化与个人化变得边缘模糊；其五，扬弃宏大叙事，诗人承担的社会责任渐次减弱，私人话语和身体话语逐渐强化；其六，偶发性诗歌活动或“奇异型”个人创作往往成为引人关注的社会生活事件，变为网络和社会日常生活中的口水战争；其七，本不该成为一种独立诗体存在的网络诗歌成为一种含混不清的诗体名称，并成为与经编辑选择加工过的诗异趣异质的一种有“意味”的诗歌存在方式;其八,各地政府及团体、企业组织的诗歌活动、诗歌节、诗人节,往往被异化为招商引资的舞台或用意清晰却面目模糊的地方政绩广告。由于以上丰富而驳杂的让人兴奋又犹疑的原因,可能还有其他一些原因,怎样写诗,诗人何为,就成了当下诗人所要面对的问题。其实,邓万鹏近期诗歌在内容选择与艺术形式、艺术手段上的一些突破,就是因为他直面这些问题而取得的成果。

话语之二:对于邓万鹏近期诗作的纵横思考。

邓万鹏的近期诗作与当下诗坛的状况有关联,但并没有直接关系。把自己悬置在各种流派与各种团体之外,而又切实把自己置身诗坛之中,是邓万鹏早期创作的特点,也是他近期创作的特点。所不同的是,他早期的创作,无论从内容到形式,较多关注的是国内诗坛的现状;而他近期的创作,一则更多关注国际诗坛的历史状况和现实发展,二则更多关注中国新诗历史传统和可作为思想、艺术积淀的元素。我在这里把邓万鹏的近期诗作作为一个“话语”来言说,其主要动因在于在他的近期诗作中看到了他把艺术创新与艺术积淀融于一体的这种精神。

提出新诗的艺术积淀问题,是基于新诗已有自己既定的历史这个现实,又是因为前面我提到的第三代诗人浮出水面伊始中国诗坛就面临的反传统的问题。就历史而言,新诗的传统尽管很难用一句话把它总结出来，但它关注社会、关注人的命运，不断进行艺术创新，不懈积累、探索新诗文体创建的特点是显而易见的。而就第三代诗人浮出水面之后的中国诗坛的现实而言，反传统成为诗坛的主体意识，继承传统和丰富传统的价值取向显然是减弱了。在创新意识得以强化的同时，为创新而颠覆前辈或前面诗人的思维方式成了诗坛的主流思维方式和行为方式。以颠覆作为创新的前提与基础，也许不失为一种产生创造激情的独有方式，但这种方式存在的问题也是应该引起我们高度重视的。可惜的是，在我们过往很长一个阶段里，我们只把诗坛的颠覆性行为作为诗歌创新的唯一方式和唯一价值取向。如此一来，中国当下诗坛的浅表化、碎片化、口水化和事件化创作大行其道就是一件不难理解的事情了。

了解邓万鹏的人都知道，邓万鹏应该是朦胧诗后的一代诗人中的一员。他的创作晚于朦胧诗诗人，早于第三代诗人。那时，他在国内诗坛有较高的知名度，那时他在东北。从东北的黑土地来到中原的黄土地，邓万鹏经历了很长一段时间的沉淀期，编报、读书与思考，构成了他生活的主要内容。最爱读书，最爱向他人学习，读书最为用心用功，是朋友们对他的共同评价。据我所知，他阅读了大量国外和国内诗人的经典诗作，也阅读了大量当下诗坛诗人特别是同代诗人和年轻诗人的诗作。也正是在这个基础上，他看到了前辈诗人留下了哪些有价值的东西，看到了当下诗人身上新生出哪些值得学习的鲜活的东西，同时也看到了过去的自己值得延续的艺术生命及不足。因为有了这个前提，当邓万鹏又一次富有激情地走向诗坛前沿之时，他选择了继承前人思考成果和艺术成果，吸纳当下诗坛新鲜活力，融现实主义、现代主义和后现代主义于一炉的创新路子。也许，正是这几种创作方法的合力和冲撞，才使得邓万鹏的近期诗作“啃不动”，或者说我们难以用某一种艺术思维方式把他“啃动”的主要原因。他的这种创作方式让我想起中国现代诗坛上的“中国新诗派”诸君的创作。“中国新诗派”诸君走出的是一条“象征博纳”的创作路子。他们以广袤的视野和博大的心胸，“博纳”中外诗歌所能吸纳的艺术营养，把中国新诗艺术推向了一个前所未有、后来者尚未企及的艺术高峰。由此，我们亦可佐证邓万鹏不采取“颠覆”式创作方式而把继承前人艺术积淀和关注当下艺术创新作为自己的创作思路于今日中国诗坛的价值。

话语之三.对邓万鹏近期诗作的文本考察。

在邓万鹏的近期诗作中，你可以看到他对自己早期诗作某些成分的扬弃，也可以看到他一贯的坚持；可以看到他对国外诗坛经典诗人的学习与借鉴，也可以看到他对我国新诗坛前辈诗人的继承与发展，同时也可以看到他对同辈诗人和年轻诗人艺术成就的吸纳。

这里，我们首先关注一下邓万鹏近期诗作的视野。

对社会生活和文明进程的强烈关注，这是邓万鹏诗作的一贯视野，他近期的诗作当然也不例外。应该说，这是中国新诗的优良传统，也是国外诸多经典诗人的共同特点。把邓万鹏前期诗作和他近期诗作放在一起比较一下，我们就会发现，尽管他两个时期的诗作都在关注社会生活，而且是当下社会生活的现实，但是，他近期诗作关注社会的方式在视域上的变化是明显的。如果说他过去的诗关注了当下的情感现实的话，那么，他现在的诗则是对生活的底部、历史的深处所做的深入肌理的思考，如《年代》。所谓年代，其实就是作者用破碎的意象呈现的仍在延续着的历史——当下的现实和虽然已随时光流逝但给后来的时光留下点点斑痕的过去的历史。在邓万鹏看来，历史就存活在当下，而当下恰恰又是历史的回声。《年代》一诗中充满了暗示。进入此诗，如进入波德莱尔所说的象征的森林，那里有许多神秘的柱子，而每根柱子都在向走进森林的人发出神秘而又含混的咒语。在这首诗中，每个表象都是一块年代的碎片，碎片与碎片之间或窃窃私语，或大声喧哗。私语与喧哗的秘音构筑成一道道意念的声浪，向着读者无休止地涌动、冲击，直到在你的心中凝聚起这首诗的核心意念：对历史与现实的深度审视、反思与批判，特别是每个个体面对历史与现实所应有的责任与担承。再如《责任——致于耀江》。在那个极"左"的时代结束之后，我们有不少那个时代的经历者曾经反思过那段历史。而让人不解的是，我们中的许多人在反思自己创造的历史时，好像那历史的阴云绝对与自己无关，他只沐浴历史的荣耀而不去承担历史的责任，这是多么"异化"的一种反思。而邓万鹏则把历史与个人紧密联系在一起。每个人都是历史创造者，无论那历史是什么颜色，你都必须为历史担责；同时，也要勇敢地承担起历史的使命。"寻找英雄钢笔/年代却塞过来一把锄头/也罢/我们索性在黑土地上开垦"(《责任》)。也许，正是有了这份担承，诗人才有了直面现实的勇气和对历史的深度反思与痛彻批判。在《自言自语》中，他在历史与现实中深切关注了开放的历史之痛与异化的当下生活；在《旅游》一诗中，他关注了那些变异的风景；在《幻术》中，他从生活的幻象中见出生活中那疲惫与虚假的真实；而在城市的夜的天堂里，他看到了"只有黑暗明白"的"明天还要上演"的"大戏"——城市的迷乱与乡村的丢失。因此，他不得不问："一个时代急切拍门/人们要被引到哪里去?"(《辨别》)面对如此值得疑问的问题，诗人只有"反复摩擦近视镜"，并"禁止自己，不听买来的录音"(《辨别》)。面对远方，诗人认为，"前行的光线/依然明朗/漂移/我只能在瞭望中/独立//茫然迫使我转过身来/又回到炊烟的村庄"(《我知道》)。

其实，诗人心中明白，村庄是回不去的，或者说，回到村庄又会怎么样呢？“整个村庄动荡着/仿佛有大事发生”(《我知道》)；“必须配备春天的力气，/才能把太阳的钢水倒进田野”(《多多》)。这就是诗人关注到的、反思着的、要担承的和憧憬着的历史与现实。

正是有着如此深切的反思和如此要坚守的担承，诗人心的远方才很是让人心动。在《透明时刻》一诗中，诗人描述了他远方的心像：“这时天空有了母亲的颜色/在肩膀上/在头发上/或是抬头的一瞬间/……升高了上午/世界原本是一种光亮/……我们骑着云朵而来/骑着天鹅而来/落在湖边/都是天边的云//……让我听听你的眼睛/你就会听到我的耳朵(妙不可言——笔者注)/不朽的家就修在天下的水边……”如此冰雪肌理，如此明澈纯净，无须解释，只需把这诗句抄一遍、读一遍，你就会“表里俱澄澈”，还须笔者在这里啰唆吗？

话语之四：对邓万鹏近期诗作的艺术考察。

邓万鹏诗作的变化，一在诗人的视野——历史与现实的时空；二在诗作的题材——迷乱的城市和远去的乡村；三在诗人创作的艺术手段和表达方式。他近期诗作有点“啃不动”，就是其艺术手段发生巨大变化造成的结果。

在商业化人生与城市化存在已成为我们社会狂欢与伤痛现实的今天，诗人何为，怎样写诗，就成了邓万鹏以及诸多诗人心中的焦虑结点。面对“诗人何为”的拷问，邓万鹏的选择是反思与担承，这是他前后未变的坚守。面对怎样写诗这样一个艺术追问，邓万鹏的选择则是突破自己。而他的突破方式，仍然是追寻新诗创作的历史与现实。与他在诗人的社会责任使命上选择了坚守所不同的是，在其诗歌艺术追求上，无论他把目光放在历史上还是现实上，他的选择都是改变自己已有的较为传统的艺术方式而选择“现代”。但如果我们对他近期诗作的艺术表现稍稍做一点认真的考察，你就会发现，他近期诗作的艺术元素，又远不是一个“现代”可以完结的。仅就现代而言，他的现代既有已成为历史经典的“现代主义”，又有在中国诗坛渐次流行的“后现代主义”。从作为传统的现实主义、浪漫主义在他的诗中也有充分展现这个角度来看，我们可以认为，他近期的诗作，在其艺术表现上，可称为“现代主义博纳”（这是一个套用中国新诗派“象征博纳”的概念，原谅我没有寻找到更为合适的用词，只有这样套用了）。

造成邓万鹏近期诗作在创作方法上的这种结果的原因，在我看来，主要有两点：其一，诗人无法放弃作为一个有理想的诗人对其人生追求、人性拷问和社会责任的担承，因此他必须关注社会的进步与困顿，关注人生的幸福与痛苦，关注人性意志的变异与坚韧。用鲁迅先生的一句话来说，他必须领会天国之极乐与地狱之大苦恼。丽日阳光与暗夜箭雨他都必须面对。因此，他无法放弃现实主义与浪漫主义的创作方式。若非如此，诗人何为？其二，从艺术创新的角度看，他想用后现代主义的艺术手段表现他心中最为坚硬的郁积，却无法接受后现代主义艺术消解深度和意义、回避历史和未来的价值取向。因此，他只有从现实主义和现代主义中追寻诗的分量、深度，寻找历史感和现实意义与价值。可他在表现这些既重且深的价值意义时，所采用的艺术手段，大多是后现代主义的破碎手法。如他的《年代》《责任》《自言自语》《邪恶的春天》《幻术》《回去》《辨别》《理由》等，还有他前几年写的《骚诗，很多月亮都有问题》《编号》等，都是关注现实、非常有历史感的作品。但他在表现这些现实与历史的内容时，往往是采用先把生活的平面展开并解构，然后又把这些被解构的生活碎片建构成一幅似无逻辑而又互为依存的场景。现实，在他的诗中已碎片化；历史，隐藏在碎裂且已淡远的记忆里。通过远度联想和通感手法的运用，诗人在其诗中运用大幅度的意象转换，通过意象转换，使看似浅表的生活碎片转换成诗人心中的深层意象，由此，那些平常不可能联系的事物在诗中看似松散而实则紧密地“被”联系在一起，这就是邓万鹏近期诗作最为主要的艺术表现手段。也正是因了这些艺术元素的大量存在，也使他近期的诗作在其艺术色彩上呈现出后现代主义的脉络。

在此,我还想说明的一点是,尽管他近期的诗作呈后现代主义的色彩,但他的诗绝对不仅仅是依了后现代主义的创作模式和方法,他诗中“博纳”的其他创作方法的元素可以说是相当丰富。也正是因为这个原因,他近期的诗作才相当难以啃动。正如一些诗坛的朋友所说,邓万鹏近期的诗“太硬”。这“太硬”大体包含两层意思:其一,有力度;其二,还有些生硬。也许,我们该给他一点建议:再圆通一些。但也许,这个建议就把他的艺术前景给磨掉了。

2011年11月23日于陌野室

娄德平诗歌中的传统文化鸿影

生活在最现代化的环境之中，内心深处却活跃着中国传统文化的灵智，笔墨之中自然天然地掠飞着中国传统文化的鸿影，这就是娄德平的诗带给我的清晰的印象。

龙年之初，朋友给我带来一本娄德平的诗集——《冰与火的对话——娄德平诗选》，并嘱我认真读一下，说诗中有一些与常人不一样的东西。借春节居家清闲的日子，我一口气把诗集中 150 首诗读完了，作为一个诗人的娄德平的形象也大体上在我的心像中完形。于是，我顺手在笔记本上写下三句话：雄鹰及诗人笔下的生灵们，格鲁瑞红酒与红玫瑰，那个与世界契合着的哲人。这三句话就是诗人在他的诗作中呈现出来的形象在我的心像中的投影，也是今天我对娄德平的诗作要做出的描述的线索。但在谈这三个问题之前，我要先说一说娄德平诗作所呈现出的诗人的创作状态这一问题，因为他的如此的创作状态并不属于他一个人所有，而是具有一定的代表性。讨论一下这个问题，对今日诗坛的创作会有一定的启发性价值。

一、娄德平诗歌创作状态的属性及价值

提出娄德平诗歌创作状态的属性这一话题，是基于当前汉语诗歌写作状态的大的格局。自新诗草创至今日诗坛，诗人创作状态的属性一直是一个引人关注的问题。对于这一问题，因不同时期新诗自身建设所面对的任务不同，大家对此问题关注的焦点也就有了一定程度的差异。比如，新诗草创时期，新诗所面临的主要任务是新诗体的建设，于是，面对诗体的创新与守持就构成了诗人创作时的不同状态。此后的民族化的大讨论，一直延续了几十年，直到把民族化绑架到政治化的战车，此时的诗人已无法选择自己的创作态度，创作状态也没有了差异性。这时的创作如果非要分出某种状态，那就是处于公开状态的主流创作和处于非公开状态的私下创作。处于公开状态的主流创作呈现给诗坛的作品基本上是在政治话语统摄下的公共话语，私下的创作则没有公开出版发表的空间。这种状态直到朦胧诗的出现才得以打破，但诗歌创作的公共话语仍然处于主流位置。而真正使诗歌的公共话语状态

得以改变，则是在20世纪末的几年和进入21世纪之后的十年。在这十几年的时间内，诗歌的公共话语元素渐次减弱，诗歌创作朝着知识精英创作的专业化、知识者创作的平民化和有文化的人士创作的生活化等三个方面发展。应该承认，我以上的三个分类很不标准，但我无法找出更准确更切合实际的概念来表述我想划归为三个群属的诗人。因为这三个群属的诗人不是有着明确诗歌创作理念归属的清晰的群体，只是有着不同创作状态的诗人大体的类型归属。在这三个群属中，知识精英归属的诗人一般以借助西方诗歌创作的经验探索中国新诗的现代性为指归；知识者指普遍受过较好教育的大学生和步入社会的知识青年，这里当然有相当大一部分属知识精英，他们意在扬弃汉诗西化的现代传统，通过新诗的“口语化”和“民间性”来让新诗走出一条本土化的路子。以上两个群属的诗人尽管在对中国新诗“西化”与“现代性”上表述的态度有所不同，但其创作的作品，在其内容的“公共性”与现代性、技巧或者可叫作“技术”的“专业化”价值取向上并没有本质的差异，只是诗歌艺术呈现给我们的样态有一些差异而已。这些诗人的一个共同的特点是追求创新，而且是在颠覆以往传统的基础上的创新，或许，我们可以把他们的创作叫作颠覆性创新。而当今中国诗坛的另外一部分人，也就是我所说的第三个群属的诗人，即那些“有文化”的，没有任何组织和明确的革命性的或者说是颠覆性的诗歌主张，同时也追求诗歌创作的创造性特征的诗人，则更多是在继承前人成果基础上的创造。他们自觉不自觉地把诗歌创作当作自己生活的一部分。这些所写的诗歌内容也正是自己的生活的诗人们，渐渐成为中国诗坛不可忽视的力量。在我看来，他们的创作，自觉不自觉地给中国诗坛增添了一种特有的面目：一种自然、自发、纯天然地从个人切身体验感受出发创作的诗歌。娄德平的创作就属于这一类型。

该怎么评价娄德平以及如娄德平们的这种自然、自发的诗歌创作呢？也许，在那个以宏大叙事为诗歌创作的唯一目标的年代，我们可以对这种状态的创作忽略不计。因为那时的创作，从某种意义上讲，是异化于真正的创作的"非创作"。这里，我没有用"伪创作"来指称那个时代的创作，因为我知道，在任何时候，我们都不能无视作家的真诚。他们在那个时代创作出那些非真实的作品，大多数人并非没有真诚，只是因为社会的挟裹之力把他们异化了而已。但是，我们在理解那一代人的无奈的同时，也应看到，那个时代的思维模式和对作家作品的评价标准对我们今天的创作仍然有着很大的影响。比如，创作必须进入"公共话语"这一问题。我们似乎可以提出这样一个疑问，诗，难道只有进入公共话语才可以有诗性？如果，我们不是把诗规定为对人类经历的记述，而是记录人类的心灵史的话，那么，诗创作中对人心灵的呈现不正是人类心灵史的血肉气脉的主体内容吗？其实，我在这里提出这种假设并不新鲜，在中国悠久的诗歌史中，这本身就是一种真实具体的存在。诗经、楚辞、汉乐府、唐诗、宋词、元散曲，你无法从这些诗中编写出一部记录了中国民族政治、经济、文化、军事的历史，但你可以借此编写出一部中华民族的心灵史。而如上所述的中国古典诗歌又呈现出一种什么样的写作状态呢？其实，我们用不着做多么严密的统计就可以看出，中国古典诗歌纯粹是中国诗人自然天然的诗性心灵的呈现。那是一种自由自在的创作，是一种出自自发情怀的创作，是诗人的自然生命经历了人生的切身经验感受之后的审美精神的天然呈现。这种自发的、自由的、自在的、自然的诗性精神呈现，正是中国诗歌最优秀的传统。可惜的是，新诗在强化诗歌的社会公共话语时，把中国诗歌这种优秀传统给遮蔽起来了。今天，当我们努力使来自西方的新诗接通中国的地气使之本土化之时，中国诗歌的这种优秀传统当然应引起我们足够的重视。而娄德平的诗，还有不少如娄德平们的这种自发与自然的创作，也是承继中国诗歌优秀传统的具体体现。也许，这种创作尚须融入一些专业的自觉，但是，他的这些真实自然的、见情见性的诗歌及其真诚纯粹的创作态度，已经是值得我们称道的了。

二、作为精神自证的"鹰"

作为一个诗人的娄德平在其创作时，其创作状态与中国诗歌传统的血脉关系，我们只能做以上简单的表述，因为我无法用更多笔墨厘清与之相关的一些问题。这里，让我们回到娄德平的诗歌本身，让我们看一看他诗中的传统文化元素。我想，这样做既可以对他的诗作本体有一个较为清晰的认识，同时也可佐证一下我以上的观点。

娄德平的诗歌创作是发自他情感本源的创作。他的每一首诗，都来自他这个人切身的生活经验，来自他对现实生活的切身体验。如果我的判断没有大错的话，他的这种创作方式，源自他对中国古典诗歌的学习与欣赏。需要指出的是，他在学习中国古典诗歌时，不是在具体学习那些美轮美奂的词句，而是在体味中国诗歌所呈现出来的人类的诗性精神和表达这种诗性精神的方式和技巧。如前所述，我用三句话记录了他的诗作中给我留下的最为深刻的印象：雄鹰及诗人笔下的生灵们，格鲁瑞红酒与红玫瑰，那个与世界契合着的哲人。其实，以上三点，都与中国传统诗歌有着直接关系。

首先，让我们来看"雄鹰及诗人笔下的生灵们"。托物言志，是中国诗人常用的写作方式，也是世界其他民族的优秀诗人常用的方式。《诗经》中那只肥大的“硕鼠”至今仍然活灵活现，而里尔克的“豹”至今仍在笼中瞭望着世界喘息。而在娄德平的诗中，“鹰”，就是他的精神情感的象征。

在这本《冰与火的对话》中，作者有三首直接写鹰的诗作，有一首间接写鹰的诗。第一首写鹰的诗题名为《神鹰》。在这首诗中，诗人表述了神鹰钢铁般的意志，搏击长空的理想和太阳般热烈、光明灿烂的灵魂：“乘长风排云雾/驾闪电逗雷霆/穿越沙尘暴/撞击苦雨寒冬……即使有一天/只剩下几根老毛/也不愿停在丘陵/更不愿落在草坪。”应该说，这里的神鹰，就是诗人自己，就是诗人意志、气象、理想、魂魄和血性的写照。第二首写鹰的诗题目是《年轻的鹰》。这是一只受伤的年轻的鹰。它“站在悬崖峭壁上/拍打着自己受伤的翅膀”。对于鹰来说，搏击与受伤应是一体的。不受伤，除非不去搏击。受伤之后怎么办呢？对普通人来说，这是一个问题。但对于鹰来说，这构不成它不去搏击与飞翔的理由。“世界在鹰的冲击下改变模样”，“日月在鹰的眼睛里失去光芒”，但“它诗一样的灵魂/比宇宙任何时候一颗星辰都要明亮”。其实，人与鹰都是一样的。在社会生活乃至日常生活的搏击历练中，机体受伤是难免的。但是，只要你的灵魂不会因机体受伤而伤残，那蓝天上的白云、旭日和夕阳蒸蔚的霞光、雷电和彤云震荡的天穹永远都是属于你的。诗人第三首写鹰的诗题目为《牢笼里的鹰》。这只被囚于牢笼里的鹰,“一会儿趴在笼子里的枯树上/眼睛里喷射出绿色的火焰/一会儿疾飞而起撞击笼子/发出金属的响声”。这让我想起了里尔克的名作《豹》。从某种意义上讲,娄德平的《牢笼中的鹰》与那只在巴黎动物园里的《豹》是同一性质的诗,诗中的鹰与豹的意象,都是诗人移形换位的“自证”。所不同的是,在自然界中,鹰与豹虽然同属有着强悍物性的生灵,但在两位诗人的笔下,其诗的意象所呈现出来的精神状态全然不同。里尔克的“豹”在囚笼中所呈现的精神状态,是那铁笼外的景象如起伏的群山、荒原的搏击等已不再是豹的追求和向往:“于是有一幅图像浸入,通过四肢紧张的静寂——在心中化为乌有。”那只过去熠熠生风的豹子,在今天的铁笼里,已被那“走不完的铁栏,缠得这般疲倦……千条的铁栏后便没有宇宙”。被囚与自囚使里尔克的“豹”在铁栏中平静地闭上双眼,即便偶尔撩起无声的眼帘,但那铁栏外的宇宙已经无法进入它的眼底,过去的、现在的、未来的一切在它的心中已经“化为乌有”。也许,一次灵魂的羽化可以使豹获得更加自由的灵魂,但此豹已非彼豹,那只心中有着群山的豹已不复存在。可在娄德平的诗中,那只被囚在铁笼中的鹰仍是那只翔飞在高天之上、风暴之中的鹰。尽管它被囚在笼中,但鹰的本性并没有消失。也许,我们无法断然判断里尔克的“豹”的宁静与娄德平的“鹰”的壮烈在我们的人生选择中哪种生存状态更好一点，但我们可以说如此两种境界都会给人带来巨大的精神震撼。而在娄德平的“鹰”的意境里，我们似乎能够看到国人传统文化性格中那种作为“壮士”存在的影子。

三、格鲁瑞红酒和红玫瑰的爱与伤痛

如果说我们从娄德平诗中“鹰”的意象中强烈地感受到娄氏性格心性中刚烈高远的一面的话，那么，在娄德平的另一部分经常在其诗中出现的意象里，如格鲁瑞红酒与红玫瑰，我们则可以看出作者心性中的另一面：豪爽且深情，同时也透露出一种中国古典诗人所常有的诗酒性情。读过中国古典诗词的人大体应知古典诗歌中“葡萄美酒夜光杯”的名句，诗中所表达的是我国戍边将士“醉卧沙场”、视死如归的豪情。与前面所述娄德平的“鹰”的情结相联系，娄的豪饮格鲁瑞红酒应该隐含了他那只有向前没有退缩的性格与情怀，这性格与情怀应该说与古代沙场的情怀有相通之处。但与我国古代沙场将士有所不同的是，娄德平在畅饮格鲁瑞这具有高贵品质的红酒之时，相伴的不是沙场严酷的冽风和隐现在远处的旌旗和战场的嘶鸣，而是在梦中仍散发芬芳的红玫瑰。

诗人把“红酒”和“红玫瑰”比作“不同性格的两姊妹”。在诗人娄德平看来，“你的征程上，如果有她们伴随，在白天黑夜里，你就少了一些云的郁闷，你就少了一点风的伤悲”。说实在话，我没有过与诗人娄德平交谈或征询他的生平或者是心理、念想之类的经历，当然不知道娄为什么会特别喜欢格鲁瑞红酒，并把红酒与红玫瑰安放在一起，以此来抒发诗人心中的豪情，来抚慰内心世界深处的伤痛。在我看来，在欣赏面前的诗作时，是不必去追寻诗作背后的缘由与故事的。诗所动人的，是文本自身的力量，反过来说，一个诗人，也莫要幻想在诗中把自己隐藏起来。如果你有足够的真实，诗作自会把你的一切呈现在读者面前。如果我以上的如是理解没有大错的话，那么，我就可以依据娄德平诗作自身所提供的信息来做出如下判断：诗人饮红酒与欣赏有红酒色韵的红玫瑰，和我国古代大多数诗人的饮酒一样，并不是因为心中的快乐，而往往是因为诗人人格的本然高贵，因为心中郁积的块垒和伤痛。和一抒心中的快乐而饮酒相比，诗人的饮酒与疗伤，往往有着更加紧密的联系。

诗人娄德平在他的一首题为《红酒》的诗中有以下表述：“格鲁瑞红酒，不管谁用你浇愁，不管谁用你慰藉伤悲，不管谁用你解除痛苦，不管谁用你壮胆，不管谁用你抒怀，不管谁用你庆典，不管谁用你签约，不管谁用你把错乱的神经麻醉，我知道你的个性，在何时何地，不管他是谁，都不能改变你天然本色，都不能减弱你生来华贵。"也许，我们用不着再做什么心理分析就可以明确了解到诗人娄德平与格鲁瑞红酒之间是怎么样的一种联系。无法低下高贵的头颅所带来的也许并不绝对就是痛苦，但常常有忧愁、伤悲、痛苦相伴也应是一种普遍的真实。娄德平在《受伤的心在呼唤》中写道："留在伤痕里的剑影，像一条蛇爬上心头，这条好动的蛇，钻得好心痛。"而在一首题为《我的孤独》的诗中，诗人写道："我的孤独是天堂，我的孤独是地狱，在那里每一个地方，我都要种上莲花和菩提树。"在一首题为《镜子》的诗中，诗人写道："半夜三更，你让我给你递镜子，我明白，你又想从镜子里去寻找失去的年华。"菩提本无树，明镜亦非台。本来无一物，何处惹尘埃。话虽如此说，一个热爱着这个世界并有着搏击天空风雨"心在宇宙外"的诗人，内心的不平静与受伤才更符合生命的真实。"有人赞扬我的羽毛很美丽，但他没看到我羽毛下的伤痕"，这是诗人娄德平在《生命》一诗中的自白。也许，有人会问，作为文化名人的娄德平人生与事业都鲜亮得意，其伤又来自哪里？对此我无法按照具体的色相真实来回答这一问题。也许，这伤来自作为一个诗人固有的时间飞逝的痛；也许，这二者紧紧揪合在一起无法拂拭。其实，我们也许都能理解这样一个道理，内心深处的伤痛往往是无法用惯常的语言来表达的，他必须借助另外一种语言。我看到，娄德平用以表达时间之伤与人生之伤的语言是格鲁瑞红酒与红玫瑰。把这二者紧紧联系在一起的原因，在诗人娄德平看来，是“红酒偷走了红玫瑰的光彩”，“红玫瑰掠去了红酒的韵味”(《红酒与红玫瑰》)。为什么会选择红酒与红玫瑰作为自己爱与伤痛的信使，因为“黑夜挂彩，没人来包扎，没人来掩盖……”(《玫瑰花》)

四、那个与世界契合着的哲人

中华民族人文精神中很重要的一点是，无论是入世抑或是出世都讲究一个“和”字。人与自然的契合，人与社会的融和，构成了中国人的一种简单明了的处世哲学即“合和”精神。这种“合和”意识的得来，不似西方文化来自纯粹理性的分析，而是来自与自然与社会的“相处”和在这相处过程中的“领悟”。而“悟”在中国思维文化中所占有的极高位置，也使中国文化具有了极高的诗性，使中国人的思维状态极具诗性。感悟人生，成为中国诗人极具文化色彩的重要内容，而感悟人生的诗歌，也成了中国诗歌中很重要的一种类型。

在娄德平的诗集《冰与火的对话》中，感悟人生的诗占了不小的比重。这种感悟人生的诗一般都比较短，似出家人的禅语，也似日本诗歌中的俳句。篇章的短小，意境的精深，内涵的深广，是这类如禅语般的诗的共同特点。娄德平的这本诗集中，有不少此类精短的诗作。如《饥饿》："啃树皮啃出一片火花/心里长出一片庄稼。"短短两行，把饥饿的状态与心里的幻想活脱脱呈现在人们面前；而心里的那片"庄稼"更是寓意深广，极富禅意。再如《无题》："别进入盘子里摸鱼/别跳进酒杯里游泳"，实为丰富人生经验的总结，对读者也有明晰的警示意义；"美女改变不了的魔鬼/上帝见到他也只能笑一笑"，只有对生活有着严酷的洞察，才可能写出有此揭示生活真相的诗句。再如《盲》："被黑暗关闭了的眼睛/即使见到光明也是黑暗"，妙极，精极。"苍鹰不停掀动翅膀/把白云带上山峰"，如此精美的诗句，如此高远的境界，没有丰富的人生经验，高远的人生抱负和开阔、坦荡的襟怀是不可能有美轮美奂、浪漫阔远的人生感受的。娄德平此类有似禅语的小诗还有不少，比如："小雨闯进了黑夜/乱了爱做梦的土地"（《小雨》）；"在黑暗深处有一个光环/那是太阳丢下的披肩"（《太阳的披肩》）；"月亮没出来/黑夜跳进海/星星多了几分梦的光彩"（《梦的光彩》）。这些小诗写得极精美，极机智，是诗人的人生经验，也是诗人的心灵智慧。从这个角度上讲，说诗人娄德平是一个与世界契合着的哲人，一点也不为过。

2012年2月27日

寻梦旅程中的梦痕

孔祥敬把他的诗集命名为《寻梦》，在我看来是再贴切不过的事了。这让我想起三十年前的一些事情。三十年前，孔祥敬在郑州大学中文系学习。那时的他是一位军人，一身英气，他们班上的学生年龄都比较大，不少人和当时留校做教师的我年龄相仿，不少人还要年长我一些。记得当时班上很多好学的同学有他，还有石品、宋华平、李婉贞等人，还有一些同学我已记不起来名字。孔祥敬当时的文章写得很好，在班里的作文课讲评时我曾把他的文章作为范文讲评过。说句实在话，那群大龄学生赶上了中国20世纪80年代那个寻梦的时代！他们也是带着寻梦的理想，带着“文革”斑斑的伤痕，带着家庭和个人前程的沉重的负担进入大学的。而正是那斑斑的伤痕和沉重的各色负担催生了他们寻梦的理想和梦境，而寻梦，也成了他们一生的情结。正因为有了如此的情结，他们中的不少人都在社会工作和文学艺术的创作上取得了不凡的成绩。就拿当时班上的三剑客宋华平、石品和孔祥敬来看，就足以说明一些问题。宋华平因其书法的造诣成为河南省书法家协会主席，石品和孔祥敬不仅在社会工作上有不菲成绩，石品的绘画书法、孔祥敬的诗文也都有不小的影响力。由此可见，梦想对一个人的人生而言是何等重要。

这里，让我们回到孔祥敬的诗人梦。我理解孔祥敬的写诗以及写作，差不多应是我对那代人写诗写作的理解。"书中自有千钟粟，书中自有黄金屋，书中自有颜如玉"的古训对他们中的不少人来说已变成事实，但又有几人仍保有曾作为一个诗人存在过的诗意性情呢？也许正是因为这个原因，我对在那个时代循着写诗写文之路走进城市走上社会公众舞台的人始终有着一份特殊的情感，而对他们中能够坚持写作的人更有几分特殊的敬意。对于这代人来说，读书改变命运或者是写作改变命运是一种真实的存在，而当他们的命运改变之后，许多人就不再读书、不再写作也是一个不争的事实。当金子成为今日的太阳烘烤着大地，草色却兴奋着金色的疯狂的前景里，又会有几人仍能感受氤氲在空气里的那种缥缈不定的诗意呢？我一向认为，一个人的近诗是一种特别值得珍视的事情。从某种意义上讲，一个人的向诗说明他更趋保有人性的纯真和神性的崇高。也许，他是否写出了诗作和写出多少诗作以及他把诗作写出什么形态并不重要，重要的是他对诗的尊重和保有的那颗诗心。由此，我们也许可以更为深入地理解孔祥敬的诗人梦想对他的人生的重要价值了。

收入诗集《寻梦》中的孔祥敬的诗作，可视作他的寻梦之旅中留下的梦痕。在这些诗作中，记录了他生活、工作的踪影，也记录了他对这个世界永远保有着赤子情怀的爱的“心灵”，也显示出他永远积极向上的价值取向。在什么时候都对生活充满梦想，在自己的诗作中永远是歌唱生活而不是对着生活的现实愁眉苦脸，诗中永远充满着光荣的梦想、满含理想的辉光，正如他在其诗中所展现的“我们的梦永远年轻”，“托起太阳，献上我的敬仰”。我所知道的孔祥敬和我所知道的那一代人中的许多人一样，尽管自己曾经经历了不少生活的困惑、挫折或是苦难，但始终在追寻生活中的光照和温暖，始终在歌咏在他看来是崇高的、神圣的事物，应该说，这是这代人的可爱之处。在他们的眼光与心境里，并不是没有乌云与剑雨，但因为他们的天真与赤诚，那乌云与剑雨不如春风与阳光更能触动诗人的心弦，我想，这也是孔祥敬把他的诗集命名为《寻梦》的切实原因。

2012 年 3 月 15 日

从上善若水到道法自然

——王剑冰诗歌简论

在一路走来的文学创作道路上，王剑冰有着多重身份。他是诗人、散文家、散文理论家。至于他曾经担任的《散文选刊》的主编，那应该只是他文学身份的衍生物，那只是附着在他文学主体身份上的“苔”，是可以随时抹去的。但他的文学，却无法随时抹去。时间可以慢慢地强化它，也可以慢慢地消解它，但那是以后的事，现在我们用不着花过多心思关心此事。今天我们在这里要讨论的，是王剑冰的诗歌。

现在的王剑冰，以其散文与散文理论和评论立世。不少人在研讨他的散文与散文理论。其实，在我看来，讨论王剑冰的散文也好，讨论王剑冰的散文理论也罢，都是无法越过他首先是一个诗人，同时也是首先拿着诗走上文坛之路的这个事实。从某种意义上讲，一个文学家、一个艺术家，乃至一个科学家抑或一个政治家、经济学家、历史学家等等，作为一个诗人的素养与心性都是不可或缺的。这里需要说明的是,并不是所有具有诗歌形式样态的文字都是诗,诗亦不必总以一种固有的形式样态呈现。它可以是一种状态,瞬间即逝;可以是一种思想元素,融汇于人的思维过程;可以是一种气息,氤氲于某一场合。应该说,它是一种让人无法全然描述,但可以尽情体会的东西,是让你的经验思维羽化的一种灵智思维的东西,是创世的肇始,是众妙之门,是通向无限可能性的路径。如果同仁基本体认我的这种多少带点浪漫性的描述大体上是靠谱的,那么,你也许就认可了诗对我们人及我们人类的重要性。因此,我们亦可知道诗人王剑冰由诗步上文坛这沉潜于生命肌理的玄奥力量。

一

王剑冰诗的面貌由两种诗体构成:自由诗与散文诗。把他的一系列诗作读下来,我顺手在笔记本上写下了本文的题目:从上善若水到道法自然。这是我对王剑冰诗作思想内涵的审美趋向的判断,也是对他诗歌创作历程的宏观描述。

王剑冰的诗引起人们的广泛关注是在20世纪80年代初。那首被大家广为赞扬的诗《我是叮叮当当的洒水车》和外一首《我在待业青年小店上班》发表在《诗刊》1981年第12

期上，1985年被收入由潘洗尘编选的《中国当代大学生诗选》。其实，王剑冰的这两首诗写作于1979年冬。据作者介绍，同时写出的还有另外两首诗。一首诗“写一个残疾的鞋匠，在大学门前为大学生钉鞋子，以使得那些学生走得更远。还写了一个青年坐在田间写诗，写得很得意的时候，看到一个姑娘不停地看着自己，以为是艳羡吧，谁想那浇水的姑娘是想让自己起起身子，因为水就要流进这块地了。这是一个小资情调的大学生诗人对生活的再认识”。

在这个时期的前后几年，诗人还写了不少与这些题材或审美趋向相近的诗，如书写战争与正义的《前线医疗所女兵》《名字》，写公仆与民本思想的《兰考回望》五首，还有一首可以称之为纯诗的《坐在阳光里的盲女孩》。我把诗人的这些诗归于一类，并给这一类诗大体定性在关注民生中善的力量的宏大叙事。从某种意义上讲，若要对这类诗做出较为准确的判断，实在是一件并不容易的事。尽管这类诗天生一副简单明了的样子，但对其诗的内核、诗的背后以及诗与周围相关元素之间到底蕴含了些什么，要做出比较切合实际的解读其实还是较为棘手的。

细读王剑冰这个时期书写凡人小事和“兰考回望”等诗作，发现这个时期王剑冰的诗的状态既单纯、又复杂。单纯的是，这些诗里都有一种向善的力量。这种向善的力量，无论是在诗作发表的那个年代，抑或是诗歌出世若干年后的今天，其性质与感人的力量却没有改变。我们可以研判一下这些诗中的一些生活细节。那首使他成名的《我是叮叮当当的洒水车》和另一首《我在待业青年小店上班》，写的都是生活在底层的普通人，社会地位低下，收入微薄。但他们都有一个共同的理想，即通过自己的劳作为别人带来快乐，为国家减轻负担。《前线医疗所女兵》和《名字》写的是战场上的战士，前者写女兵用似水柔情疗治战争的伤痛，后者写诗人在烈士纪念碑前想到年轻的生命的逝去，并由此想到"老吾老以及人之老"的传统美德。而《兰考回望》这组诗，写的是作为一县之"长"的县委书记焦裕禄的精神和老百姓对他的深情、诗人对他的敬仰。在兰考，焦裕禄面对的是苦难，是黎民百姓对生活希望的期待，他做的回答是奉献与牺牲，他留下的遗产是善待百姓、无私奉献。由此，我们可以基本认定，王剑冰此时诗歌创作的基本审美趋向：向善与无私、忘我。

不可否认，王剑冰写作这些诗作时，受中国诗坛在那个时期尚未被解构与颠覆的宏大叙事的影响还是较为严重的。对此，我们可以站在两个时空来研判这一问题：其一，站在诗人写作这些诗作时的那个时空；其二，站在今天我们阅读这些作品时的当下时空。说实话，这种站在不同时空对一首诗进行研判的方式，只有研究者才这样做。而作为一位纯粹为审美而阅读的读者来说，唯一的时空就是阅读那首诗时的现场时空。那么，如果我们站在诗人写作这些诗作时的那个时空来研判这些诗，我们会对这些诗的历时性价值做出怎样的判断呢？站在已经过去了的当时的那个时空，也就是这些诗作创作发表时的20世纪80年代初期的诗坛的时空来看，这些诗显然不在当时受朦胧诗影响的诗坛格局之内，即这些诗不在以小我的理想张扬大我的精神的审美格局之内。那么，这些诗是不是可以归属于渐行走上诗坛的“第三代诗人及大学生诗派”“他们文学社”“非非主义”诗群之类的有意走出朦胧诗的影响的诗歌一类呢？应该说，王剑冰的诗与这些旗帜鲜明的第三代诗人的诗不属于一路，但在其审美理念上有相关之处，即摆脱了朦胧诗的艺术影响，创作出另具艺术个性的诗作。那么，王剑冰的这些诗与这个时期第三代诗人诗作所不同的地方是什么呢？在我看来，值得关注的不同点有两点：其一，当第三代诗人大多都非常坚执地由朦胧诗的以小我实现大我转向更为具体更为个性的自我这个个体之时，王剑冰则把目光投向社会最底层的那些卑微但自尊无私的劳动者，如他的“叮叮当当的洒水车”和“待业青年小店”；其二，当别人大多都在自我情结的暂时与偶然中寻找诗性价值的时候，王剑冰则向传统的特殊人物身上寻找恒久的精神素养，如他的《兰考回望》组诗。这里，我想说明的是，第三代诗人及其同道自朦胧诗后走向先锋与探索的路径是应给以充分肯定的。与此同时，对于王剑冰及其同道在朦胧诗后走向更为坚实的现实主义创作，其价值与意义更应给以肯定和重视。

说到这里，我们似应回到我在此前说过的对于一首诗进行研判时的第二种时空向度，即读诗的当下时空这一问题上来了。之所以回到读诗的当下时空来判断一首诗的价值，其主要原因是因为一首诗的价值意义往往是由其历时性和共时性的二元时空生命来确定的。从恒久的意义上讲，诗歌作品审美价值的共时性价值，应为诗人追求的终极价值。因为有了共时性，才可能有恒久性，才可能有不朽的诗篇。从这点出发，我们即可从王剑冰那时的一些诗中看出更多的东西。显然，站在诗作原创的那个时空，这些诗肯定是考虑了那个时空的历时性，考虑了当时的读者和社会所需，正所谓诗合为时而作。但从诗的诗性内核来看，这些诗作显然又超越了历时空意义而具有了共时空价值，比如诗中所呈现的“止于至善”“上善若水”等缘善而诗、因善而美的价值取向，使这些诗没有停留在无论是朦胧诗抑或是第三代诗人以及无派别的其他诗人都难以摆脱的意识形态化创作羁绊的基点上，而向着超越当下政治环境、当下意识形态的势态发展，使这些诗更具有思想文化价值。

二

如果说我们今天的这个判断是基本合理的，那么，我们也就不难判断王剑冰在那个时期创作的另外一些诗的心理束缚与价值取向了。翻阅王剑冰那个时期创作的诗作，我们可以看到，还有两类不同内容的诗应该进入我们今天的视野。一类是书写古老的黄河以及中国古代文化遗迹的诗作，如《默望黄河》《古城墙》《黄河墓群》等；一类是通过各种自然物象以生活场景对自我所进行的心灵反思，书写了一个逐步觉醒的自我，如《我是花语的一部分》《欢乐在孤独的那边》《破败》《总是》《冬之末》《影子》《长亭外》《一个诗人，在淇河的右边》等。在滔滔东去的黄河岸边，诗人要确认的是自己的文化生命归属："黄河呵人说你是命泉是母亲/是恶龙是野马我都在你身边生活。"从某种意义上说，诗人在此时正在觉醒着一次文化自觉。这对任何一个为文为诗的人来说，都至关重要。因为这是在追寻文化生命的根性。漂泊是生命的一种本真状态，寻根则是人类永恒的宿命。反过来讲，人类正是有了这样的文化根性自觉，虚无的生命才有了切实的意义与价值。

文化寻根所带来的必然是对自我生命与自我生存状态的反省。这样的判断在王剑冰这个时期的诗中得到了明证。让我把《欢乐在孤独的那边》抄在这里：

决意打开窗子的时候
也就打开了孤独
打开了孤独未必是让孤独开花
而是让孤独的果子熟透
远方有一只鸽子
咕咕
孤独的日子
应该是最能创造自己的日子
任何灵感遐思却开垦自己的荒地
美味的种子总是最奇特
花朵悠悠燃烧在以后的日子里
学做孤独的时候
应当学做蔷薇
即使在柔弱的墙角
也抱着刺。

这首诗写于1990年7月。在这个时期的中国大地上，政治热情已颓然淡去，金钱热望沸腾在大小老板的胸中。记得那个时候似乎流行着这样一种忧虑："整个中华大地放不下一张安静的书桌。"生活于这种几近于文化荒漠的时代，这对于一个文艺青年来说，无疑是灾难。"烦着呢！别理我"被刺眼地印在各种文化衫上招摇过市;流向富有的河流由清变浊;孤独,理所当然地成了一代有着文化理想和诗性理想的青年走向成熟的必由之路。从某种意义上讲,在20世纪90年代初的中国土地上,有没有孤独感似乎也成了看一个青年是否具有现代意识的重要标志,尽管这个时期诸多青年的孤独都带有"为赋新词强说愁"的印迹。但是,这代文艺青年还是在这并不真实的孤独中成长起来了,有人丢弃孤独走进血与泪的市场,有人怀揣着孤独步入自然的静极。作为诗人的王剑冰,属于后者。就是在大多数人安于在金钱狂潮中沉沦之时,中国诗坛的一些"未能"为金钱沉沦的人,也许是被迫,也许是无奈,也许是自觉上岸,开始了他们或反叛或隐逸或作壁上观的行程。而这时的王剑冰,似乎与他们还有些不同。他在中原的一个编辑部里,安放了一张小小的书桌,开始了他在散文诗的世界里寻找人与自然之美的行程。

三

就在写作这篇文章的此时,在偶尔翻看手机中的微信链接时,我看到了一位名为喇嘛哥的仁兄写的一篇文章。文章的题目叫作《孤独是人到中年的必经之路》。不知是我迎合了喇嘛哥的观点,还是喇嘛哥的文章正巧合了我在此文前面的描述，我更相信了心灵感应这一多少有些不可思议的事情。喇嘛哥在其文中说：“孤独是一个人成熟的必经之路，走近它才知道孤独与安静、坦然、从容甚至智慧、沉静结伴而行，身前身后是气象万千的沧桑和接纳。”我不知道而立之年时的王剑冰是否孤独过，也不知道人到中年时的王剑冰是否有过孤独的自觉，但在我阅读他人到中年之后的一些诗作时，的确从其文章中读到了他的安静、他的坦然、他的那种对无私之善和对天然之美的坚守。现在，让我把王剑冰的一首名为《坐在阳光里的盲女孩》抄在这里：

盲女孩
坐在阳光里
静静的
不说话

阳光把她的素描
画在地上
从这边画到那边
很美丽

一只流浪猫
守在她的脚旁

精心地洗那双
晶亮的眼

女孩的周围
是大片的田野
很多的颜色和芳香
向她诉说
又一年的时光

女孩能听到
因为有时
会有笑
从好看的嘴角
不经意地
洒出来

女孩还能听到
天上的鸟儿
可劲地飞
女孩会微微歪起头
让花样的耳

承接落下来的声音

阳光有时来得很晚
盲女孩就等
等的时候
风有些凉
流浪猫
不知了去向

静静的盲女孩
坐在阳光里
不说话

我不知王剑冰写这首诗时的心态与心理活动是怎样的。不过那不重要，因为那是瞬间即会流逝的东西；而流不走的，是恒久在白纸黑字中的诗人的性情。也许或者肯定此后的诗人王剑冰还会有诸多变化，但写作此诗时的王剑冰被他的文字永久地定格在这里：此种安静、此种静美、此种寂静、此种淡然、此种天人之间的亲近，也许只有在此地、此时，在唯一的此时此地方可显现。也许这是人的一生中仅有的一次，那情景与诗人的心境相遇了，那阳光、那盲女孩、那静极的充实的虚空被诗人定格在那里。这里，我们不想对此诗做更多的解释。

我在这里要强调的一点是，诗中的这种带有自然盛典式的静极，恰是王剑冰在其后来的散文诗中追求的至美——自然之美。

王剑冰的文字生涯大体可分为这么四大块：诗、散文诗、散文、散文理论与批评。这四大块于他创作的经历而言，其先后顺序大体亦如此序。这中间，诗与散文诗、散文诗与散文、散文与散文理论在其创作时序上会有交互并行的情况，但大体顺序应该是这个样子。于此提出这个问题，其实并没有我想要特别强调的观念性判断。我只是想更简单地梳理一下诗人王剑冰审美心理变换的路径，以期对其创作有一个更为客观的认识。

现在让我们走近王剑冰的散文诗的世界。

和他早期的自由诗相比较，王剑冰的散文诗显然有其更为突出的审美特征。如前所述，王剑冰的自由诗中的审美取向，大体是以善为美，止于至善，这应是其自由诗的至高审美境界。而他的散文诗，则更倾向于对自然之美的追寻，借用古圣先贤老子的一句话来说，那就是道法自然。这里，我们无法把他的散文诗篇在此尺幅中予以展示，让我们在这里列举一下相关篇目，也许，从这些篇目的名称中，你就会感受到诗人对自然之道的沉浸程度：《落叶》《春雪》《五日速写》《河之雨》《童年的雨》《晨》《月就这样来临》《乡间的花》《无言的雪》《夜往深处去》《西部的树》《大漠胡杨》《沙碛之兰》等，还有一些已羽化为自然的人的文明创造为《瓦》《石窟》《江边纤夫石》等。在这些诗篇中，诗人反复观照的，是自然之境中人的血脉与气息，以及人的灵魂性情在自然之物之中的镜像意蕴。在《落叶》中，我们看到的是诗人从自然中感受到的生死规律和永远都痴着的再生的梦想；而《春雪》，同样是一个冰雪之后有春的再生生命理想，而那条在旷野上狂野着的河，不正是诗人狂放生命的原型写照吗？西部的树木，大漠的胡杨，无非是诗人生命的另一种形式，而人造的“瓦”、供神的石窟，乃至被火柴点燃而明明灭灭终自成灰的烟卷，难道不正是人的生命的又一种形态吗？在自然镜像中感悟生命之大化，使诗人王剑冰在他的亦诗亦文的散文诗中更加近诗，也更加近人，更加知道了他作为人的自己，更加推进了他自明的进程。

从至善之美，到自然之心，这就是诗人王剑冰。

在至高与至柔间读人

——读李暄《人之风景》

从某种意义上讲，自然界的风景是天造之物。但如果认真追问一下，这说法似乎也有一些问题。因为这所谓的天造之物，如果不经人的审美意识的观照，不经人的审美经验之煮化，又怎能成为一种风景呢？由是观之，诗人李暄的《人之风景》更应是诗人李暄自己的心境之景，或者说是诗人李暄作为人的点点滴滴的色彩。

拿到李暄的诗集《人之风景》，看过目录就让我吃惊不已，手指就不经任何人的指令在纸面上点数起来。一百五十位古今人物，一百五十首诗，有描述、有颂赞、有感叹、有品评，这让我突然想到晋人陆机在其经典大作《文赋》中对弄文者在创作时思维状态的描述："观古今于须臾，抚四海于一瞬"，"笼天地于形内，挫万物于笔端"。那么，李暄在古今之圣贤英哲、平民百姓的身上又看到了些什么呢？或者换句话说，今日诗人李暄又是怎么认识人，怎么对人之风景进行审美和思考的呢?反复阅读李暄的这一百五十首诗，在其色彩纷呈的人性光芒里，有这么几束强光似乎特别撩动我的神经：人性的高度，人生之丰富复杂和诗人的悲悯之心。

如果不按诗集目次顺序的权重来论诗的话，我更看重诗集第四辑“时代剪影”中的一些诗作，比如《拉车的人》《说书人》《放蜂人》等。这些诗作所关注的人物，都是生活在社会底层的小人物，也就是凡俗细民。从某种意义上讲，他们的冷暖体现了这个时代这个社会的体温，他们的欢乐与痛苦也呈现了这个社会这个时代的表情。从另一角度讲，一个社会一个时代对他们的关注如何则体现了这个社会这个时代的文明程度，一个人特别是一个诗人对他们的关注程度则彰显出一个诗人的良知。在此一点上，我从李暄的诗作中看到了李暄身上的重金属，感知到他的良知，也体察到他对普通劳动者的关爱之心和对生活在困顿中的底层人物的悲悯之情。在《拉车的人》诗中，诗人痛心这拉车人“拉着的季节离春天很远”，由此，诗人把捉到这个时代的疾病：“城市到农村/两个词语的距离是一身汗/而从农村到城市/却足够你跋涉一生。”诗人疼痛着时代的疼痛，要“让土地找到开启春天的钥匙”，当然，我们也期望如此。应该说，这种把基层劳动者的疾苦与时代的问题连接起来的思考方式，正是诗人李暄身上的重金属。我之所以要做这样的表述，因为在我看来，这种关心底层大众的疾苦，关注时代前进步伐并把这二者联系起来的思维方式，正是我们这个时代的诗人与知识分子应有的思维品质。因为只有这样的关注实际、心怀远方，你的心才不会仅仅从自我出发，仅仅关注一己之苦乐，才可能在心灵的最柔软处滋生出人类情感元素中最为珍贵的元素——对天地万物的悲悯之情。正是有了这种情愫，才使诗人从“放蜂人”身上感受到“流浪”的痛苦，感受放蜂人被紫外线灼伤的“尊严”和“用家乡紫红色的二夹弦才能消肿”的乡愁，才有了对“蜘蛛人”“命悬一线”的忧虑，对“说书人”“胡须几乎被霜雪烧焦”的隐痛，对“一个玩杂耍的人”“失手”的焦虑与不安。而让我特别关注到的一首诗是《采燕人》，在这首诗里，诗人不仅对将失去家园的燕子表示了自己的同情与担忧，同时也对采燕人的处境表示了作为一个诗人应有的人文关怀：“采燕人你为什么一直遮着脸/是怕被认出将来受到群燕的围歼/当所有动物们被铲除了家园/人呵，离铲除自己的家已为时不远。”应该说，诗人的忧虑深远且真实。从某种意义上讲，我们现在所做的许多事情，与采燕人的所为大体是相同或相似的。因此，采燕人也正是我们这个时代的一种像喻。这个像喻，对我们是一种启悟，也是一种警示。从这些诗中，我们似可感受到，诗人用他最柔软的心，感受到这个时代最深切的疼，由此也感受到他对这个时代最执着的爱。

从某种角度讲，这种对人与自然之物始于悲悯的爱差不多构成了诗人李暄观照世界的底色。在这本诗集的第一辑和第二辑中，诗人书写了对我国历史上几十位仁哲圣贤的生命感悟和思考。在我看来，诗人选择这些人物如李白、杜甫，如王羲之、怀素，如岳飞、文天祥，如孔子、老庄，如华佗、李时珍等一些高山仰止的先贤作为诗作的书写对象，其目的或者叫作目标应该是为了攀缘圣哲们人性的高度、人生的丰富与复杂，并以此校验自己对人类文明的认知。比如，诗人从古代书法家的书法中读书法的法度并由此谈人性的法则，从“黄巢的菊”与“陶渊明的菊”中谈人性张与弛的不同向度，从阮籍的“啸”中感受生命的酣畅，从列子御风而行中体悟自由畅达人生境界之妙理。如此等等，还有许多。但是，如果稍稍关注一下诗人把这些人物作为自己的书写对象时所选择的下笔角度，也就是说关注一下诗人，感受一下诗人认知先贤圣哲时的思维切口，我们就会发现，诗人在对这些先贤圣哲的仰望中，仍灌注了自己带有悲悯色彩的情感。比如“岑参的账单”，绝不仅仅关涉清廉；李贺的少白头，在诗人看来那该是李贺剧烈的生命疼痛；而在司马迁的竹简里“有着蚂蚁噬骨的疼痛”，又怎能仅仅是对历史的梳理与描述？对诗集中几十首吟诵古今先贤的诗作，我们不便一一解读。而在这些诗作中，《秋瑾的供词》一诗可作为诗人李暄认知古今先贤的表证来看。诗人在诗中没有张扬秋瑾烈士“千金买刀，貂裘换酒”似一道闪电照裂旧世界的夜幕的女侠精神，而是反反复复一字一顿感受秋瑾在刑场吟出的“秋风秋雨愁煞人”这句诗，由此来感受在那个黑暗年代淋湿中华大地，苍天不醒、大地寒彻的亘古悲情。从这首诗中，我们不仅感受到了先烈秋瑾血性之壮烈、心志之高远、忧愤之深广，不仅可以仰望到先烈人性之高度、人类文明进程之艰难、人生之丰富且复杂，更为可贵的是，我们从诗内诗外似乎可听到诗人李暄最柔软的心之一角血流之声音。这么一个有着至高人性理想和至柔心灵底色的诗人，可谈之，可友之。

在苍凉时空中感受温暖

我现在要呈现给朋友们的这些文字，是由读杜涯的诗而引出的，大体上说这不是对杜涯诗的评价与研究，而应是较为纯粹的阅读感受，没什么添加剂，也不成什么系统。这些文字就像意识的自由落体，大体上出自天然自然，因此也缺失了一些建构。

我很是感慨杜涯诗中眺望的情怀。在当今世界，有意“眺望”一下远方天空的人是越来越少了，而能在夕阳残照里眺望“时间烟波”彼岸的苍茫江山和余晖绵延的人生惆怅，这样的人于今应属稀缺金属。这是我读杜涯的诗的直接感受。因了来自诗中那强烈的情绪波动的震荡，在读杜涯的诗时，我心底总会漾起一缕缕来自遥远天边的声音。那声音里有金黄的温暖、紫色的幽怨和暗红的哀愁。“夕阳是岁月的一轮怨愁/犹自从人世的边缘滚过/当它沉入恒久不移的遥远/我眺望了时间的烟波”(《眺望》)。谁眺望,谁就会有无限的感慨;谁眺望,谁就会有如歌的忧伤。“谁伸手,谁抓住缥缈/谁若凝望,谁会望见气霓的凤凰/也有彩云作路/也有远山作巍峨想象”(《眺望》)。但何处是我来时的眉黛山岚,何处是我将远去的浩渺归程,何处是我永在的故乡,仍然是诗人胸中的一声浩叹。说到底,生命是偶然的,也是脆弱短暂的。人生的短暂,用不着多想就会在心底长出森林般浩瀚葱郁的苍凉。时间,总是一副冰冷的面孔,刻板又严酷。可诗人杜涯却说,尽管那无声无息的流逝任谁都无法挽缓;夕阳,那感伤的象征,那“辽阔的忧愁”,那夕照下“千山万水的惆怅”(《夕歌》),仍带有一丝丝的暖意。从某种意义上讲,在杜涯的诗中,时间是一种苍凉,也有几分温暖。也许,我们可以换一种角度来看夕阳与黄昏,那浩瀚无际的晚霞,那铺天盖地的黑暗,难道不正在孕育着一种新的生命吗?这里,时间似乎有一种母性,而黄昏,也许是她挟带着一波波阵痛的分娩,她诞生了黑夜的寂静,也昭示出明朝的喧嚣。

黄昏保存我们失去的东西

繁花,月亮,下午的马匹

树丛那幽暗又明亮的繁茂时光

星空的又一次缓慢旋转

万物仿佛已完成，来到最后的寂静

……

它是今生和来世唯一的故乡

——《黄昏》(二)

苍凉、悠远、温暖、肃然又寂静，这就是诗人杜涯笔下的诗性时空。而她的这种既出于感性又来自理性的时空意识和生命意识，使得她在对她所面对的现实存在做诗性感受时，那些有色相的和无色相的，那些实在的和虚无的，那些过去的和现在的，都归于平和悠远。

四月的风旗扯刮了蓝都

空光里，墙垣低去，微尘又落

山楂树的雪芳倾向于满树

谁是四月的白客？

在渐近渐雪，在陌田

谁是青风的棉马迷误在人间？

远城上，新翠连上了晴朗

一带轻岚下长墙的绵厚

也是万里草色的深心悠悠

山楂树，青都里暖暖遥看
庄严年华相识于玲珑凤鸟
它青春，玉心，所思：在雪山

——《山楂树》

静、寂静、孤寂，但春华荡漾、玉心灿然而又情思悠远绵长。时间在这里化作万里草色，存在就是一树玉心，而远方、明天，在雪山。一株小小的山楂树，在诗人的时空里如此葱茏碧洁，辽阔悠远，使我不得不赞佩诗人杜涯的才情心性。

如果你眺望，如果你站在经验时空和超验时空的临界点上眺望，你就会看到一抹辽阔的地平线，看到旭日东升和夕阳西下的从无间隙的迷茫。有限与无限，暂时与永恒，冷酷与温暖，痛苦与欢乐，都在这无有间隙的时间轮转中起伏流逝。对一个匆匆而来又匆匆而去的个体生命来说，你所面对的，正如诗人的痴问："光，以及随后的暗：一段不再重复的时光/寂静的，无言的，宽容的，广亮的/不少于时间，也不多于大地的外延//一遍，一遍，我问自己：/这一切将去向哪里/这一切，将去向哪里……"(《在垂落里》)。这诗人的痴问，正是人类永远的终极之问。"一千年前长江边的那一轮"月，"十八年前普陀海上的那一轮"月，"三年前姑苏山前的那一轮"月，现如今作为"水色江南银冠"的那一轮月，自古至今，都是"千山与万水的忧愁"(《座中犹看江南月》)。"一切都在轰然而逝"(《落花》)，但“春天的河流，人生的温煦”，还是让诗人和我们带着“畅饮”的欲望汇入岁月的洪流，走向绿树，走向湖边，看“风筝飞在天上，陀螺转在手中”，感受“这老年与少年的不多的欢乐”（《玉渊潭的春天》）。这就是杜涯的诗性性情，辽远而又亲近，苍凉且又温暖。

生存的焦虑与不安

丁立把这组诗命名为“传说”，应该是有其深意的。在人们的惯常思维里，传说多少带有一点不真实的，或者说不太真实的，有待证明的感觉。丁立把她的这组诗命名为传说，或者是反其意而用之，或者是期望诗中所传达的信息与内容不是真的。但可惜的是，在我看来，诗人眼中看到的，心中想到的，抑或是那些自然而然闯到诗人笔下不曾变形以及变了形的诗的意象，恰恰就是我们生活的真实，且是像蛇信子一样灼痛诗人灵智的真实。

在丁立的这组诗中，诗人呈现给我们的内容是多方面的。而最触动我的灵智的，是她笔下都市人的生存状态与心理现实。在《两代人》一诗中，诗人采用一系列质问表达了当下生活中人与人之间真诚沟通关系的断裂与缺失。在日常生活中，我们往往感到代与代之间的代沟以及我与你与他之间的隔阂。在通常情况下，我们会把这种隔阂加罪于当下人情感冷漠的主观因素。但在诗人丁立看来，人与人沟通的主观热情并不是已不存在，而是那使人与人的沟通得以存在的生命本原以及价值基础这个客观存在发生了断裂与错位。相对于人的主观有意导致的沟通的困难而言，这种客观存在的沟通元素的缺失才是最根本的最可怕的现实。正因为这种基于生命本原和生存现实的价值观念的错位所导致的信任基础的断裂与缺失，人的存在的真实性就成了一个不大不小的问题。这时的你，不得不"带上证件出门，不要只带上/自由、散漫、想象力和你"。因为那个有血有肉有着灵魂真实的你已经不能"比证件的光芒，更能罩住自己"。那么，现实存在着的你又是什么呢？诗人用轻得不能再轻同时又是重得不能再重的诗句告诉你，"如果你不是牌桌上一张想和的牌/就是在酒场上企图讲出的一句/最得体的辞令"。这种虚假的存在、虚伪的存在、残酷的存在就是你存在的真实。这无所不在的生活的真实好似一场早有预谋的虚拟，它结结实实地包围着、挟裹着我们，犹如无力推到一边的梦魇。

丁立这组诗呈现给我们的生存现实是让人感到冷酷的，这样的存在让人很是焦虑，但诗中所呈现给我们的诗人的心理现实又是让人感到温暖的，但这温暖给人带来了诸多的不安。《在途中的感觉真好》一诗，诗人把自己悬置在一个与纷杂的世界没有关系的真空里。此时的诗人,“证件”与存在的“合法性”都不再是她真实存在的问题,她也不再为她存在的真实性感到忧心,她只是一个被她自己悬置在“途中”,同时也“只是你在途中遇到的一个/安静而纯粹的/女子”,相对于现实存在中那种无法证明自己真实存在,同时也不能见情见性的存在而言,这种被悬置在“途中”的存在似乎有点浪漫,似乎只能是一个美丽的传说。与这种被悬置“途中”的生存状态相似的,还有《星期天》中那种“虚置”的奢侈:“丈夫返家,女儿随丈夫去了樱桃沟/婆婆在英国/空荡荡的白昼,一座空屋/鸟声零落,而阳光睡在窗台上,像一层/明亮的尘土。”的确,如诗人所说,这样的存在“太安静了,太奢侈了”,奢侈到让人不安,它让我们不敢相信这原本就该是存在在我们身边的真实竟然是那么虚幻,以至于让我们对如此简单的生活感到陌生,对于每天都在忙于赴宴、忙于“咕哝”一个陌生人的生死存亡的“花絮”的我们来说,丁立的这种在“途中”的,在“星期天”的生活的确是我们今天生活的此岸。丁立笔下这种富有浪漫色彩的虚置的生活,让我们似乎感受到一种可怕的现实:生活,的确在别处。“生活,在别处”这种荒诞不经的谶语在丁立的诗中似乎得到了明证与确认,这的确让人感到一种巨大的不安。

丁立《传说》的内容主体给人带来的焦虑与不安都是显在的,当然,她的诗中还有一种让人感到非常平静的东西,如她在“烦恼的时候”看到那“用手在空中抓，虚握和/象征”的婴儿，那颗每天都在目送着“落日庄严”“不曾变得世故”的心。婴儿似的纯净的生命征象和落日般庄严的生命忧伤也许都是我们的诗人需要的最基本的生命状态。只有这样，当真正的音乐降临之时，我们才不会面对“非艺术的不幸”，“当它一度来临，它就是/所有的善和美、光荣/激情把激情掏空，摇滚着的一个/光身子，不断打开又不断收拢的、遮蔽和/澄明”。也许，毋庸我们再做过多的解说，诗人那种强大的内心力量以及存在于诗人身上与心灵中的真正的自由精神，在这些诗句中都明白无误地呈现在我们眼前。由此，我们似乎发现隐藏在诗人生命深处的那条感受生活的路径——把自己“悬置”在澄明的诗性的“途中”，富有感性地、出于理性地描述现代人的生存现场以及与这个生存现场相对应的自己内心的焦虑与不安、追求与梦想，并用那些不具派别归属、没有时尚矫情的写作方式与姿态自由自然地呈现出来，这就是那个期待着在星期天“独坐”一会儿的丁立。

2010年11月15日

发表于《诗刊》2010年第12期

一个人的爱情诗

——读邵丽的诗集《细软》

读邵丽近期的一些诗作，耳边总是响起一个声音，这声音来自中国古代的汉乐府《上邪》。在中国古代为数并不多的爱情诗中，这当是在后世流传较广的一首。究其原因，也许就在于这种呼天抢地的爱情表白的直接与强烈。读邵丽的诗而想到汉乐府中的《上邪》，最直接的原因就是邵丽的诗给我留下的印象与这首《上邪》很是相似。因为有了如此的印象，我想起了当今诗坛的一些问题。这些问题本在我的思维空间里存在过，也正存在着，但不怎么成形。因为有了对邵丽这些诗作的阅读，这些问题也就逐渐清晰起来。

邵丽的这些诗，可谓是地地道道的有感而发、直抒胸臆的抒情诗。这些诗在表达诗人的感情时，强烈、大胆、天然、毫无掩饰，除少数篇章使用了较为简单的艺术修饰外，几乎所有诗篇都是直抒胸臆。诗人胸中的情愫可谓倾泻而出，且直达诗人的抒情对象。“这一切的一切　都只为你/天空澄明　池塘开满莲花/那微微的爱的疼痛/在每一声的呼吸里/和着我苦难的幸福/爱上你　只是我的一次脉动/可千万人的丛林里/我到何处寻找　另一个你/请别让我哭泣/我是你新生的孩子/是你大草原里的羔羊/我已经习惯/在你的注目里/沉鱼落雁/请别让我哭泣”(《请别让我哭泣》)。应该说在今日诗坛，是较少能读到这样直截了当的诗作了。在当今诗坛，不少人认为，诗与抒情，已成为一个不够“深刻”的话题。诗可以“理性”，因为理性可以走向“深刻”；诗可以“非理性”，因为非理性可以走向前卫或先锋。可以荒诞，可以去情感化，可以下半身，总之，可以用各种各样的“个人化”手段颠覆前辈诗人或在自己之前的诗人创造的一切，但就是不能采用诗坛那些已成为传统或即将成为传统的东西。我并不反对“诗与创新”这个命题，也并不怀疑不断地颠覆与诗的创新之间的关系与意义，更是理解“个人化”的选择对于一个诗人来说可能成就其创作个性的重要价值。至于“非理性”与“理性”的介入，对于中国诗歌发展的重要价值，在我看来，也是不言而喻的。在我看来，诗有多种可能，或者是，诗有无限种可能。唯其如此，诗的创造性本质才能显现，诗人的创造性方可实现。古人说，诗可以兴，可以观，可以群，可以怨。今天，我们可以说，诗不止兴观群怨，还可以“思”，还可以“命名”。也许，我把“思”与“命名”和“兴观群怨”并行论述并不合适，我只是在说，对诗的认识是可以多方位的。那么，创作呢？创作更不能一成不变。人的多样性与复杂性，人的情感的多样性与复杂性，确定了诗必然是多元并存的。基于如此认识，我认识到了邵丽直抒胸臆诗作的特色与价值。

在邵丽的诗作中，大部分是爱情诗。在当今诗坛，这样公开出版或者发表的爱情诗已为数不多了。我想，爱情诗作也许并不会太少，但在今天这个奢谈爱情的时代，这种纯粹的爱情诗当然也就“不宜”公之于众。然而，一个不谈爱不言情、没有爱情诗的时代是不正常的，甚或可以说是悲哀的。爱是什么？爱是心底的暖流与心尖的疼痛，是站在纷杂的现实对纯净天堂的遥望，是生存的勇气与基石。“从你爱上我的那一分钟起/爱情与生命就/铸成一个浑圆”(《无极》)。就我的记忆而言，我不会忘记，经历了20世纪70年代情感冬季的人们，在80年代初读到舒婷的有关“爱”与“爱情”的诗作后，是怎样使自己丰富复杂的人性渐渐苏醒过来的，不会忘记舒婷的“爱”与“爱情”是怎样温暖了那个时代。我知道，那是一种“大爱”，昭示着一个“大写的人”的站起，也标出了那个时代作为一个人的高度。在她的背后，是一个以狂热为表象以冷酷为核心的残破时代的影子；在她的前面，则是春水在残冰下涌动的大地。爱，成了向旧时代告别的宣言，也成了向新时代进发的旗帜。而今天，我们也许无须再用“爱”来“微言大义”了，也无须再用“爱”作为反封建的大纛，更无须再用爱来作为挣脱枷锁的武器。但是，当爱失去“革命”对象之后，难道我们就不需要爱了吗？邵丽的爱情诗也许会给我们一些启示：爱，还可以成为一个人的“细软”，成为一个人包在包袱皮中、藏在匣柜之中那些珍贵的东西。在这些爱情诗中，那些被诗人有意彰显出来的社会现实价值淡化了，但个人化的情愫因此得以强化。“你说/你是种庄稼的好把式/那就再种一个我好吗/我不在意长成/麦子　玉米　或者蔬菜/但我必须是/长在你心田/最中央的那一棵”（《心愿》）。从某种意义上讲，爱情本来就是个人化的东西。让爱情回到个体，也许正是它本然的去处。由此，我们也许更能感受到爱情诗作为纯粹爱情诗而存在的本体价值。

抒情诗靠的就是抒情，情就是其核心价值，爱情诗就是倾诉爱，爱在诗中得以纯然而本然。“我心中这样想/我就这样写下来给你”（《纯》），而且就这样写下来倾诉，依然“有坚硬的壳和细密的纹路”。这就是邵丽的诗，也是邵丽这个人。写到这里，我突然想起一个博友在一篇博文中的一段话：“该娱乐的归娱乐，该恺撒的归恺撒。如果你活在‘当下’，并且拥有属于你自己的更真实的意愿，你就有的选择。”这段话大体显示了我对邵丽爱情诗的基本认知，也说出了邵丽这些不同于当下诗坛流行诗作的价值所在。

诗与思的结晶

何向阳的诗集《锦瑟》读完了，我觉得最值得一议的是传统的中国诗性智慧与当下的现代知性怎样相遇，怎样相携，怎样有益于今人的成长这个话题。

中国传统的诗性智慧怎样建构于中国新诗，其实是中国新诗创作中始终很有魅力的一个话题。读古诗是如此，读现代新诗、读何向阳的诗也是如此。比如，在读何向阳的诗时，我更关注诗中那些超然于具体时空之外，有着恒久价值意义的诗思和诗句。在何向阳的这本《锦瑟》中，处处都可以读到诗人极具诗性智慧的诗思，也常常可以遇上超越时空局限的诗句。

《锦瑟》这本诗集开篇的一首《刹那》，写的是诗人在刹那间心灵与世界的相遇。这种相遇犹如诗人心灵夜空的一次突然而至的闪电，光照之处皆为携带着聚变的静止和不可更改的真实，一如诗人在诗中所言："神的背后/到处是移动的躯体/如此迅疾。"这种瞬间敞开的对世界的认知，在何向阳的这本诗集中比比皆是。在诗人笔下，"空旷的荒原之上/无家可归的/微尘"，是诗人对今日世界残缺凋零的大关爱与大悲悯；从诗人的"顺从于水/顺从它从高到低的/走势/它的谦卑"，顺从于"它"的沉默、厚德、柔弱、淡泊，顺从"它潮汐的节律""它的吐纳秩序"和"宇宙的某种神秘引力"。这些诗思诗行里，我们不仅能读出中国传统的诗性智慧，同时也能读出一个现代知识女性极具理性意识的知性世界。那柔顺地向着低处流动的水，显然是从中国传统诗性智慧的圣主老子那里流来的，而那吐纳的秩序与引力，显然来自一个知识者对存在世界的现代理性认知。这二者，在何向阳的诗中时时处处交织在一起，基本构成了诗人感知世界、认识生活、读解人生的能动思维力量。

这种思维动力影响到诗人创作的方方面面。比如，对写作对象的选择，对艺术手段的使用，对自己诗艺审美的追求，以及艺术风格的形成等，何向阳的诗集《锦瑟》中的诗作已充分彰显了这些。读她这个集子中的诗，你可以明显感觉到何向阳诗思个性特征的鲜明、心域时空的旷远阔大，可以看到她对无限自我的追问与抚摸，对游移不定的无法言说的事物的把捉与言说，等等。换句话说，读她的诗，你会明显感受到这是一个有远方的诗人。也许正是她诗中远方的导引，也使得她的诗基本不在当下世事的事件情节即具体事件上停留。

当下事件只是她诗思的起点与路桥，她经由这里，目标向度则是幽微的根系或旷远的未知。“纸上/尚未完成的句子/看不见的根须/离开了花蕊的香/爱的欣悦的/灵魂/我更爱一首诗/还未写出的部分/犹如深爱/那站在人群中一直沉默的诗人”。在这首诗中，诗人何向阳用几个短短的诗行，明确表述了她的审美趣味。现实生命中那已知的、具体的实在在这里已被安置，她把动态的灵智与诗思倾情于未知；不少诗人惯用的戏剧化手段在此被搁置，诸多诗作中常见的新闻性、时政性元素在此被剔除，在此留下的，是具有中国传统诗歌艺术精神的诗性智慧和具有现代艺术特性的知性思维。

说到诗性智慧，不由还让人想到中国新诗草创时期的一个诗的类型，即“小诗”，如冰心的《繁星》《春水》、宗白华的《流云》、徐玉诺的杂诗。这些诗极似中国古典诗词中的绝句与小令。当然，我们也清楚地知道，这些小诗是受到印度诗人泰戈尔以及黎巴嫩诗人纪伯伦的影响。我想说的是，无论是中国古典诗词中的绝句、小令，还是泰戈尔、纪伯伦式的短诗，都有不重记事、长于抒情、明哲启悟、追求形而上的哲思等具有东方面目、东方智慧的特点。瞬间的诗思通达恒久的旷远，这应该是中国的诗性智慧，也是东方的诗性智慧。

这样的一种以彰显诗性智慧为其艺术特点的新诗，在我国新诗草创时期的诗坛上曾经产生过较大且很好的影响。但后来因为战争及其他一些社会原因的影响，这类诗渐渐沉寂了。在我们进入一个新时代的今天，我们是不是可以延续中国诗歌的这一优秀传统呢？作为理论家和诗人的何向阳是不是已经在这方面做出可贵努力并已取得可喜成绩了呢？她的这种把中国传统诗性智慧与今日世界的现代知性结合在一起的思维方式是否还可以做更进一步的深化呢？我的认识是：成绩可喜，执念可信，前程旷远。

口语背后的驿动

——读碎碎的诗札记

读碎碎的诗，突然冒出一丝要做一些札记的想法，这想法来自于读她的诗时的感受。在我看来，碎碎的诗很像日常生活中的札记，是她在日常生活中心头一动的结果。她把日常生活中富有诗性的感受记录下来，采用了当下诗坛口语诗的语言建构，就有了她现在的这些诗和过去的那些诗。我呢，也把读她的诗时心头一动的结果记录下来，用以讨论她的这些诗和那些诗，这就是我的以上文字和以下文字的成因。

一

碎碎的诗属于当下诗坛“口语诗”一脉。

中国新诗“口语诗”有着长长的、曲曲弯弯的历史和变异历程。中国诗歌由古典到新诗，其变化的动因之一就是把有着相对固定格局的书面语言变为无固定格式的口语，这个变局的开始，先贤们称它为“白话诗”。胡适的那首具有断代意义与价值的《蝴蝶》，尽管在旧体诗语言和新诗语言上都显得很是蹩脚，但毕竟显现出一种强烈的“口语化”语言倾向。“也无心上天，天上太孤单”，尽管是五言诗的句型，但绝对的“口语”。因此，尽管大家都关注到了这首诗中的旧体诗的尾巴，但大家还是充分肯定了他对旧体诗语言构局的摧残，还是把它认定为新诗，也就是“白话诗”的开山之作。这里的一个主要原因，就是这首诗所彰显的“口语化”诗歌的艺术向度以及“口语”入诗诗仍可为诗的可能。

当下诗坛的“口语诗”与新诗草创时期的“白话诗”，有着相同的诗性血脉，但已不全然是同一回事。当下的“口语诗”中隐含了长长的、曲折的、复杂的诗坛历史叙事，也突显着当下诗坛带有颠覆性意识色彩的艺术价值取向叙事，这使得当下的“口语诗”能够从中国新诗已有的诗歌形态中迅速剥离，同时也使得它的发展前景迷离难测。当下的“口语诗”一方面要撇清它与过去具有浪漫主义抒情色彩的“白话诗”“民歌体”等诗体的关联，另一方面又要彰显出它与欧化语境以及知识分子写作、现代主义写作的对抗，同时，又要构筑自己具有语言的原声现场感的汉诗母语建构和后现代感，这的确不是一件容易的事。从眼下“口语诗”的情形看，如果说中国的新诗是对几千年中国旧诗的一次反叛的话，那么，中国20世纪80年代的现代诗则是对中国20世纪50年代以降及至70年代末的新诗的反叛和对中国20世纪二三十年代新诗传统的对接；当下的口语诗则是对中国20世纪50年代以降及至20世纪末新诗现状的反叛，是对中华民族汉语精神的复兴，也是对后现代主义写作的"创语"。做出这样的反叛与衔接以及自我的重构是不容易的。在我看来，"口语诗"若想得以长足发展，必须完成对远远近近多重语境的超越，比如五四以降的欧化语境，中国诗歌长期形成的抒情语境，在中国诗坛尚未成形的现代语境以及当下大量存在的传媒复制语境。就"口语诗"写作的个体而言，面对诗坛的孤独，你能够有能力有意志抵制啸聚山林式的抱团取暖吗？面对后现代时代的信息传播与3D打印，你能够自觉抵抗无处不在的复制吗？这些，似乎都是"口语诗"诗人必须面对的难题。我知道，做出这样的描述有些武断且主观，但我已有言在先，这只是我的心头一动。在对诗坛田间作业这个环节上，我虽做了一些作业，但缺失过大过多。之所以要做以上的描述，其目的只是想借助当下诗坛"口语诗"的语境，记述我读碎碎的诗的感受。而以上对"口语诗"的描述亦是因读了碎碎的诗而引起的，我们抑或可以把如上的文字称作因有感而有感。

二

如前所述，碎碎的诗属于当下“口语诗”一脉，但据我对她这个人的了解和对她的诗的观感而言，我觉得碎碎并没有因对“口语诗”的认同而啸居山林之中。她只是用她的语言方式展开着她的诗歌叙事，并通过她的诗歌叙事叙述着她自己。至于将来她会不会入“口语诗”之伙，入伙之后又会不会在“伙”中自在着自己，我真的不知道。就她当下的诗歌作品而言，着实是值得一说的。在下面的文字里，我想对《碎碎组诗》中的一首首诗做一点个案的解读。这些解读，大多是我在读碎碎的诗时随手记在诗边的一些感受。故此，我把这些文字称作“札记”。

碎碎的诗就是她日常的思维方式的话语呈现。而她思维世界的入口，则往往是一些极富张力和诗性的生活细节。《碎碎组诗》中的《粗人》一诗，写的是一位妆饰极精致极精细的女性进入电梯之后没能掩饰的极粗陋的行为——“她抬起纤纤玉指去摁电梯的关门键/咔咔咔一连摁了五六下”，“纤纤玉指”与“咔咔咔”的刺耳声响在这里形成了极大的冲突，“细”的表象与“粗”的内质随着玉指的起落展露无遗。纤纤玉指展示了她的精细，同时也颠覆了她的精细，更张显出她的粗俗。其实，这些并不十分重要，重要的是由此也许我们还可以想到其他一些无关紧要抑或有关紧要的东西，比如表象与实质，比如我们不少装饰工程背后的破败衰落；也许，我们还可以想到一些更为深广的社会现实。

和《粗人》的直接描述不同，《白天与黑夜》大量运用了象喻拟人手段，语言的色彩显得斑驳陆离，彰显出一种语言的凄冽之美，同时也彰显出诗人在使用语言上的才能与天赋：

白天是零零星星的碎片
五颜六色的花布头
深夜是大片大片的
没有尽头的紫黑长练
铺天盖地
深不可测

这些意象都是从生活中信手拈来，放在这里就构成了一幅具有强烈对峙色彩的白天与黑夜的巨幅画卷，这些对峙的意象被诗人排列在一起形成了流动的时光，同时也成为诗人流动的心绪。这种时光的对峙在诗的后半部分转化为诗人内心的对峙与矛盾。这种对峙所直接导致的是对白天的真实的怀疑，和对灵魂出窍的黑夜理性体认的倾斜。人性的复杂与人生的杂沓在这种对峙中也就自然而然地展示出来。由此我们还可以想到的是，诗人诗中所展示的这种自然与社会的"白天与黑夜”,也许正是人生中白天与黑夜的真实写照。

因对峙而引起的紧张感在碎碎的这组诗中几乎随处可见。《雨后》一诗共六行。前四行是对雨后清新万象的描述,“雨后的天气/尘埃荡尽/树叶清亮/空气焕然一新”。而后,诗人笔锋陡然一转,凭空来了一句——“仿佛/人生可以重新来过”,使得读者不得不对雨后的清新万象沿着人生的视角做反向思考,思考与这鲜活清亮的雨后相反的严酷纷乱污浊的人生现实。不如此想,就无法理解诗人为何要重新来过她的人生。在这首诗里,雨后的风光因有了并非空穴来风的人生的感叹而被抽象为一种诗的意境、一种理想人生的审美符号,不仅呈现了诗人潜意识深层的人生理想或理想人生,同时也透露出作者意识深层对于无法达成的诗意人生的一份失落与凄凉。碎碎的诗似乎总给我这样的一种感受:她似在认真精细地构建一座晶莹的宫殿,当这宫殿即将完形之时,她突然抽去了这宫殿的支柱,使这宫殿成为一座晶莹的废墟。而她的诗意,就像这废墟上长出的罂粟,妖艳而又耀眼,惹人向往又令人惊惧。

三

碎碎诗中的对峙与紧张感其实来自她对生命与时间的悲情性敏感。在《碎碎组诗》这组诗中,这种情绪随处可见。《明天开始》一诗，很明确地张扬了今天的“可贵”和明天的“可疑”。对明天的存在表示存疑这种生命态度，在中国古代知识分子那里是很有市场的，比如那首“明日复明日”的常俗常新的《明日歌》，比如曹孟德的有着金戈铁马声韵的“对酒当歌”。但碎碎诗中的“今天”与“明天”的对峙似乎没有古代文人那么多的酸味和雅韵，却多了几分绝情，她似乎不想给“明天”任何机会：“明天永远遥遥无期/明天一直还在明天/永不莅临。”这里，我们不能不去怀疑诗人碎碎所说的“明天”的时间属性，她似乎是在说一种“命理”，某种宿命。这样的情形在《夏日大排档》的饕餮狂欢之后又如期出现：“仿佛时光停滞/明天遥遥无期。”无论是对海子“明天开始，做一个幸福的人”的诘难，还是对“人声鼎沸”“空气辛辣”，脸庞油亮、玉腿明灭的夏日大排档的礼赞，诗人都没能逃脱“明天遥遥无期”的悲情。如此顽固的情绪盘踞在诗人心中，这不能不让我们思考此等情绪产生的根源。对此，我从碎碎的另一些诗中，似乎寻找到一点蛛丝马迹。例如《无题》：“其实/在生活面前/每个人都是弱者/在时光面前/每个人都是败者//我们都是难兄难弟/我要和每一个人，同命相怜。”对这首诗，我们无须做过多的解读。诗作明白如话，却契入生活与生命的肌理。对于这种“弱”得无可奈何的生活，她的《只能》《个人简介》等诗给出了具体且鲜活的解释。而对于生命的“败”局，诗人也用《旧照片》给出了令人“心碎”的指证。这时，也许我们会更清晰地认识到一个事实，碎碎对“明天”的绝情，原来是出于对在“生活面前的弱者”和在“时光面前的败者”的大悲悯：

我们都是难兄难弟

我要和每一个人，同命相怜。

四

读碎碎的诗，总难以逃脱她笔下的时光之殇。但她在表现这些时光的殇逝时，又总是表现得没事人似的：

跑得再快

也快不过时间

玩得再疯

也疯不过时光

时间是最锋利的屠刀

让每一个刁民

变成顺民

就时光而言，碎碎在它面前也不会例外。而就诗而言，碎碎在使用语言上绝对是一个“刁民”，这也正是碎碎丰盈着个体母语的口语诗的魅力。

疼痛：来自撕裂、丢失与流浪的孤独

一次无意间的阅读，读到吴冬的几首诗，便对这次无意间的阅读在意起来，在意诗人吴冬给了我这次阅读以实在的价值。于是，就打电话给一位做诗刊的朋友，言说吴冬的诗歌如何如何。说来也巧，这位朋友也认为吴冬的诗不错，并说正准备发表吴冬的一组诗，问我可不可以写几句读吴冬诗的感受。我当即答应，说可以试试。朋友说要给我一些关于吴冬身份及经历的介绍，我说不用，我们只说诗。不去听朋友说吴冬的身份经历并不是拒绝了解诗人，实则是沿袭我的习惯：写读诗心得时，只从看到、读到的诗出发，在其诗作中发现诗，在其诗中来品读人。今天读吴冬的诗，亦如此。

一

疼痛，一种无法超然的现实感觉，这是我读吴冬诗的第一印象。让我没有想到的是，继续读下去，把朋友转给我的吴冬的三首诗读完，这种感觉竟然沉淀成一种印记、一道刻痕、一条走进吴冬诗心的路径。

我不知道诗人吴冬真实生活中的样子，也不知道她诗中写的是不是她真实的现世间的生活，这些，对我读她的诗都不重要。重要的是她的诗给了我一种疼痛的感觉。而且，这疼痛经由我身向外蔓延，阴湿了我脚下的路，阴湿了我的生活。

我知道，疼痛感不是吴冬这三首诗中呈现的人生感受的全部。也许，阅读就是这个样子。对一个读者来说，阅读的过程往往是一个释放自己、寻找自己的过程。你的阅读对象也许展示了无比丰富的内容，但读者只敏感于一点。当同一个读者再一次面对同一个阅读对象时，由于时间或者空间变了，其敏感点亦会随之改变。好作品不厌千遍读，也许就是这个理。而今天我读吴冬，读她诗中的疼痛，也许正是因了我心中的伤。

“临行前一定要撕裂什么”；

“在你这里，爱和时间一样令人绝望”；

"在巨大的虚无里，你一次次远在他乡"；

"撕裂一些东西，是你判断你们是否是久别重逢的唯一方式"。

这些，都是吴冬的诗《某种确认，充满了痛》中的诗句。显然，这是写人生聚合的诗。不知道吴冬真实的生活是否就是这样。但我知道，因"撕裂"而来的人与人的聚合在亲人之间、在友人之间已成为我们当下社会生活的基本元素。

聚合的无常不是自今天才开始的。如果我们认真体会一下这个问题，我们即会发现，这是一个关于生命与人生的元命题。死别对每一个人来说，一生中只有一次。对此，可以不用理它。因为，对于死亡的方式我们无法选择，对其时间节点我们亦无法预期，那是一种无法接受、不可理喻的现实。但是，就是这种让我们不愿理睬、无法接受的生命的异物，恰恰正是让我们活下来以及怎么活下来的价值判断依据。这是一个魔咒。死亡亦然是生命最忠诚的伴侣。也许，正是因为死亡，生命的真相方可得见。而生离，才会有了如此揪心的痛，才会有了如此巨大的撕裂感："在你这里，爱和时间一样令人绝望"；"在巨大的虚无里，你一次次远在他乡"。正如吴冬这首诗的标题所指引的那样"某种确认，充满了痛"。也许，正因为体认到痛，我们才能真正确认生活的某种样态、某种际遇的价值、某种事物的轻贱和神圣。

二

在情感的原野上，就一个具体的人而言，爱的过程往往是一种流浪的过程。从某种意义上讲，爱亦是一种燃烧的时间，而不仅仅是一个具体的、不可移动的物理空间。也许正因为如此，才有了苏东坡的“两情若是久长时，又岂在朝朝暮暮”的概叹与期望。其实，不管是就时间而言抑或是就空间而言，爱作为人们的情感居所都是模糊的、漂移的，亦是易碎裂的和不确定的。而人唯一可确定的、不可变更的居所是你的出生地。虽然这块土地不可选择，但哪怕这块土地堆积了世界上所有的贫穷、落后、痛苦与灾难，你对它的那种无条件的爱却从来不会漂移、不会碎裂。

无论我们行走多远，当我们疲倦于远行时，有一个地方总在静静地、温暖地、无条件地等待着你的归来。这个地方，就是你生命的出发地，我们把它称之为故乡。吴冬的一组短诗《如果你此刻奔来》，书写的就是一种相当复杂同时又极其单纯的故乡情感。在吴冬的诗中，童年的乡村，飘荡着“活蹦乱跳的童音”和“风一样奔跑的红领巾”，在汤河温泉的露天浴池里，“一个个美人鱼在腾腾热气里显现原形”。

夏天来了，河水泛着湿漉漉的金光

一只只青蛙光着屁股从高高的石台上跳进去
“啪”溅起涟漪

的确，童年的记忆溶进了乡村的涟漪，那绝对是一曲童话的乐曲，迷蒙而绮丽。这美是纯粹的，多么浑浊的血在这里都会变得清澈，多么坚硬的心在此都会变得柔软。正是因了这种无与伦比的美，诗人才在诗的开头以一种无法掩饰的情感泛滥出她对故乡那洪水一样的爱：

老鹳河
这条在体内奔流半生的暗河
到了中年，缓慢下来。
是时候了，必须重返那个叫古木窑的村子。
必须在那里接受北风吹。进村之后，大雪封山
必须在母亲的土炕上患一次重感冒
在高烧不止中喊你的名字。

用不着做什么解读，一眼便知，诗人对故乡的爱绝对是真实的、真诚的、真切的。但是，当诗人直接面对当今村庄也就是诗人记忆中梦幻般故乡的现实时，诗人的迷梦被她眼前的现实彻底击破了：

如今，村子空荡荡的。
雪融化时，滴答声，比猫叫声更让人惊惧。
偶尔几声狗吠，反而让惯于失眠的人安心。

一个土生土长的人，忽然疑心自己是个外乡人。

说实话，这样的描述让人莫名的惊惧且心生疼痛。疼痛不是来自飘逝了的“风一样奔跑的红领巾”，不是因为没有了光着屁股的青蛙以及冷风热汤中的美人鱼，疼痛实实在在是来自那不可更改、不可飘逝的故乡的“丢失”。一个土生土长的故乡人“疑心自己是个外乡人”，这样的“撕裂”又怎一个“疼痛”了得！故乡丢失了，我们都是异乡人！实话说，读到吴冬这样的诗句，我对青年学者梁鸿不断质疑当下的“乡愁”有了更进一步的理解。皮之不存，毛将焉附？故乡已在我们切肤的感受中丢失，而“乡愁”又在何处安放呢？“该以什么样的姿势重新回到你们中间呢？/我的，不再生机勃勃的村子！”诗人如此发问让人心动，同时又让人感到软弱无力。也许，诗人在诗中所描述的乡村的丢失，以及拼命疯狂着城市文明的疯狂，同时又念记着乡村诗意的这种纯粹又复杂的情感，正是我们当下疯狂流行的现代病。悖谬与丢失不是来自外力的作用，而是来自我们自己一步步的努力。恶果来自于我们自己的耕种，我们又要去责备谁呢？吴冬的诗之所以引起我的共鸣，究其原因，正是因其诗中如此的诗性描述引起了我内心的深度惶恐。我知道，尽管这惶恐如“一个声音，自时间深处/捶打过来”，但在如此的疯狂的丢失面前，无力的惶恐又能怎样呢？也许，这惶恐最为真实的作用，就是从我这个人这里，佐证了吴冬此诗的现实意义和时代价值。

三

在吴冬的这三首诗《某种确认，充满了痛》《如果你此刻奔来》《在黄昏，幸福而悲哀地想你》中，最让我不可思议的是《在黄昏，幸福而悲哀地想你》。根据资料介绍，吴冬为“70后”，如若不便说是青春年少，大不了也仅仅是刚刚步入中年吧；年富力强，如日中天的生命，该是真实的吧。黄昏，本不应成为她的生命镜像。可现实是这种应着自然节律的不应该，却真实而自然地进入了她的诗中。带着这种疑惑，我不得不认真、切身体验吴冬在诗中提供的生活细节。恍然间，在温暖的黄昏光斑中，一股寒意悄然爬上我的心头。我体会到了诗人在诗中深埋的孤独，体会到了在当下社会、家庭场中的不确定性给人们带来的惶恐，体会到了我们对于身心流浪的无奈和抗拒以及这抗拒的无力与无助：

从一朵花走到另一朵花，
从一把长椅坐到另一把长椅，
多么简单容易。
从一个沉睡的人身边，起身走向另一个人，
把手放进他手里。

从一个夜晚穿到另一个夜晚，

要耗去多少力气？

黑夜不语。

它只负责覆盖和掩埋。

包括鲜花，

和移动的灵棺。

吴冬在诗中给我们构建了温暖、寂静和色彩迷蒙的黄昏，而在这如诗如画的黄昏场景中，诗人描述给我们的不是与之相应的静谧安详，而是一种流浪的孤独和孤独的流浪。黄昏、幸福而悲哀、我和你、动荡的光影、黑夜、移动的灵棺，如此动荡不安。你“久久地坐在岸边”，又要等到何时，才会等到彩霞满天的黎明？

撕裂、丢失与流浪，在吴冬的三首诗里，自觉与不自觉地连在了一起。如此连接，使吴冬的这三首诗产生了超越诗中具体场景的张力。借助吴冬的这三首诗，不同的读者也许可以读出与之相似的自己；透过诗中的意象，更可以让我想到更为广阔的社会现实。也许，这只是我的感受，只是游在吴冬诗中的我自己。但我坚信，诗的张力就在吴冬诗中，真实不虚。

摇曳诗人爱恨心旌的道场

——读班琳丽的诗

那些词语都应着她的心旌摇曳而来，又随着她在道场诵经的法音潜入大地、浸入人心。在不少时间，我似乎都无法准确表述读班琳丽诗作时的感受。

当下的诗坛十分热闹，又万分寂寞。诗人们有不少群体，却极少有自己的面目，但班琳丽是一位一出场即有自己面貌的诗人。对此，她的诗作可以从诸多方面为她作证。

“亲爱的，你要允许我/眼睛噙着泉水。/允许我在口袋里，装着口红/也藏有利器。直至见到你/仍保持头狼的警觉，豹子的迅捷。”这是诗人的自我表白，也可作为她的自画像。就一个自然人而言，她和“她们”作为女儿身的女人一样美丽同时也追求更加美丽；而作为一个诗人，班琳丽却不像诸多女诗人那样去诉求在诗中彰显女性意识，而是去追求成为一个叫作班琳丽的诗人。这位叫作班琳丽的诗人有着悲天悯人且锐利有刃的眼光，这眼光要像春风一样去抚摸世间冰结的疼痛，也要像严霜一样去终结纠缠着树干不放的腐枝败叶。那种来自诗人内在生命的人道悲慈，使得诗人时时都会对飘过她眼前受伤的微尘报以关爱、施以援手，尽管自己也很弱小，也很无力。对此，你去读她的《练瑜伽遇见一块石头》，那块比贾平凹的丑石还丑的丑石，本来与练瑜伽的人并没有什么交集，只因一次次的路遇，只因感受到石头那无法开口的心事，只因了知了石头无家可归的流浪，只因见到狗腿抬起对石头撒尿欺凌的现实，诗人的心再也无法平静：

一只狗已习惯于在它身上撒尿。
我看见了，很远时就将它轰开。
我知道，我看不见的时候
它还会那样，搭起腿
肆无忌惮。曾经
试着把它搬进草里，力气不够。

那一天，我在上面完成瑜伽的
几个拉伸动作。我想哭，
与一块石头相比，我的痛苦是多么柔软。

诗人把现实生活中的并无意义的场景转换成了具有社会隐喻的寓言，这样，这场景这情节这细节就有了几分戏剧性，就有了富有张力的意味，就与自然的真实建构起一层薄薄的间离关系，就产生了一种意味深长的艺术感染力，最终，就具有了诗性。那么，到底是什么使这首诗中的生活元素转化为诗性智慧了呢？说到底，是诗人生命里关爱世界、关爱自然、关爱生命、关爱一切弱小与无助的本性的人文精神。这使得班琳丽的诗温暖又凛冽，仁厚又锐利，典雅且现代。其情染人入心入肺，其辞摇曳多姿多彩。她的诗，自然而然成了她爱恨忧思的道场，她也成了一位只属于叫作班琳丽的诗人。

体悟天地自然之大美

——读南桥琴的诗

我试图更理性地解读一下南桥琴的诗。在我很认真地检索了一遍我的理论积累之后，却发现又回到了我年轻时候的理论原点。

在 1989 年的年底，我曾在一本书的后记中这样表述诗人："天地存大化，诗人得真真……诗人绝不是那种胡言乱语的梦游者，而是极其清醒的世界真相的揭示者。他唤醒在倾圮的纪念碑中、在草原无边的沉默中、在深远幽邃的密林中、在怒雷震震的长河和清涟绵绵的小溪中沉睡了的梦，廓清那被乌云和浓雾障蔽了的预言着世界前景的蓝天，让世界显示出它本身的真实。"（《抒情诗选读·后记》，河南人民出版社 1989 年版）在我的这段文字被印刷在普普通通的新闻纸上两年后，一个年轻的名不见经传，名叫南桥琴的诗人，发表了她的长诗《颂歌》。在这首长诗中，诗人用极具情感的诗句描述了她对诗与自然的认知，而她的诗思竟然与我的理论如此相似："沐浴自然的圣爱。值得赞美的/永远是生命的光华和自然的永恒。"(《颂歌》)由此，我似乎深深体会到一种宿命：无论是人也好，诗也好，乃至人类的文明也罢，终究要申明的，乃是人与自然之间的关系问题，终究是人在人与自然之间发现的那种诗性关联问题。我们一代一代人努力去做的，只不过是改变一下某种表述方式，而表述的对象，却没有什么变化，因为那是不言不语的大美；而我们，只不过是在试着用各种手法替它说话而已。而问题的关键，是你说出的话语是不是天地大化给万事万物最为原初的那个命名。为达此愿，诗人们一生都要付出西西弗斯式的劳役。

在这份劳役里，南桥琴所做的似乎更能彰显她的坚持。从她呈现给我们的一些诗作可以看出，当这个诗坛到处都在大呼小叫嘶喊着疼痛的时候，南桥琴却始终在探寻世界深处使这个世界得以静美的隐情，她说："让我们深深垂首，膜拜土地的宽怀"；"凭着灵魂执着的光芒，我们其乐无穷地标出探求的路径"。在她看来，"途中的苦难，同人类上升的高度相映成趣"(《颂歌》)。在她的诗中，消弭了诗坛长期沉积的焦灼、晦暗与芜杂。在诗坛诸多诗人都站在他们描述的对象之外，以嘲讽和与己无关的口吻展示我们身上的下作之时，南桥琴总是站在她的描述对象之中，倾心触摸生命与自然之中的静美、神性与诗心，体味那些恒久的、永远萦绕在我们血液与灵智中的静穆、庄严、纯洁、神圣、崇高等无法言说的大美。她如她诗中的“一只佛法僧鹃漂浮于水面，等待梦境，等待一首诗砌成台阶”(《冬林子》)。在冬夜的星空下，“古老的谣曲抖落神秘的呢喃，隔着光年之距却亲如促席”。这就是南桥琴诗中的世界，澄明而净洁。而南桥琴在给我们描述她的诗性世界时，也基本上采用了直截了当的陈述白描手段：

树叶完成了自由滑翔
冬林子，一双捂着火苗的手
都要被烤焦了，不能烧着落叶
它们都在林子的根部
等待一场大雪的约定。走在风弦

——《冬林子》

《冬夜星空》《冬林子》《听琴》这些冬日的景象，也是诗人心中的镜像。这里，没有曲折的隐喻，却有着洁净自然的人性奥义。我们可以平静地顺着诗人笔下的词语来感受自己的内心世界，直接面对语言在我们心上抹下的色彩、音响和味道，这就是南桥琴的诗，也是她的诗引起我的重视的原因。

澄明如花的开放

读完了张茹的《夜飞翔》，嘴边便喃喃念出这样的句子：澄明，如花的开放。这就是我读张茹诗文最为突出的感受，也是张茹的文章在其审美上最为吸引人的地方。

《夜飞翔》里的诗文，几乎都是短章。有几篇篇幅较长的文字，也是由诸多短章组合起来的。这样的文章往往是有感而发，是“感时花溅泪”“情动于中而形于言”的结果。亦如张茹在其“花开断句”一辑的66节中所说：“忽然之间，被某种情绪狠狠地叮了一口。”张茹这样的一种创作状态，我们可以称之为来自于内心动力的创作。从某种意义上讲，这种来自于内心的创作动力，对于任何一种类型的作者来说，都是至关重要的。因为就一篇作品而言，有没有这种创作的动力不仅决定着这篇作品的成败，同时也决定着这篇作品的品质高低。就一个作者的创作前景而言，有没有这种动力的持续生成，不仅决定着一个作者在创作道路上能走多远，同时也决定着一个作者有可能攀登的高度。尽管这内心动力并不是决定一位作者成败得失的唯一元素，但它的确是一个创作者不可或缺的重要素养。

其实我们还可以因着张茹的作品把这个话题引向另外一个层面，比如作家的内心动力与作品切入生活、切入社会、切入事物的程度问题。对于一个作家而言，切入观照对象的强度与韧性决定着作品表现人性的深度和反映生活的广度。从更为通俗的角度上说，作家内心的创作动力，往往来自一个作家对他的观照对象的爱与恨、喜与恶、欣与惧，当一个作家把这种带有他爱与恨的观照对象转化为他的创作对象时，作家内心中的这种爱与恨往往就会在创作过程中，转化为作家身上的一种寂静的力量。从哲学层面上讲，这种寂静的力量就是一个人的“思”的力量，是一个作家“思”的力量切入事物本质的能力。

这种能力体现在张茹身上，是她对季节里的自然的心灵呼应。在“春花秋意”一辑里，张茹从一个个微小的细节入手，触摸了季节里弱草繁花飞鸟蛰虫心灵中的禅意与自然的道法，在这里，她听到了四季音乐的暗语。比如在《春天，你用花香诱惑我》一文中，作者写道：“只消我轻轻弹唱，便可挣脱枷锁，就像曙光冲破晨雾一样。”自然中的“水声拂过”，花海里

"花开的声音",明媚院落中花朵"跳动的心房",落叶拨动的季节的"管弦",夏雨共振中"远古的钟声",蜻蜓飞过时羽翅发出的"喃喃低语",季节的声音"撩人心弦",也构筑诗意,阐释哲理,使作者静寂在对季节本质的思虑中。正是有了这样的诗思,作者才更加体认到"故乡"体温,感受到"故乡的炊烟"里摇摆着的乡愁,感受到时光舞台的实在与虚无,感受到"时间的鞭影"是如此残酷无情,并由此产生"时间好不经用"此等痛彻的人生体会。

从某种意义上说,人类感知到时空与存在,才有了哲思,因为有了哲思,才有了忧虑与悲悯。在无限的时空里,"众生皆尘埃,或早或晚"。我想,那狠狠叮了张茹一口的,定是张茹心中基于诗的"思"虑,是潜伏在作者身上的那种寂静的力量。其实只有在这种基于形而上具有诗意与思虑元素的寂静力量的统摄下,作者才可以产生"夜飞翔"的动力,才可以在"夜飞翔"中使自己澄明如花般开放。

生命的原色

往事如风，吹过了也就吹过去了。可诗人把这风行的印迹留了下来，带着时代的欢悦与苦涩，带着诗人的呼吸与血的脉动，胡凤琴的诗集就是这风影心香的集结。

胡凤琴写诗已有些年头了，那是在“文革”后期，当时她还是个扎着刷子辫的姑娘，朝气蓬勃而又热情奔放。那是一个“火热的年代”，也是一个生命与文化都很苍白的年代，许多人都浪迹于烈火般的红色江湖，可胡凤琴感受着乡村田野绿色的风写起了诗。今天看来，她当时的那些诗是有些幼稚青涩，但是，我们还是要感谢诗人，正是诗人的这些青涩的诗给我们留下了那个时代一息尚存的绿色的风，留下了那个时代青年人身上青涩稚嫩的生命的原色。

用“生命的原色”来概括胡凤琴的诗的总体特征，在我看来可能是最为真实的。因为从她的诗作中，我们可以看出，她的诗写的都是她身边的和她经历的生活情境，写她的生活、工作、学习的状态、心绪与感受。在她的诗中，有阳光下田野秧苗的风影和阡陌暮色中耕夫的背影，也有大学校园里夜色朦胧的灯光和欢悦的歌声；有她站在讲台上秀丽的身姿，也有她伏案工作的剪影；有她对爱人的深情思念，也有她对同事、朋友的绵绵情谊，一切的一切，在她的诗中都显得那么明朗清丽，而唯独看不到她的生活阴影。也许，这正是她真性情的展现。应该说，胡凤琴的生活不可谓一帆风顺。我想，她也会和她这个年龄的人一样，有着说不清道不明的烦恼和痛苦，但是，我们要说，她有权利选择阳光，正像有人有权利选择痛苦一样。这是诗人的权利，也是我们每一个有生命血色的人的权利。

胡凤琴的诗没有一个一成不变的题材，也没有一成不变的主题，所有的只是她永远不变的生活热情和她热爱生活的心态。她生在乡村，尽管进了城，成了文化人，但是她始终没有改变乡村姑娘的纯朴、善良、勤劳，始终没有改变乡村给予她的阳光的绿色诗风。这是她生命的原色，让人感到亲切、真实、温馨。

往事如风，树叶绿了又黄，黄了又绿，风已走向了远方。但风真的会因远行而消逝吗？是的，那过往的风是真的走了，但诗人留下了风的影子。在诗人的这些羽光风影中，有着诗人留下的心跳，也有时代留下的心音。

这是诗人纯朴的真实，我珍视之。

是为序。

2007 年 10 月 9 日

你好，心灵浪漫主义

给这本诗集写跋，是一件非常偶然的事，同时，也有一份机缘在里面。

按说，跋、后记之类的文章，是应该由作者自己来做的。这篇跋由我来做，其原因是诗稿交由我终审时，我看到这诗集中的诗的妙处实在想说几句话。或者换句话说，是这本诗集中的诗，使我心中想说的话有了一个可借题发挥的出口。

这本诗集带给我的审美感受，也是导致我不能不写一篇跋的原因，是诗作带给我的那种心灵浪漫主义的喜悦与震动。它让我意识到，今日的文坛、诗坛、艺坛特别是社会生活、家庭生活、个人生活中，极其需要浪漫主义的情愫。其实，我们不妨把话题扯得更远一点，就中国社会进入近现代而言，我们的文学也是极其需要现实主义和浪漫主义的。但是，就我们近百年的文学的实际来看，由于连年的战争和长期的极左政治的影响和干扰，中国文学中的现实主义和浪漫主义精神从来都没有得到充分发展过。特别是浪漫主义文学，从一开始，就没有摆脱政治情结的实用主义纠缠。在少有的几位浪漫主义诗人如郭沫若、戴望舒、蒲风及至后来的朦胧诗的几位代表诗人的诗作中，我们也难以看到那种超越时空出尘脱俗的浪漫主义杰作，也少有几首具有纯真致性的作品，更难见到那种将人类的诗性精神抵达永恒境界的力作。而今天的诗坛呢？今天的诗坛几乎连浪漫主义诗人的影子都很难见到。不断地否定着前辈诗人的创作成就，花样翻新地把严肃神圣的诗歌创作转化为吸引眼球的无聊新闻，已成为当今诗坛的风尚与时髦。我理解诗人们由原来的贵族沦为现在的普通人，沦落到靠诗吃饭将会被饿死这种处境中身心的疲惫与焦灼，但采用那种非诗的所谓诗歌行为来抗拒当今社会对诗的冷漠，以唤醒人们对诗的渴望，只能是一场噩梦，只能给今日的诗坛雪上加霜。客观地说，不是现实社会生活在扼杀诗人诗作，而是诗人与社会现实同谋在扼杀诗，扼杀人性中的诗性、自然中的诗性与生活中的诗性。

也就是在这样的一种诗歌话语的语境下，我在这本诗集中感受到一种特有的喜悦。因为在这本诗集的诗作中我看到了作者灵魂的舞蹈，看到作者在诗中张扬的自由精神和永远向着天国飞翔的理想的翅膀。我把这些总是张着翅膀飞翔的诗称作心灵浪漫主义。从某种意义上讲，诗集中所表现的诗人的这种浪漫主义诗思与情怀，正是引起我对这本诗集特别关注的根本原因。客观地讲，诗集中的诗作也达不到超凡脱俗，超越时空抵达永恒的至高境界，但诗作那种极力摆脱庸俗政治、世俗环境的实用性纠缠的努力始终是非常清晰的，诗人的那种努力表达纯真情思与向着永恒境界倾近的企图应该是值得人们充分肯定的。尤其是在一切都在物质化、一切都在金钱化的今天，诗人的这些重情绪表现，强调人的主观灵动世界和人的主体性表现，并侧重表现超脱于现实的那个理想世界的诗作就显得难能可贵。特别是诗人采用的那种热情奔放的语言、超越现实的想象、灵异奇俊的夸张手法所创造的自由、神奇、迷幻的艺术空间，似把人们带进一个神话的世界：

我赤足披发行走在神的薄翼之上
在一枚鲜绿的佛叶之间
在盛开的摇曳的荷花之上
在泠泠玉盘作响的翠鸟的丽音里
我说我乘着一枚叶舟而来
……

在今日社会，我们离神已太远，也许，我们乘着诗人的叶舟，心灵会更自由一些，与自然会更亲近一些，离神会更近一些。

是为跋。

2007 年 12 月 22 日

当代爱情诗论

论一：一个东拉西扯的缘起

纵使打翻九十九个五味瓶，也难以抵得上这个话题里面所包含的甜酸苦辣咸。这个被古老的人说过千遍万遍千年万年，至今一说起仍令青年老年男人女人心驰神往的话题——爱情。但是，在我们的日常社会生活中，我们并没有给爱情以应有的重视和相应的地位。瓦西列夫在他的《情爱论》中说："一九二五年出版的大英百科全书中，'原子'一条只占三页，而'爱情'一条却占了十一页。这真可以称之为浪漫主义的时代！但是一九六六年出版的同一部百科全书显然破坏了这个平衡：它慷慨地给了'原子'整整十三页，而'爱情'只占一页。"由此瓦西列夫指出，人的感情贫困化的威胁正伴随着"理性的急剧'扩张'"而日益向我们每一个现代人逼近。瓦西列夫带有警告色彩的暗示不是毫无道理的。就拿我们文艺评论的现状来看,就似乎存在着"感情贫乏"的隐忧。某些作家对于低下的赤裸裸的性描写的热衷和某些评论家对于滥搬科技术语的推崇,似乎都在暗示着这一点。另外,评论界对于当代文学中大量爱情诗的漠视和片面的理解也从一个侧面说明着这个问题。当此之时,我们来谈一谈新中国成立后的爱情诗创作,并借此惊醒一下自己将近麻木的感情,这就是我们要写此文的最原初起因。通过对当代爱情诗的研究,若能对当代文学创作的普遍规律有所揭示,那当是望外之事。

论二:在力的情综统摄下的劳动恋歌

1949 年 10 月 1 日,一个多灾多难的古老的民族在隆隆的礼炮声中获得新生了。伴着这个民族紧蹙多年的眉头的突然绽开,一股顽强的、被压抑得暴涨的生命之力,也从这个民族强有力的心脏搏动中,从这个民族驱逐苦难,握起了建设工具的手心中涌出。战争年代凝聚在枪口上的恨,被建设家园的爱取而代之。建设,劳动,成了这个时代的最强音。整个社会心理的融洽性,各种关系的协调性,在"建设,劳动"这个基点上得到了最鲜明的体现。作为时代的脉搏和通向未来的神经的诗人们，站在这个连接着历史和未来的此时此地，心头那根由缪斯革忒斯弹动的琴弦，理所当然地要和这个大时代的最强音产生强烈的共鸣。可以这样说，建设、劳动，是这个时期诗人们的一个共同的神经敏感区。在这个统摄着整个民族的共同意识的驱使下，建设、劳动也就理所当然地成了这个时期爱情诗创作简单明快的主题曲。李季的《黑眼睛》《红头巾》、阮章竞的《风砂·冬天里的春天》、臧克家的《她和他》、王维渊的《礼物》、公刘的《姑娘在沙滩上逗留》、戈壁舟的《河边上》、万忆萱的《少女抒情诗·趁人不见……》、张永枚的《臂膀》、李瑛的《养鹿姑娘》、张尧民的《初恋》、管用和的《选种》等诗作，都不约而同地描写了建立在共同劳动生活中的新式爱情，唱出了劳动的恋歌。在这方面最为杰出的诗人是闻捷。他的《天山牧歌》中的大批优秀爱情诗作，可作为这种"劳动，建设，爱情"三位一体爱情诗的代表。

这样的诗美吗？"时过境迁"以后，这样的诗还感人吗？笔者曾在部分喜欢诗歌的年龄在二十岁左右的大学生中做过一个调查。出人意料的是，这些非常迷恋徐志摩、戴望舒的大学生仍喜欢这样的爱情诗，并认为这样的爱情诗有着它独特的艺术感染力，很有点《诗经》中劳动恋歌的风味。那么，是什么东西被诗人灌注于诗中，使这些诗产生了不因时间的流逝而褪色的艺术感染力呢？我们认为，只有运用马克思对于劳动的理论才能对此做出较为科学公正的解释。马克思在《詹姆斯·穆勒〈政治经济学原理〉一书摘要》中指出："我的劳动是自由的生命表现，因此是生活的乐趣。……因此，我在劳动中肯定了自己的个人生命，从而也就肯定了我的个性的特点。劳动是我真正的、活动的财产。……我的劳动是什么，它在我的物品中就只能表现为什么。它不能表现为它本来不是的那种东西。"

从某种意义上讲，闻捷诗中所描写的这种"劳动"的实质，就是马克思所说的"自由的生命表现"。这种自由的生命表现本身就是一种美。就是说，这是一种属于劳动本身的劳动，是一种没有被物质的力量奴役的劳动。由此开来，我们还可以看出，闻捷在诗中极力颂扬的是一种带有开天辟地性质即极富开拓性的创造之力。而这种强劲的创造力正是这个时期诗坛诗歌最明显的审美特征，同时，也是这个时期爱情诗创作的审美敏感点。

闻捷的爱情短诗《舞会结束以后》，很能代表这个时期爱情诗的特征。诗中写道：舞会结束之后，琴师和鼓手一起要送姑娘吐尔地汗回家，一个在左，一个在右，都想争得吐尔地汗的爱情。非常明显，诗里所描写的一切，都极富"生活的乐趣"。全诗的审美中枢指向，是对一种更强大的创造之力的赞美。在这里，虽然也存在着竞争，但这竞争是一种具有诗性的竞争。这种竞争的逻辑起点不是心计的较量，而是面对今日世界，竞争双方所能展示出的创造力量之间的竞争。在这种竞争中，一个以新时代创造者为象征的力量形态，一个向着更大更广阔的自由迸发的力量形态——到乌鲁木齐发电厂去了的阿西尔的获胜，就是理所当然的了。如果我们不仅仅用政治判断、道德判断来判断这首诗，我们就会看到，这首诗中所描写的劳动、建设背后，蕴含着更深层的艺术力量——对生命之力的赞美。在这里，劳动、建设并不指向某种物质利益，而是要具体体现一个人生命力的强弱。劳动、建设的不同形态，所体现的也是人的生命之力的强度。因此，这里的劳动、建设中没有非真实劳动之外的贪欲，只有纯朴明净的生命真实。它记录了这一代人的生命真诚。这里的奖章、模范，不是急功近利的证物，而是具有审美意义的生命之力的象征。

需要特地说明的一点是，这种象征，并非是遮掩某种人人皆知的东西的符号，而是一种在力的情综统摄下，这个民族自身所具有的，被长期的动乱和黑暗压抑下去的勇气、希望、骄傲、感情和牺牲精神的感性显现。在这种力的情综的统摄下，诗人们在创作爱情诗时也几乎不能去思考由力导致的爱情之外的其他任何事情。力的情综深深地缠绕于诗人的神经机能之中，占据了他整个人。还应该特别指出的是，这种被力的情综所占据的诗人，自己也许并没有很清晰地意识到这一点，正像精神病人并不知道自己患有精神病一样。力的情综成了他取得卓越成就必不可少的灵感驱力的源泉，如果我们从审美欣赏的角度来看待这样的爱情诗，即站在读者的角度把这些爱情诗作为审美的对象而不仅仅把它看作某一时代的政治宣传品，我们就会发现，正是这种象征着一代人生命真诚的纯朴、明净和强悍的力在感动着读者的心灵。这种力正与人类历史积淀在我们身上永远为征服命运的压迫而激荡的力相呼应。也许，这种潜在的对力的永远的向往，我们平时并没有觉察。但是，如果我们拿这种爱情诗的意象特征与较原始的婚姻习俗做一比较，我们就会发现，这种具有现代特色的爱情"形态"与较原始的爱情"形态"有着惊人的同构关系。布雷多克在谈到世界婚俗时说：在澳大利亚土著居民中，争吵多因争夺女人而发生。例如昆士兰土著人中，"如果一个女人模样标致，所有男人都想得到她，而在一般情况下，只有那个最有影响的人，或者说那个最强壮的人，才是自然而然的获胜者"。在新西兰土著人中，有一个姑娘与两个情郎开展"拉拽比赛"的习俗。两个情郎一人拽住姑娘的一只胳膊，朝相反的方向用力拉，谁的力气大谁就获得姑娘。当然，这些带有野蛮色彩的婚姻竞争与具有现代文明的爱情有着天渊之别。但是，我们也不能否定这样一个事实：现代文明的爱情在某种意义上与原始的婚姻习俗有着某种质的相通点——对于征服命运之力的赞美与向往。

基于以上分析，我们认为，仅仅把“十七年”间以闻捷为代表的建设、劳动、爱情三位一体的爱情诗创作归结为因为“文学为政治服务的提倡”而采用的一种“可行的稳妥的方式”，是过于简单化了一些。因为这样的判断只注意到了这种爱情诗与直接抒发因灵与肉的激荡而创作的爱情诗相比所存在的“不合情理”的因素，而没有看到这种爱情诗自有这种爱情诗存在的合理内核。从文艺与政治、文艺与社会的关系上说，这种判断只注意到了“爱情诗和诗一样，它们离不开政治，它们终究为政治所制约”的一般规律，而忽视了爱情诗不同于其他诗的特殊性，在具体判断上夸大了政治对爱情诗的制约作用。还有更为重要的一点是这种判断在研究方法上的失误：即，没有能把已经脱离了创作母体的作品当作能够独立自足的艺术生命形态来看待，而仅仅用时事索引的研究方法来研究作品。这样，就难免落入用庸俗社会学的方法来套释作品的窠臼；这样，也难免要忽视作品的艺术价值而得出片面的判断了。

论三：苦难源泉中渗出的爱的甘霖

一场灾难性的“文化大革命”开始了……

打乱以往所有的亲情关系和人事、邻里关系，代之以扩大化了的阶级、派别斗争为标准而组建的情感建构，给我国广大人民的正常心理带来了莫大的灾难。在这个灾难时期，一切通向婚姻的爱都死亡了，剩下的只是恐惧；但是，爱并没有因不能达到婚姻而死亡。自然的规律以它强大的力量，以它变幻无穷的形态告诉人们：当生物能中止它曾有的生命形式——一种局部的死亡之时，总伴随着新的生成——另一局部的降生，当各种感觉集成的全幅的爱中通向婚姻的因素被阻塞之后，另一种不以婚姻为目的的爱的因素便不失时机地激增了。这就是当苦难降临到全幅的爱的头上之时，当禁欲主义和以斗争哲学为主导的爱冲出并消灭真正的爱之时而降生的一种精神的爱和悲苦的爱。

这是一种带有强烈母性色彩和宗教情感的爱。这种爱来自于悲愁，来自于护卫和悲悯的情感。写这种爱情诗的多是一些刚刚步入青春骚动期却被那无情的严寒冻封了走向青春的道路的青年诗人，如舒婷、北岛、杨炼、江河、顾城等人。如被飙风吹枯的鲜花，似被秋霜冻落的绿叶，虽然那通向婚姻的爱被扼杀了，但这一片片“躺在黑暗泥土里”的落叶的精魂并没有死，在“风”为它们举行了“葬仪”之后的春天，以一种对“冬的罪证”“更强烈的反射”，升起了“绿茸茸的梦”。这种梦就是他们爱的理想和理想的爱，而正是这种理想使痛苦放出了光辉。这种爱的痛苦的辉光，构成了这代人奇特的爱情交响曲。

但是，由于命运之神和残酷的社会现实的阻碍，这爱总归是不圆满的、不合理的、不正常的。在这种爱的最深处，隐含着最深沉的痛苦和无法弥补的缺憾。但正是从这种深沉的痛苦和无法弥补的缺憾中，升华出人类最永恒、最高尚、最无私的爱——母性的爱。而这母性的爱，使那种深沉的痛苦和无法弥补的缺憾得到慰藉。舒婷的诸多爱情诗，可视为这种母爱精神的典型代表。在她的爱情诗中，充满着母性的温柔和韧性的激情，当因为生活的错误而不是他们的错误引来的灾难降临到他们头上之时，她情愿承担分离的痛苦，并用自己的爱作为浸在苦难海水中的“礁石”，“任浪花举起尖利的小爪子”，“千百次”把她的“伤口撕裂”，却让自己的情侣作为“灯柱”站在她的“肩上”；当她感受到他为感受到她的爱而在受苦的声息时，她一往情深地把自己奉献给她所爱的人：“如果你是火/我愿是炭”，“如果你是树/我就是土壤”，“我愿是那顺帆的风/伴你浪迹四方……”她从他们共通的悲愁和痛楚中，以数倍于对方的深沉和痛楚，感受对方为这声息相通但又因命运的阻隔而无法达到圆满的爱所受的苦难煎熬，并且执迷地坚信对方也会感受到她的心在为他流血，于是，她从这痛苦与爱中获得爱的通感，并感受到她与他的灵魂已经结合在一起。尽管社会的、空间的、时间的“现实”会把他们的爱的具体理想击得粉碎，但爱在灵魂的炼狱中永远吐着湛蓝的火苗。他们超越了尘世的囿限而建立了他们的爱，并且因为这一份受命运束缚、折磨的爱的力量知觉到人生中更深沉的悲苦与欢欣。也就是在对这种人生悲苦与欢欣的体味中，他们的心中滋生了更强烈的悲悯精神和牺牲精神，以至于产生了一种自虐性很强的甚或带有宗教色彩的母性的爱，并在这种爱的行动中建立起自己的人格。因此，我们认为，与其说他们是在写爱，还不如说他们是在写烈火与苦难熬煎中的人，写人的情感、人的意志、人的理想、人的爱情和人的灵魂在充满虚假、仇恨的世界中的炼狱。同时，他们也在这热血和烈火的激荡中铸炼出自己的人格；在严厉的受难中拥有了自我意识和个性意识；在与禁欲主义的顽强斗争中觉醒了具体的、有血有肉的人的意识，为一个更加丰富多彩的爱情诗的世界的出现疏通了道路。

论四：灵与肉交织的生命的韵律

爱是幻想的产物，也是醒悟的根源。的确，爱，使陷于运动狂热中的、囿于禁欲主义囚笼中的中国人醒悟了。十一届三中全会以后，这个民族又一次痛苦地、真切地体会到，仅仅有斗争是不够的。要革命、要建设、要实现“四个现代化”，还必须要有爱的参与。越来越多的中国人理解了在特洛伊战争中阿喀琉斯的愤怒，越来越多的人在自己心的天平上衡量出了舒婷等人为爱而低吟、而高歌的价值。可以这样说，由整整一代人用血和泪换来的爱的理想，在更年轻的一代青年人身上得以幸福地实现。这批年轻的阿波罗中的大多数是活跃在生产第一线的青年工人和在校的以及走出校门不久的大学生。这批年轻人没有或者很少有爱的毁灭和人的价值被贬的现实经历。他们所有的是工作岗位上可以酣畅涌流的汗水、大学校园的笑脸和知识的清泉；有的是阳光、鲜花和风和没有被乌云抵灭的皎洁的月光。自然，他们没有戴上面具去跳舞的必要。痛苦扭曲的脸，对他们是历史。同时，他们心中，也没有任何一种爱情模式，因为这个开放的社会没有再像过去那样对爱情诗的创作画地为牢。因此，心的颤动，灵的喊叫，血的迸流，魂的交融，只要是爱的碰撞，都可以按照这碰撞的节律闪现爱的火花。丝丝情弦的低吟，滚滚情湖的涌动，初恋的羞涩，热恋的疯狂，失恋的痛苦，以及那迟来爱情的摧魂裂魄，都在这个时期的爱情诗中得到了充分的表现。

在新中国成立后的诗坛上，爱情诗的创作从来没有过今天的繁荣、今天的丰富多彩。如果我们把闻捷时代的爱情诗视作凤舞鹤翔的天堂，把舒婷时代的爱情诗视为凄风苦雨的地狱的话，那么，我们就应把这个失去了诗坛领袖，失去了统一主题和统一题材时期的爱情诗视为花香柳软的人间。一个很明显的事实是，爱情诗自舒婷之后，失去过去的神圣与庄严，变得像日常生活一样可亲、可近。与此同时，过去那被许多正人君子所不齿的"性"也在爱情诗中出现了。一批年轻的诗人不管社会心理的承受力是否能经得起考验这一问题，把他们所体验到的形形色色的爱一股脑儿端了出来。一些大学生的爱情诗，一反朦胧诗派爱情诗的神圣、朦胧和痛楚的凄厉，一扫过往的那种眈眈的立誓、缥缈的幻想、理不清的哀愁，一任自己的情感坦率、明朗、洒脱地在诗中流动。很似鲁迅先生赞扬一青年诗人的爱情诗时所说的那样："诗的好歹，意思的深浅，姑且勿论；但我说，这是血的蒸气，醒过来的人的真声音。"他呼吁人们："是黄莺便黄莺般叫；是鸱鸮便鸱鸮般叫。我们不必学那才从私窝子里跨出脚，便说'中国道德第一'的人的声音。"由于诗人摒弃了伪君子式的情感，敢于真实地、大胆地、毫不掩饰地抒发自己的感情，这样，爱，各式各样的爱，毫无羞涩、毫无掩饰、毫不胆怯地，堂堂正正地立在了诗坛上："即使是忘了出生的日子/也不能忘记/那爱情来临的日月——/你风尘仆仆地从远方归来/一步步，迈上了我心灵的台级……"这般的纯净，这般的透明，这般忘情忘形的爱，是在此之前新中国成立后的诗坛上所没有过的。在这片春天的土地上，只要种上爱的种子，都可以冒出爱那嫩绿的枝叶，尽管还有离愁，还有失恋的哀伤，但这都不是因为爱以外的原因，都是因为爱自身的缘故。

和这些生活在阳光明丽、花香柳软的大学校园的青年诗人的爱情诗不同，一批生活在评与力激荡澎湃的火热车间，风与闪强悍劲拔的建筑工地的青年诗人，则用自己的情与力画出了一条酣畅淋漓又桀骜不驯的爱情诗的旋律线。他们的诗，几近爱的纪实。在他们的诗中，你看到的不再是一个爱的影子，而是一个爱的实体，灵魂与血肉在这里不再是分离的牛郎织女。“在山上你为我分泌的不是柔情不是金灿灿的清月/是岩石是血是渐渐膨胀的影子是破碎的热吻/……我们挨肩躺在风雨轰鸣的悬崖上/这时我才知道你是一个野刺藜般坚毅而多情的少女/你的渴望是干涸的河道里滚石一样雄奇的太阳/超越生命的高地上赤裸的森林和男人的手臂/你当然不是奇迹。然而山是奇迹——它粉碎了你的春天并使我们的精血以夜的节律汹涌狂喜/于是我们的绝壁在光辉的围猎中沸腾生命的音韵……”这是爱与美的结合，灵魂与血肉的结合，是爱的生命的旋律。这旋律自天而降，如“黄果树大瀑布”，“白岩石一样砸下来/砸/下/来/砸碎大墙下款款的散步”，“砸碎那尊白蜡的雕像”，“砸碎那段无人的走廊”，“砸碎重复了又重复的缠绵失望”，“砸碎海滩上那迷茫中短暂彷徨”。这里没有了闻捷式的躲躲闪闪，也不似舒婷式的“作为树的形象和你站在一起”的理性真诚，在这种酣畅淋漓的大跌落的毁灭的快感中，跃现出一种骚动激荡、横空出世的生的快乐。在这种生命旋律的激荡下，一个恶魔狂奔乱跳地闯入了爱情诗的圣坛，这就是人世间那种最低的，也是最强健的生命之力——“性”。它以光怪陆离、桀骜不驯的步伐冲乱了爱情舞场上文质彬彬的“华尔兹”、轻柔舒缓的“舒伯特”，以波涛似的狂欢跳起了令人瞠目的“迪斯科”。“你丰满的胸部是起伏的悬崖/摇滚鹰，狮和我男性的癫狂”，“最生动的想象也无济于事了”。这种对于肉体美艳的赞叹，也是前所未有的。翟永明在组诗《女人》中《独自》一诗里这样写道：“我是软得像水的白色羽毛体/你把我捧在手上，我就容纳这个世界/穿着肉体凡胎，在阳光下/我是如此炫目，使你难以置信。”记得安格尔论述艺术的美时有过这样一段话：“您面对模特儿紧张得发抖了吧！颤抖吧，但不要丧失信心！”在诗人描绘的这幅软得像水，洁白轻柔得似白羽毛，炫目动魄的女性的美颜面前，你是否有信心正视这就是美呢？毋庸讳言，在这种美面前，有人会升入天堂，也有人会走进地狱。但爱情作为一种完整的感受，却不可能排除生物因素的深刻基础。爱情因素的多样化、爱情的整体性、爱情产生的复杂性、爱情魅力的神秘性和自发性、爱情冲动的盲目性，似乎都不排除爱情中性爱的因素。歌德曾说：“在一个妙龄女子身上，我们所爱的是全然不同的东西。我们所爱的是她的美、青春、泼辣、轻信、个性，是她的错误、乖僻，以及许多其他莫名其妙的东西。”卢梭也曾说过：“我一生中，在我所爱的人身边，曾不止一次地被丧失理智的情欲所引诱，从而变得视而不见、听而不闻，兴奋得全身战栗……”千百年来，千百万个伟人、凡人的爱中，似乎都少不了性爱的因素。而事实也曾千百万次证明，性爱也不仅仅就是深渊。这里的关键是要看这性爱能不能、是不是代表了人的精神中高尚的一个方面；是不是、能不能成为社会文明的一个因子；能不能、是不是出于美的倾服，并持有对美的爱心；是不是、能不能成为人们进行生命创造的动力。如果我们如是观之，这些诗人的爱情诗无疑是纯洁的、高尚的；由是观之，他们婴儿般直率、天真、无邪的爱情诗，就更显出一种特有的具有生命韵律的美。

见微知著，纵观新中国成立后三十余年的爱情诗创作，我们对于我国当代诗坛乃至当代文坛的创作规律，有了更加明晰、更加具体的了解。